阿萤，我今日好生欢喜

我也是！

井栏之畔,萤火虫星星点点,于秋夜中四散飞去,风吹得柳枝轻柔拂动。

『阿萤,这二十年来,我未曾有过今日这般平安喜乐。』

『十七郎,我也是!』

目录

001	引子 大暑
009	第一章 处暑
039	第二章 白露
145	第三章 秋分
235	第四章 霜降

乐游原上，春日花开，灿若云霞，从西京长安中遥遥相望，都觉得如同仙境一般，仿佛神仙之地。

引子　大暑

天气热得像要坠下火来，连野狗都伏在城墙根阴凉处吐着舌头。中午最热的一个时辰，正当轮值的哨卒站不到一会儿，就得轮换着去喝水歇伏。太阳毒辣，透过藤甲像小刀剐在皮肉上，不一会儿汗水就浸湿后背衣服，再过一会儿又被太阳晒干，结出一层白花花的盐霜，渍得人皮肉又被小刀剐过一遍似的，每个人晚上跳进河里洗澡的时候，肩背都会像腌肉似的，又红又肿。

　　不过也有乐子。今天是大暑，牢兰城里的习俗是要吃羊肉汤，所以趁着大清早日头还未出，天时凉快，伙房里宰了三百多只羊，煮了无数锅羊汤，上上下下猛吃了一顿。天气太热，肉食搁不住，没吃完的羊肉都被从锅里捞起来，伙夫们担了清水，把城楼上的方砖冲洗干净，然后将羊肉整整齐齐晾在太阳底下。只消两日工夫，这羊肉就被晒得干透成肉脯，秋冬时节，正好用来做干粮。

　　赵六在城楼大太阳地里的哨位上站了差不多半炷香的时辰，就被换下来喝水。同他一班轮值的老鲍不知从哪里学得了一个新花样：在太阳晒得滚烫的墙砖上贴饼子。也不晓得他怎么从伙房里偷到了细白麦面，拿水和好，用石棍将面胚碾得薄薄的几欲透光，趁中午太阳最毒的时候，将碾得薄如蝉翼的面胚往滚烫的墙砖上一贴，顿时滋滋地直冒白烟，等一个岗站完，饼子就熟了。

羊肉汤就白面饼，可美啦！

老鲍拿一捧面烙了十来张饼，每个被换下来的人都可以咔嚓咔嚓的嚼着饼子，就着井里刚汲上来的凉水猛灌一气，连天时也似乎没那么恼人了。天热就热呗，反正最热也就这大半个月，一进八月，或许只是一夜之间，北风吹来，牧草变黄，天上没准儿就会飘起雪花。

大暑大寒，就像烧刀子一般，割裂着牢兰城里每个人的皮肉，但晒脱了皮，有清清的牢兰河水可以浸，生了冻疮，有獾子油可以涂抹。等春秋好日子的时候，照例欢天喜地骑了马出去猎野味回来加餐，牢兰城里驻扎着三千士卒，没谁不会在这苦日子里找乐子。

老鲍揭下最后两张饼，突然听见背后有人说："嘿，学了我的法子烙饼，也不给我留一份。"

来者是个未及弱冠的少年，穿着和老鲍一模一样的藤甲，身量却比年纪大他一轮有余的老鲍足足高了一个头。边关的日头将少年皮肤晒得黢黑，可是他眼珠更黑，像两丸水晶，瞟一眼那烙饼子，老鲍连忙塞给他："吃就吃吧，别多话。"

"拿饼子就能堵住我的嘴啊？今儿伙房里的老杜还在嚷嚷，丢了一袋上好的细白麦面。"少年将一张饼揣进怀里，另一张饼送进嘴里，咔嚓一声脆响，咬去大半，他用手接着不断掉落的薄脆碎屑，含混不清地说："那可是大都护今年开春千里迢迢遣人从宛西城送来，专门给十七皇孙做点心的。原来是被你偷了。"

老鲍道:"休要胡说,哪有一袋白面,我不过看伙房没人,顺手抓了一把。"

少年三下两下将饼子吃完,笑嘻嘻地说:"偷一袋是偷,偷一把也是偷,盗窃军粮可是要重罚的,你可知道?"

老鲍狡黠一笑:"我拿的乃是皇孙的东西,又不是军粮。这罚也罚不到我!何况十七皇孙不是早就说了,有福同享,有难同当!我们吃什么,他就吃什么。这细米白面,还不是分给众家同袍享用?"

少年挠了挠头发,正待要说话,突然听到遥遥鸣镝声起,不由脸色一变。转眼第二声鸣镝又起,正是每日放在城外的游骑斥候发出的预警。众人皆已经听见了,不由得大惊失色。

虽然夏日水草丰茂的时候,黥民很少侵扰边城,但牢兰城地处险要,枕戈待旦,却是片刻也不敢疏忽。少年立刻抓起值房里的一张弓,众人纷纷取了弓箭刀枪,一起奔上城楼。正当值的哨卫已经探出身子,极目眺望,这时候第三声鸣镝又响了。

少年招了招手,有人递了一壶箭给他,他试了试弓弦,抽出一支羽箭。此时城楼上已经站满了士卒,分开列阵,剑拔弩张。开国初年,太祖以弓马得天下,治军甚严。三通鼓响遍若还未列阵完毕,是一定会掉脑袋的。如今国朝已太平盛世百余年,四海咸服,众夷归化,天下弛禁,连治军也早没有了开国时的严厉。只是牢兰城扼守西北,历代镇守的军将,却是从来不敢懈怠。

远远已经可以看到烟尘大起,晴空烈日下,像是突然卷起一阵乌云。伏在城墙下听着来敌蹄声的谢长耳终于高高举起右臂，伸出五根手指。

"五千！"

有人大声向城楼上的守军报出敌骑的数量。

五千骑兵，那是前所未有的重袭，黥民们只怕是砸上了全部家当，才凑齐这五千骑兵。黥民近年来势弱，早就没有了当年的气象。圣佑初年，骠骑大将军杜申在涂元河大败黥民，朝中也借此在宛西设置镇西都护府。等到了承顺年间，镇西大都护裴献以攻代守，数次接战之后，逼得黥民不敢再大举入境劫掠，近几年来，顶多是入秋前后偶尔有百骑滋扰一下边陲。数十年来，牢兰城还没有打过这样的大仗。

赵六手心不由沤出一层汗，勾着弓弦的食指微微发抖。站在他旁边的少年却很沉得住气，索性放下弓，从怀里掏出那最后一张薄饼。

"咔嚓！"一声脆响，饼似乎在唇齿间迸散，然后被响亮地咀嚼着。众人绷到极点的心弦都快要断裂了，所有人都往这边看，少年不慌不忙吃着饼，弓箭就放在他面前的雉堞上，他小心地用手接着饼屑，在所有人的注目之下，仍旧吃得不紧不慢。马蹄声已经隆隆袭来，像是夏天遥远的雷声——牢兰城也是会下雨的，只是下得少，所以每次下雨都像过节一般，大家兴高采烈脱了衣服跳进雨里，狠狠洗个天水澡。

赵六听着少年咔嚓咔嚓吃饼子的声音，不由得焦虑。他不禁又回头看了少年一眼，少年正将手心最后一撮碎饼屑倒进嘴里，无限眷恋地舔了舔嘴角，然后深深地吸了口气。

"起！"

少年的声音清脆响亮，带着沉着的威严，仿佛惊雷般在每个人耳边炸响，每个人下意识遵从了每日的训练，屈膝半跪半蹲，扣紧弓弦，从垛口瞄准城外那越来越近的滚滚烟尘。

少年也挽饱了弓，他的姿势挺拔，全身都迸出一股劲力，弓弦被他拉成一轮满月。这张弓比他平时用的弓要轻，所以他拉得很小心，似乎是怕拉断了弦。

敌人越来越近，渐渐烟尘散去，连张扬在风里的旌旗也渐渐清晰，所有人不由得一愣，因为赤边玄旗上头绣着大大"镇西"二字。此刻斥候业已驰回，大声向城楼上呼喊："是我镇西都护军！是裴大将军！"

斥候声音响亮，城楼上诸人听得清清楚楚，不得号令却不得撤回弓箭，所有人都掉转了目光去看少年，少年探出身子，看清楚烟尘里领头的纛旗，还有纛旗下那高头大马上的将领，身形高大并未戴盔，披散着头发，正是镇西都护使裴献，紧随着在他身边，马上背着长枪的银盔少年，则是裴献的儿子裴源。而他们身后，正是国朝威名赫赫的镇西骑兵。

少年这才微微松口气，低喝一声："撤！"

所有箭支从弦上退回，刀枪收起，少年奔下城楼去，吊桥正轧轧放下，裴献一马当先，不等吊桥完全放平，就已经策马跃上桥头。少年奔跑着迎出城门洞，欢喜得大叫："裴叔叔！阿源！"目光所及，却是裴献和裴源的右臂上皆系着素白麻带,不由得倒抽了一口凉气。

裴献一见他便勒住缰绳,骏马长嘶一声人立而起,硬生生收住蹄步。裴献骑术精湛,借势已经滚下马背,跪倒在地:"裴献拜见皇孙殿下。"在他身后,裴源也不声不响下马,同样跪在尘埃中。

少年惊疑不定地看着裴献臂上系着素白麻带,又叫了一声:"裴叔叔……"

裴献伏在桥头,却已经是泪流满面:"三日前宛西接到河间府传书,陛下在六月初三万寿宴上被孙靖那个奸贼所害,陛下……陛下已经殡天了。"

少年似乎被重拳猛然击中,不由得退了半步。

裴献放声大哭:"贼人策反金吾军,闭宫屠城,太子殉国,鲁王、赵王、晋王、韩王……诸王及世子皆遇害,后宫嫔妃公主死殉无数……云氅将军韩畅护了太孙,杀出一条血路,最后终于脱出京城,但在城外被乱军冲散,如今太孙生死不明,还不知晓是否犹在人世。"

少年茫然地注视着裴献,方当壮年藩镇一方的都护使跪在那里,哭得嚄嚄作响。少年终于听到自己的声音,似乎在喃喃地问:"那我父王呢?"

"梁王殿下当日因病没有入宫,幸免于难,据说已经被叛军扣押为质。"裴献终于拭了一把眼泪,长跪道:"臣与镇西诸府已经决议,请立十七皇孙为太子监国,以诏令天下兵马勤王。"他仰起脸来:"太子殿下,请允臣等所请!"

少年站在毒辣的太阳底下，似乎仍有些茫然的看着不远处清波粼粼的牢兰河水，绕城而过的牢兰河成了天然的护城河，在正午的阳光下熠熠闪烁着万点碎金，耀人眼目。

少年终于将目光重新投回裴献的脸上，他的语气已经平静而从容："裴将军，我不能答允你的请求。"

"殿下！"裴献猛然抬起头，脸上泪痕纵横，眼神悲痛而愤怒。

"太孙下落不明，生死未卜，说不定尚在人世。先帝崩，太子薨，应该拥立太孙继位。"

裴献大声道："国事动荡，当赖长君，太孙哪怕犹在人世，也不过一介稚子！何况太孙不过是太子的长子，并未册立名号。如今天下烽烟四起，国朝到了生死存亡的关头，怎么能立一个人事不知的小娃娃做君主！"

"裴将军！"少年的声音严厉，透着不可名状的威仪："嫡长名正言顺，怎么可以出言轻慢君上！"他似乎微不可闻地叹了口气："何况……父王现在落在孙贼手里，你们要是让我监国，岂不置父王炭火其上。"

第一章 处暑

芦苇根的汁水有几分清甜味，李嶷折了几枝嫩的，弯腰在湖水里淘洗干净，放进嘴里不紧不慢地嚼着。行军一个多月，大大小小的仗也打了十几场，他晒得更黑了，也更瘦了一些，因为吃不饱。孙靖谋逆，弑帝及诸王、王孙，镇西军素来依靠朝中供给的甘凉粮道，自然断绝，军中连伤兵亦只得一日两食。李嶷虽辞了太子监国之位，但仍旧被裴献等镇西诸将奉作平叛元帅，统率镇西军，号令天下兵马勤王。纵然身为主帅，他也同镇西军最寻常的士卒一样，每日吃着掺着麸皮的粗粮，睡在垫着干草的地上。

李嶷一边嚼着芦根，一边慢条斯理地问："崔家的人还在相州？"

"是，派去送信的人已经回来了。"裴源语气中透着不满，"回信通篇的胡扯，说什么替十七皇孙殿下守相州以策万全，至于军粮，更推说沿线州郡皆被孙靖所获，颗粒无存。十七郎，崔家父子不可信，崔倚自在幽州恃兵伺机不说，又派他儿子崔琳打着勤王的旗号领定胜军南下。什么勤王，明明是抱着不臣之心。这几个月来，那崔琳带着定胜军，连占紧要之地，到了相州后却按兵不动，分明是要待我们与孙靖分出个胜负,好鹬蚌相争渔翁得利。"

李嶷拔出口中芦根的渣滓,却问了一句闲话:"听说崔倚只此一子?"

"是,"裴源不由恨恨地,"此子狡黠,不可轻视。"

李嶷轻笑了一声,说道:"崔倚只此一子,却放心让他领兵南下。而这位崔公子一路势如破竹,攻城略地,孙靖的人都挡不住他,可见极难应付。"他毫不在意崔家父子的不忠与凉薄,漫然道:"崔家如此立场,也是意料之中。当务之急,咱们还得好好绊住庾燎大军,便由我做饵,把庾燎逗引出来吧。"

"不行!"裴源脱口说道,"这如何使得,还不如我打着元帅的旗号,扮成是你……"

李嶷将一根雪白的芦根递给裴源,见裴源摇头拒绝,便放进嘴里,津津有味地嚼着:"庾燎那个老滑头,跟着孙靖多年,最是刁滑不过,你打着我的旗号扮成是我,如何骗得过那个老狐狸?万一他稍觉不对,咱们可就功亏一篑了。"

裴源还要分辩什么,李嶷抬头,看了看天上舒展的薄云,悠然道:"如今是万事俱备,就等一场好雨了。"

裴源咬牙道:"这般行事,未免太险了。殿下,末将还是觉得不妥。"他与李嶷同在镇西军中多年,虽是同袍,亦如兄弟一般,平素只唤李嶷作"十七郎",今日用到"殿下"这个称谓,却是表明身份和立场了。

李嶷浑不在意:"兵者,诡道也。我知道此计凶险,但若非如此，怎么能绊住庚燎数万大军。不绊住庚燎，难取焉州，到时候全局崩坏，崔家又在一旁虎视眈眈，再难一救。"

道理裴源都明白，但他只是不甘心："大将军若是在此，绝不能允。"

李嶷却是一笑："大将军临走之前，嘱咐过你什么？"

裴源顿时噎了一噎，裴献率大军出发之前，嘱咐他好好听李嶷的吩咐——这是自然，上下之属，君臣之分，他当然该听李嶷的。

李嶷笑眯眯安慰似的说道："再说，你要领着人先接战，一样是有极大风险的。"

裴源不由苦笑："你若是有半点闪失，我爹定然第一个就砍我的头，天下没有比这更大的风险了。"李嶷拍了拍他的肩，轻笑一声："你就放心吧，我绝不会让大将军砍了你的脑袋。"

裴源嘀咕，成天跟着你提心吊胆，还不如被我爹砍脑袋呢。抱怨归抱怨，当李嶷再次将嫩生生的芦根递过来时，他还是接了，咬了一口，嚼着颇有几分清甜之味。他抬头也如李嶷一般看了看天上的薄云。已近初秋时节，午后的太阳早已不如暑天猛烈灼热，里泊是方圆百里的大泽，放眼望去，无边无际浩瀚的芦苇荡，何止千顷万顷。芦苇的叶子被风吹得刷刷作响，芦丛间隙里是映着日头的湖水偶尔一闪的波光。他在心里庆幸地想，幸好最近不像是要下雨的样子，总能多些时日预备那一战。行此凶险之策，当然预备得越万全越好。

不等他一个念头转完，只听李嶷打了个唿哨，老鲍不知道从哪里钻出来，笑嘻嘻牵着三匹马，将缰绳交到他们手中，弯腰提起一大捆芦根和嫩生生开黄花的水草，另一只手里，却拎着四只兀自扑腾的野鸭。

裴源不由笑道："好家伙，就这么一会儿工夫，到处都是陷人的沼泽，也不敢乱走，你竟然还逮到四只野鸭。"

老鲍笑道："带回去煮汤，大伙儿加餐。"

李嶷已经翻身上马，笑道："你放心，老鲍在哪儿都能找到好吃的。"老鲍将那一大捆芦根水草牢牢系在李嶷鞍后，那四只野鸭也用苇叶拧成的细绳绑好，自己拎了，上马放在鞍前。三人小心地沿着来时做记号的路径，驰马回扎营之处。

四只野鸭到了晚间，和那开黄花的鲜嫩水草一起，煮了几大锅汤，每个镇西军将士都分得了半碗，虽只有半碗，好歹也算沾了荤腥。野鸭肉炖得稀烂，连皮带骨都捞起来分给了伤兵。还有芦根也洗净分发下去，聊作点心，这一顿便算得十分丰美了。

起了更，李嶷照例去巡营，老鲍跟在他身后，等看完了各处，正往回走，老鲍突然鬼鬼祟祟问李嶷："咱们是不是又要诱敌去？"

李嶷也不瞒他："庾燎带着三万人，气势汹汹移师凉州，再加上凉州本就有的一万多驻军，试图将咱们镇西军堵死在甘凉道外。裴大将军去取焉州，这里无论如何得牵制住庾燎，可满打满算，咱们也就六千多人，庾燎又是跟着孙靖征屹罗的老将，要是打硬仗，只怕没多少胜算。"

"所以你又打算拿自己当钓鱼的那个香饵？"老鲍眼睛骨碌碌，盯着李嶷。

李嶷轻描淡写地说:"那可不,我可是皇孙、平叛元帅、镇西节度使,孙靖手下那些大将,哪个不想拿住我,好挣这泼天之功。"

听了这一长串头衔,老鲍不由撇了撇嘴。李嶷十三岁就到牢兰关,跟初到军中的士卒一般无二,冬天到牢兰河上砸冰取水,夏天在臭气熏天的羊圈里铲粪,压根无人知晓他是皇孙。后来最为艰险的,是深入大漠去探黩民的王帐,数百骑兵横穿大漠,最后只余李嶷在内的十来人摸到单于帐前,力战后剩了两名老兵一伤一残,还是李嶷奋力带着他们一齐活着回来,从此李嶷便是公认的镇西军中最好的斥候。凡是最艰险的刺探军情,李嶷总是自告奋勇前往,由此军功累积,直到需得追封三代的时候,众人方才知晓,他竟然是皇帝之孙,梁王之子。但镇西军上下,尽皆膺服的乃是军中赫赫有名的"十七郎",至于他是不是皇孙,那又有什么打紧?

老鲍借着月色,上下打量李嶷,叹了口气:"跟着你这香饵,自打出了牢兰关,我一天安稳日子都没过过。"

李嶷忽然起疑:"你又干什么亏心事了!"

"没有!你别瞎说!"

李嶷一伸手,就把想要开溜的老鲍提着后领抓了回来,另一只手快如闪电探进老鲍怀里,摸出一个热乎乎圆溜溜的东西,居然是一枚已经煮熟的野鸭蛋。"还有呢?"李嶷板着脸问。"真的没有了。"老鲍嘀咕着,却明知李嶷不肯信,只好愁眉苦脸又从腰带里掏出了三只野鸭蛋,"小祖宗哎,真是什么都瞒不过你。"

李嶷看了看那四枚已经煮熟的野鸭蛋,说道:"我送去伤兵营里。"

"我成天跟着你这个香饵出生入死！"老鲍气得直嚷嚷，"自打出了牢兰关，哪一天吃饱过？你就不能让我留点体己吗？"

李嶷遥遥摆了摆手，头也没回，径直朝伤兵营走了。

秋雨连绵细密，浇在甲胄之上，渐渐浸润了牛皮，使盔甲都变得沉重起来。道路泥泞，马蹄滑湿，辎重大车动辄陷入泥淖，需得十数人垫土推行。对于数万大军而言，在这样的天气里行军，再艰难不过。

只是不论多艰难，大军每日需行七十里，庚燎多年征战，怎会为此动容，此时他骑在马上，只觉得曾经受过箭伤的左腿无比酸痛，甲胄被细雨浸透，寒意又透过数重衣裳，湿衣贴在肌肤之上，触及旧伤，更是难耐。庚燎却并无半分神色显露。他看了一眼随在后方的心腹郎将梁涣，梁涣立时会意，打马上前听令。

"埋锅做饭吧。"庚燎下令，"下雨天寒，吃点热食，大军再过峡口。"

梁涣大声传令，立时中军派出十余骑，各执令旗四散传令。数刻之后，大军有条不紊缓缓停下，各部派出炊伕，准备生火做饭。庚燎翻身下马，却大步朝山脊上走去，梁涣等十余个心腹的郎将、校尉连忙上前簇拥，跟随庚燎爬上山脊，观察地形。

大军行进的道路自然是游骑早就哨探好的，此时放眼望去，只见大队士卒依山而坐，埋锅造饭的炊烟初起，和着雨雾，方自袅袅。数以万人的大军，暂停休整时却肃然寂寂，各自有方，偶尔只有一两声马嘶传来,饶是素来治军极严的庾燎,也忍不住微微点了点头。

正在此时,忽见一骑,从东北方向疾驰而来,雨中纵马,来势却是极快,可见骑手骑术颇佳,转瞬即至军中,梁浼早已认出是早先放出去的哨探,必是侦得紧要军情。

果然,哨探匆匆上山来报,小队游骑本来护卫着炊伕去河边取水,不想正巧撞见河对岸也有人取水,看服色竟是镇西军的人,对方猝不及防,狼狈而逃,游骑便一边派人骑马渡河去追踪,一边遣人回来向大军报信。

庾燎兀自沉吟,梁浼便说道:"燎帅,让末将带着人去追吧。"

早先侦得裴献带着镇西军大部南下,据说留下其子裴源带着后营伤兵,亦为镇西军的后路,这一小股镇西军,说不得正是裴源。

庾燎素知梁浼是个谨慎妥当之人,当下便应允了。梁浼带着三千轻骑追了半晌,与那股镇西军短兵相接,镇西军不敌而走。梁浼追上去本欲将其击溃,不久却发现其中的蹊跷,连忙遣了快马回报庾燎。

"不仅有裴源,还有李嶷?"庾燎面沉如水,看不出喜怒。

"是!"遣回来报信的哨探语气中透着欣喜,"因茫河水浅,梁将军一直担忧裴源从茫河逃走,所以在河边布下埋伏,不料裴源拼死抵抗,毫无逃退之意,梁郎将心中疑惑,便暗中遣人从下游渡河侦探,发现竟然有一队人马藏在对岸山间,那队人马甲胄精致,皆携良弓,看服色配置,明明乃是裴献亲卫,所护卫者,必是比裴源更为要紧,所以裴源才拼死不退。"

庾燎身边的诸将无不动容。在京的诸王及王孙皆被戮,太孙下落不明，生死未卜，李嶷不仅是寥寥仅存的皇孙之一，而且被镇西军奉作主帅，以号令天下兵马勤王，就连出幽州的崔家定胜军，都不得不捏着鼻子承认李嶷乃是名义上的主帅。如果能生擒了他，或者将他击杀，镇西军和勤王诸师便不足为患了。庾燎很快下了决心："全军拔营，渡河去追李嶷。"

"得令！"诸将轰然相应，迅速整顿大军拔营追击出去。茫河水曲折蜿蜒，却是浅浅才没过马蹄。大军渡河之后不久，果然追上镇西军的一小股人马。双方交战，镇西军虽然奋勇，但到底人少不敌。这一队镇西军不仅甲胄鲜明，而且弓箭利害，确实并非一般士卒。

梁浼早就已经探得清楚，此时甩开裴源的纠缠径直与大军汇合，自是精神振作，亲自来禀报庾燎："燎帅，这些人都配了三马，又携带劲弩，必是裴献留下护卫李嶷的亲卫。"庾燎亦看得明白，见对方虽然且战且退，显然阵形未散，便点了点头，说道："今日切不可放走他们。"

镇西军这队人马仗着一人三马，弓箭厉害，所以退得极快。庾燎乃是用兵老到的宿将，亲率大军，紧紧追在其后。追了不过三四里，天上乌云翻滚，雷声隆隆，绵绵细雨却骤然变得雨点密集。庾燎并没有迟疑，大军在雨中固然行进艰难，但李嶷所率亦皆是轻骑，遇雨马蹄打滑，更难行进。只见天空一道道猩红的闪电划过，不一会儿，就下起瓢泼大雨，雨浇得人直睁不开眼，百十步外，更是白茫茫一片，什么都看不清。

梁浼抹了一把脸上的雨水，大声道："燎帅，要不大军暂停，我且带几千轻骑去追吧！"

庾燎听着雨声隆隆，便如瀑布一般，天地之间全都是牛筋般白晃晃的雨，雨水砸向人的头上、脸上、身上，军中诸人虽都穿着油衣，但顷刻之间，连里裳都被这大雨浇透了。庾燎摇了摇头，说道："听说这李嶷用兵有些章法，只怕他有些诡计，还是全力以赴，不要让他逃脱。"

由此一气又追出五六余里，只见路边皆是跑脱了力的马儿，三三两两，被弃在雨中。庾燎帐下诸将都是宿将，知道如此大雨，李嶷一方也不得不弃马了。而此时另一队镇西军，却忽地从山间杀出，仗着伏击地势和一股悍勇之气，不管不顾，拼命试图阻止庾燎大军对李嶷等人的追击。

庾燎毫不理会，只留下一小队人马应付这股滋扰的镇西军，亲率大军，仍旧追击李嶷而去。又行得里许，雨势渐缓，遥遥可见李嶷等人慌不择路，竟然纵马逃进了茫河河道之中。盖因茫河两岸皆是山石，嶙峋难攀，而茫河素来水浅，雨后虽然河水浑浊，却仍只没过马蹄而已。李嶷等人顺着河道，反倒可以纵马，只是逃得狼狈无比。庾燎帐下诸将见此情形，不由精神大振，知道今日必胜，说不得可生擒这位皇孙。

又追得二三里开外，河道转了一个大弯，水势愈发缓慢，此处地势平坦开阔，地上积水过膝，四处草木都浸在茫茫一片浑浊的积水中，骑马已经不利于行，远远便能看见李嶷等人弃马，涉水逃进草木深处。纵然如此，庾燎仍旧是老成持重，点了两名将领，分别率着两万人，一左一右，沿着山脚如钳包抄，自己押了中军，缓缓逼近，准备三面合围。哪怕李嶷真有伏兵，这三万人踏也能踏平了。

庾燎所率的万人淌着没过小腿肚的水，方行了里半，因着地势开阔，遥遥已经望见左右两军的旌旗渐渐合围，眼看将李嶷等人藏身之处牢牢围住，庾燎忽然隐隐觉得不对——沙场宿将对于危险，有一种近乎本能的直觉。他一个念头还没转完，忽见远处长草摇动，想必是李嶷等人眼见大军合围，无路可逃，只得又从草中钻了出来。镇西军众人尽皆泥水狼藉，却仍旧簇拥着李嶷退到一个圆坡之上。那圆坡高不过数丈，方圆也不过几十丈而已，堪堪可立百人。此时三万大军步步逼近，相隔不过三百余步，而李嶷身边一个镇西兵卒服色獐头鼠目的胖子，对着庾燎大军指指点点，似在与李嶷分说什么。

庾燎颇沉得住气，不理不睬，亲自押着大军缓缓前行，就如同不曾看到立在坡上的李嶷诸人一般。

伫立于坡上的李嶷不由赞叹："阵法严谨，不愧是老将。"

庾燎眼里的那个獐头鼠目的胖子——老鲍便斜睨了他一眼，说道："这么近，他若是令轻骑冲锋，一瞬便可至眼前。"

"他不会冲锋的。"李嶷淡淡地，十分笃定，"他一定觉得有诈，所以推兵缓缓而行，能活捉我固然好，若是不能，待得再近些，用强弓将我射成刺猬，那也不错。"

老鲍眯起眼，看了一眼渐渐逼近两百余步外的庾燎大军，说道："这么近，别说强弓了，寻常弓箭都能射得中了吧。"

李嶷道："下雨弓弦湿软无力，他八成再近些才会用箭。"李嶷极目望去，只见远处山梁上空空如也，便道："咱们得再拖延一会儿。"

老鲍心中焦急，却不好说什么，只道："要不我带人上前去，射他几箭？"

李嶷摇了摇头，却说："把我的旗帜打出来。"

老鲍无奈，只得打了个唿哨，身后的赵六便从怀中取出旗帜，绑在旗杆之上。老鲍牵过马来，赵六便站在马背之上，高高挥起这两面大旗。雨虽停了，风却未息，两面旗帜瞬间便在风中猎猎扬起。

庾燎眯着眼睛，看了看那两面大旗，一面玄底绣金，乃是"平叛大元帅"几个灿然大字，另一面玄底赤边，迎风猎猎，却是"镇西"两个大字，乃是镇西军的军旗。

李嶷遥遥大声质问庾燎："庾燎！你本是庾侯之后，你庾家世受国恩，孙靖谋逆，你竟然攀附逆贼，卖主求荣，今日逼迫我至此，就不怕为天下人唾弃吗？"

此刻两军相距已近，李嶷这般大声言语，对面庾燎及诸将却是听得清清楚楚。

庾燎眉毛微微一抖，却是沉默不语。

李嶷见他不答，便又冷笑道："孙靖弑杀先帝、先太子，并诸王、王孙，犯上作乱，罄竹难书！孙靖许你什么荣华富贵？你本是庾侯之后，却甘为乱臣贼子，这般作为，就不怕死后难有颜面去见地下的庾侯吗？"

梁涣见此情状，早按捺不住，打马上前喝道："不要在这里蛊惑人心！先帝被奸臣蒙蔽，大都督差点为奸佞所害，就是我们燎帅，也被奸臣陷害，被下在狱中数载，几乎身家性命不保！"

梁涣咬牙道："万寿宴上，是杨铭为首的奸臣发动宫变，挟持先帝，矫诏要杀大都督，大都督为救先帝，诛杀奸臣，寡不敌众，身受重伤，惜未救下先帝及太子、诸王……"

李嶷见他如此这般颠倒黑白，倒也并不生气，沉声道："既然你家孙大都督是个绝顶的忠臣，救不了先帝及太子、诸王，那你们今日为何率大军逼迫我至此？"

梁涣笑道："今日率人至此，正是想护送皇孙殿下回京面见大都督……"李嶷听着他满口胡扯，眼角余光早就瞥见远处山梁上终于竖起一棵枯树。李嶷便知时机已至，心中大定，却不再理睬梁涣，嘴上又逼问一句："庾燎，今日你就是要杀我吗？"

庾燎终于抬起眼睛，沉沉地看了李嶷一眼，却并未答话。

李嶷再不言语，却拿起弓来，对着庾燎便是一箭射出。他臂力惊人，这一箭来势极快，幸得庾燎身边亲卫早有预备，举着盾牌齐齐遮在庾燎身前。这一箭便射在了盾上。梁涣早就转头去看庾燎，庾燎面沉如水，瞧不出任何喜怒，只是深深点一点头。梁涣会意，便亲自打马引兵上前。

大军步步逼近，直到百步之外，方才下令箭上弦。弓弦虽浸饱了水，这么近开弓，却是定然无碍的。李嶷不慌不忙看着四面八方黑压压围上来的大军，就手折了根苇管，含在口中。老鲍及镇西军千余将士，亦是如此。他们含着苇管，深深吸了口气，从草丛中摸索出早就预备好的绳索套在腰际，俯身纷纷涉水而行。

庾燎的心猛然一沉，只听隐隐传来沉闷之声，仿佛远处山间又是雷鸣。战马纷纷嘶鸣，不安地试图挣脱缰绳，梁涣的坐骑更是打着圈，引得梁涣喝止不已。很快，所有人都明白了战马为什么不安，那隐约的轰鸣根本不是雷声，是洪水，是山间的洪水奔流而下。

庾燎即刻大声下令，中军仓促的吹响号角，正在合围的大军听见号角，令行禁止，没有片刻犹豫即刻后撤，纵然如此，竟然也来不及了，起码庾燎亲率的中军诸部是来不及了。此处地势开阔，洪水从山间各处汇聚，一泻而下，奔腾之势何其惊人，瞬间即至，洪水挟裹着泥沙山石翻涌而来，中军顿时被冲得人仰马翻，许多兵卒压根儿没来得及做任何反应，即被洪水冲走。

这下子事发突然，诸亲卫拼力护卫庾燎往山边退去，但洪水之势委实惊人，原本浅浅才没过马蹄的茫河，不过瞬息便成了汹涌翻腾的大河，难以涉渡。忽然山口泥沙激起，原来是浑浊的泥水裹着足有半间屋舍般巨大的山石翻滚着朝众人撞过来。众人惊呼不及，但尽皆被洪水冲得站立不稳，哪能闪避。电光火石之间，幸得一名亲卫奋力促马，硬生生连人带马挡了一挡，令庾燎堪堪避过山石，但那名亲卫旋即被山石撞倒，身子一晃便落入水中，庾燎本想勒马回身相救，却见浊浪滔滔，那名亲卫早就不知被水冲到了何处。庾燎这一停，又差点被洪水冲走，幸得梁涣拼命挽住缰绳，又带着诸多亲卫一起围挡护卫，方才令庾燎连人带马在水中挣扎站稳。

庾燎举目张望，只见下游原本计划合围的左右两军虽然听闻号角仓促后撤，但原本合围之势已成，那两军绝大部分兵马已经行至下游河道中，摆出重重钳形的大阵，故而闻号角之声后虽极力撤向岸边，但洪水转瞬即至，除了绝少数人因靠岸较近，狼狈逃至岸上之外，大部分人马却如同中军诸部一般，悉数被洪水冲走。庾燎不由心中一叹，部下兵卒虽勇猛，但皆出身北地，绝少能通水性者，这一次被水淹三军，只怕凶多吉少。

那梁涣既死死挽住庾燎缰绳，此时急切劝道："燎帅，还是先上岸再收拢诸部！"庾燎如何不知他所言乃是当下最佳之策，立时打迭精神，在亲卫护送下，奋勇向岸边涉渡。

山间下泄的洪水之势越来越大，河水暴涨，每过一息，水势又汹涌几分。那山岸本就遥远，此刻更觉遥不可及，众人虽苦苦护卫，但奈何水势越来越猛烈，不及挣扎到岸，诸亲卫便接连被冲走，最后庾燎亦被洪水冲走，所幸不曾落马，只是连人带马在水中沉浮。梁涣见主帅被冲走，心中大急，但也无可奈何。两人在水中挣扎浮沉，皆被冲出去里许，一直被水冲过了李嶷等人适才立足的圆坡。等浪头过去，洪水之势稍缓，庾燎终于能控住马，马儿挣扎站起，庾燎忽觉落蹄之处软绵绵的，他不由心中一突，放眼望去，只见方圆数里之内，兵卒四散，到处仍是一片浑黄的浊水，不少兵卒深陷在深深的泥淖中，挣扎不能站起。不远处，只见梁涣捉着缰绳，借着马之力，勉强挣扎着站起，却不过片刻淤泥就陷没到膝上。

庾燎背脊上不由冒出一层冷汗，知道已经被洪水冲入了里泊。里泊浩浩汤汤百余里，水草丰茂，却是出了名的凶险之地。这种大泽，晴日里看上去平滑如镜，实则漩涡暗流，湍急莫测，无法行舟，更无法涉渡。最要命的是大泽方圆数里全是泥沼，不论飞禽走兽，人马车辆，一旦误陷其中，便是缓缓而沉，连神仙都救不得。今日大雨，四处皆是浑浊积水，目力所及，压根就分辨不出原野水泽，没想到大军竟被李嶷诱入此等凶险之地。

庾燎虽心中焦虑，仍是十分镇定，回头瞧准了不远处水面上竖着的根根芦管，知道那是李嶷等人透气所用，大声下令对着芦管放箭。梁涣率先反应过来，挽弓而射，陷入泥沼的士卒们虽略有慌乱，还是依令引弓。稀软的烂泥渐渐涌到了大腿，箭支仍旧如雨般落下，箭支深深射入泥水中，终于有一簇簇鲜血透出泥面。

李嶷等人攀着腰间的绳索往后退，退得数十步，绳索绷直，乃是接应的人正在用力将他们拉回。泥沼吸力惊人，稍有不慎他们就会被吞入泥水，李嶷闭目屏息，配合绳索用力，不过一盏茶的工夫，李嶷伸手摸索到坚硬的栈桥，那是镇西军预先搭在泥沼中的，此刻早已经被淹在水下尺许。他抹了一把脸上的泥，爬上栈桥一看，随自己投水含苇管而退的士卒已经被拉回来了大半。每个人全身上下都糊了一层泥，浑如泥人一般，有人为箭支所伤，鲜血便顺着身上的泥水往下淌，还有人不幸伤重，被拉到栈桥之上之时已没了气息。李嶷匆匆四处张望，并未瞧见老鲍。

庾燎早已经看得分明，大声鼓舞陷在泥中的兵卒将士往栈桥去。只要爬到栈桥之处，必然就可脱险，但只得数步，每个人都陷得更深，越用力就陷得越快。不过一炷香工夫，泥泞混着雨水，已经到了所有士卒的腰际。此刻，侥幸逃生至山岸之上的左右两军，大约还有两千余残兵，眼见主帅被陷，拼力各自从夹岸两侧，朝此处汇聚援救而来。

李嶷坐在栈桥上，回头看了看正朝此处汇聚的敌军，又将脸上泥泞抹了一把，举目四望，几乎每一道绳索皆已收回，唯独不见老鲍，便咬牙接过弓箭，下令迎敌。

庚燎所属部将皆是大破屹罗的百战之卒，此时虽然绝大部同袍被水冲走，主帅又遇险，却是并不十分惊惶，尤其靠近栈桥岸边这一侧的千余兵卒很快赶到，在几位郎将临时指挥之下，很快就摆出阵列，朝着栈桥冲锋而来。

却说陷在泥沼中的庚燎虽焦急，但仍未失措，见残部汇集相援冲锋，知机不可失，且自己身边还有不少士卒，只是皆陷在泥沼中难以动弹，当下大呼一声："梁涣！"

梁涣闻声奋力相应，庚燎看着这个追随自己多年、无数次跟着自己奋力拼杀沙场的部下，咬牙道："搭人桥！"

梁涣闻言，却是毫不犹豫，大呼一声："得令！"自己当先从陷在泥中的马背上跃起，扑向不远处一名士卒。落入泥中之时，便趁势抓住那名士卒的手，又奋力呼喊传递适才庚燎所发的军令。他本为庚燎心腹，既以身作则，便有无数士卒，无畏生死，各种挣扎着，设法聚拢相携相挽。

而栈桥之上，李嶷压根不理会陷在泥中的庚燎诸人，亲自领了善射的弓箭手，举了盾，却是稳稳守住了栈桥桥头。一直等到那些兵卒冲到眼前百步,敌人稀稀拉拉的箭支撞在盾上,李嶷这才一声令下,带着弓箭手齐射一轮,便迅速退后,却有另一列弓箭手,早就搭好了箭,又一轮齐射,如是再三,虽是弓弦湿软,却也箭矢如雨,立时便射杀百余人。

而另一侧岸上残存的千余兵卒,此时虽也赶到,但明知水中皆为泥沼,无法泅渡,只得在岸边喧哗鼓噪。

数轮齐射之后,还是有不少兵卒在一名郎将带领下冲到了栈桥桥头,李嶷毫不迟疑,拔刀迎敌,双方随即肉搏厮杀起来。那名郎将看李嶷身形高大,又是指挥之人,当先一刀,就朝李嶷劈去,不想李嶷身形一闪,这一刀便劈了个空,自身却是破绽大露,只觉肋下一凉,已经被李嶷一刀扎进甲下。那名郎将眼睁睁看着鲜血从自己甲片间喷出,拼力举刀又朝李嶷砍去,李嶷已经一脚踹在他膝上,这名郎将便被踹得仰面跌下栈桥。兵卒亲眼见得郎将转瞬被杀,士气不由一滞。另一侧岸上的庾燎残部,见此情形如何还按捺得住,明知下游皆是泥沼,便在另一名郎将的带领之下,远远朝着上游奔去,试图找到水浅之处渡河而援。

却说那泥沼之中,虽十分艰难,但兵卒甚多,梁涣等人终于组出一道人桥来,虽然这么一动弹,搭桥之人皆在泥中陷得更深,稀泥已经没齐到胸口,但人人奋勇,脸上并无多少畏色。

庾燎本骑在骏马之上,此刻马亦陷入泥中大半,只有脖颈还露在外面。他咬牙用短刀扎入马股,那马儿壮硕神骏,奋力一跃,挣扎着跳起来数尺,但落蹄之时,便沉得更快。庾燎毫不理会,借势一扑,却是稳稳站在那人桥之上，顿时回手，从淤泥中拉起梁涣。那些散落于人桥周围的兵卒相互救援拉扯，有越来越多人搭成人桥，也有越来越多的人爬到了人桥之上。虽然搭作人桥的兵卒被这么一压，越陷越深，渐渐被泥泞涌上来，没过脖颈，但咬牙不言，只仍奋力举顶起同袍。庾燎和梁涣与士卒一起，奋力将更多人拉上人桥。

岸上那千余攻桥士卒见状，士气大振，厮杀甚是惨烈，而泥沼中的人桥也渐渐朝着栈桥越延越近。待近到一箭之地，李嶷便分出弓箭手，朝人桥上攒射。庾燎等人凭借一股绝地求生之念，冒着箭雨，虽死伤无数，仍旧前赴后继。又过得片刻，李嶷等人的箭支用尽，庾燎率着泥人似的梁涣等人，竟趁机攀上了栈桥。

双方在泥水之中混战。因栈桥狭窄，又在浊水之中，厮杀间无数人跌下栈桥，有人挣扎着攀上栈桥，有人陷入泥泞中再难自拔。因双方皆是满身满脸的泥，混战片刻之后，尽皆无法分辨敌我。庾燎早就盯住李嶷所在，更在梁涣诸人的掩护之下，凭着一股悍勇之气，借着这混乱奋力朝李嶷处行去。

待行至李嶷近前，梁涣早夺了一柄长刀，看准时机拼力朝李嶷砍去。李嶷本正与数名敌卒缠斗，听到脑后兵刃破空之声，本能将头一偏。梁涣临阵经验极佳，这一劈便改作削，只砍得李嶷身上铁甲咣啷一声，李嶷却是回手一刀，划破对方身上盔甲，梁涣闷哼一声，不顾身上血水迸出，又是一刀狠狠砍下。李嶷挥刃格挡，梁涣长刀脱手，但他既有拼死之心，当下仍旧飞身扑上，另几名亲卫一拥而上，围攻缠斗。庾燎终于有机会张开随身所携的强弩，抽冷子突然一箭朝李嶷射去。李嶷却是头也不回,夺过一名敌卒的刀,回手一掷,庾燎箭已脱弦,却被李嶷掷刀所伤,一个跟斗便栽下栈桥,这一箭便失了准头。庾燎受伤栽入泥沼,梁浼狂声大叫,拼命缠住李嶷,更多庾燎残兵亦疯了一般,浑不顾镇西军的砍杀,拼命朝李嶷攻去。栈桥本就十分窄小,混战之中,李嶷便陷入敌人围攻。数人一拥而上,梁浼从背后死死抱住了李嶷,李嶷回手抽刀插入梁浼背心,梁浼口鼻鲜血喷涌,却拼死不肯撒手。泥沼中的庾燎早瞄准了李嶷,又狠狠射出一箭。

李嶷奋力一挣,终于甩开早已气绝的梁浼,眼看避不及这一箭,忽然泥水中有一人翻上桥,就势飞起一脚踹倒李嶷,那箭便擦着李嶷额头飞过,射穿那人大腿,那人闷哼一声,扑在李嶷身上,撞得他胸口发闷。扑倒李嶷的正是老鲍,他啐出一口泥水,庾燎第二箭又至,李嶷抱住老鲍就地一滚避过。正在混战对敌的镇西军士卒发现险情相助,不知何人扔出一面盾牌,李嶷随手接住,箭支又至,深深扎透了盾牌,震得老鲍腿上箭伤流血不断,老鲍又吐出一口泥水,骂道:"这个庾燎,怕不有六十岁了,还有这么大的臂力!"话未说完,又是一箭射到,李嶷挥盾挡住,远远注视着泥沼中正在缓缓下沉,却兀自全神贯注、搭箭瞄准自己的庾燎。

便在此时,岸上一阵喧哗,原来正是裴源领兵赶到了。他们在上游正撞见想绕路渡河的那千余名残卒,一番激战之后,全歼敌人,所以才到得晚了。这下子,栈桥这千余残卒便被前后夹击,陷于合围。

李嶷和裴源所部相合之后,本就数倍于敌,不过片刻,便将那近千残兵砍杀殆尽,便是有零星逃散,亦被裴源率人驱赶着陷入泥沼之中,再难动弹。

战事既缓,老鲍便趁隙咬牙拔出腿上的箭。鲜血喷涌而出,他从衣襟上撕了布条,牢牢绑住伤处,血冲开他腿上的泥,他满不在乎,索性又往伤处糊了一把泥,终于堵住了血。李嶷拿盾牌挡着仍不断射来的箭支,一边问老鲍:"你戴着什么护心镜,适才撞得我胸口都发闷。"

老鲍扭捏片刻,终于从怀里掏出一物,居然是一枚煮熟的野鸭蛋,只是适才他那一扑,蛋已经被撞碎瘪了,皮破肉绽,碎壳之下挤出娇嫩的蛋白与蛋黄。李嶷不由冲他一笑:"这会儿你是伤兵了,归你了!"

老鲍嘿嘿一笑,将那野鸭蛋无比珍惜的重新塞入怀中,嘴上却说:"别以为我会分你一半。"

庾燎一箭接一箭的射出,眼看桥上情形逆转,自己所部残军尽遭砍杀,李嶷身边的护卫更是越来越多。庾燎毫不气馁,只是泥泞渐渐陷到他腰际,他自知再难幸免,只不过尽最后一分心力而已。也不知过了多久,他反手摸箭袋,混着泥水的箭袋空空如也,原来已经射完了所有箭支,他扔下强弓,泥水正缓缓没过他的胸口。

李嶷看着泥水没过所有人的脖颈,泥沼中终于有士卒忍不住放声哀叫起来,很快,哀叫求救声响成一片。

老鲍看着不远处缓缓下沉的庾燎,遥遥点了点下巴,问:"扔个绳索把他拉过来?"

李嶷摇了摇头。这样的人,一定宁愿和自己的大军死在一块儿吧。

裴源说："若是活捉了庾燎，孙逆叛军的士气想必会受重击。"

李嶷叹息一声，终于还是点了点头，裴源忙令人射出早就准备好的绳索。射箭的人乃是裴源的亲兵，准头极好，将系着绳索的箭支不偏不倚射在庾燎面前半尺处，只要庾燎一伸手，就能拉住绳索。裴源遥遥看着庾燎伸手拉住系着绳索的箭支，唇边不由浮起一缕微笑，却见庾燎用力将箭支远远掷回，裴源唇边那丝笑意便不由僵住了。

庾燎这一掷，因为用力，反令他在泥沼中陷得更快了，他却一语不发，神色坚毅。方圆数里之内，数万人深深地陷在泥沼中，哀号声响成一片。镇西军诸人神色肃然，眼睁睁看着这些人在泥汀中挣扎。

半炷香之后，便是没顶之灾。只不到一个时辰，数万人马被泥沼吞噬得干干净净，一片混浊的泥水中，浮着数百面庾燎大军的旗帜，又过得片刻，这些旗帜亦缓缓陷入泥水中，再无半分痕迹。风吹过，水中苇叶微微摇曳。乌云散去，天竟然晴了，偏西的太阳迸发出万丈光芒，照在渐渐澄清的水面之上，反射万点金光。

镇西军众将士看着数万人被这泥沼吞没，此刻方才欢呼雷动。李嶷设下这般妙计，所有人依计而行，却也十分凶险，不料真的大功告成。裴源不由笑道："此乃前所未有之战，竟真能陷杀庾燎三万人，注定彪炳青史！"

老鲍脸上的泥都已经干了，一搓就沙沙地往下掉。他腿上有伤，上马不便，李嶷便托了他一把，这才自己也认镫上马。老鲍在马背上坐定，从怀中掏出那只野鸭蛋，细细剥了壳，咬了一口，到底还是递给了李嶷。李嶷也不推辞，接过去也咬了一口，又将那还剩了大半的蛋还给他。

老鲍小心地又咬了一口野鸭蛋,慢慢嚼着,吃得爱惜无比。

李嶷注视着残阳瑟瑟,里泊浩浩汤汤,水光反映余晖,半天霞光,便如万里明镜铺满道道红绸一般。想到陷在泥中仍朝自己一箭一箭射出的庾燎,想到那数万身经百战之卒,今日皆葬身此处,他忽然意兴阑珊,不由叹了口气,掉转马头,说道:"走吧。"

李嶷陷杀了庾燎数万大军,两日后,凉州守军即放火焚城,仓皇弃城而逃,勤王之师就此收复了凉州。但凉州城中也被一把大火烧得干干净净,百姓无片瓦遮身,亦无果腹之粮。幸得裴献攻下焉州之后,派人送来些粮草,李嶷留下大半给焚城之后的百姓以解燃眉之急,余下的粮草,亦仍只能勉强一日二食。

"还是得想法子。"裴源满腹牢骚,"好好一座凉州城,偌多粮草,竟然一把火给烧了,浑不顾城中百姓的死活!这帮逆贼,不愧是孙靖的部下!"

李嶷伸出食指,蘸了蘸碗中凉水,在案几上涂画:"再往南,就是望州城,那是西行商贾必经之地,素来繁华,咱们要想弄粮草,得奔望州去。"

裴源道:"大将军不是遣人送信来,让咱们与大军会合之后,再往南。"

李嶷道:"孙靖得知凉州之事,必遣重兵至鹄儿关一带,阻击大将军所率大军,咱们绕到望州,想法子弄粮草,亦可杀得孙靖一个措手不及。"

裴源明知拗不过他，只得道："那你可不能再拿自己作香饵！"

李嶷笑道："行，答应你了，便是要做香饵，定然带着你一起做饵！"

裴源哭笑不得。

庾燎三万大军被陷杀、凉州焚城的消息，经飞马传报入京中，已经是十余日后的事了。

西长京中初秋时，正是天高云淡，风物皆宜。孙靖一早便携了女眷出宫击鞠。因有女眷，场边设了数重锦幄，孙靖之妻魏国夫人袁氏推说心口疼，不曾相随前来。

场边那顶最大的锦幄之中，坐着的女眷竟是先太子妃萧氏——先帝与太子皆死于孙靖剑下，太子妃萧氏却因着与孙靖旧有私情，在先太子死后，俨然竟与孙靖出双入对，这也是魏国夫人负气多日的缘由。

孙靖甚是擅长击鞠，他所带的鞠队更是奋勇争先。场中最是争抢激烈之时，场外一声迭一声，传报有要紧军报。孙靖便下马，朝着锦幄中的萧氏招招手，萧氏含笑上前，接过孙靖手中的鞠杖，翻身上马，接替孙靖击鞠。

孙靖接过贴着雉尾标记紧要军情的急报，拆开匆匆一目十行。只听场上欢呼雷动，正是萧氏将球击入球门，又赢一筹。场边丝弦顿时洋洋洒洒奏起得胜乐，为萧氏助阵。

自从镇西军奉李嶷为平叛元帅，孙靖傲慢地觉得，不过是个笑话罢了，裴献及镇西诸府，只是看中李嶷皇孙的身份，扯着这面大旗作幌子。万万没想到的是，李嶷以六千老弱残兵对三万，庾燎竟然全军覆没。

丝竹还悠扬地奏着，一声声羯鼓打着点子。孙靖面沉如水，不露悲喜，吩咐左右："传梁王。"左右侍候的人愣了一下，这才想起梁王是何许人也。先帝有三十多个儿子，除了先太子，出色的儿子也着实不少，却被孙靖在宫变之中，以讨逆之名统统杀了。只有梁王李桴，懦弱病孱，那日不曾入宫赴宴，便侥幸逃过一劫。不久后孙靖听闻镇西军奉李嶷作元帅，便下令将李嶷的父亲、梁王李桴打入牢中，这一关便是数月。

却说那梁王李桴在狱中战战兢兢，又怕又急，他本来就有病，这被关着就只剩了半条命，忽闻大都督传他，顿时吓得恨不得尿裤子，站都站不起来。狱卒无奈，只得两个人架着他，一直将他架到了孙靖面前。

梁王看着孙靖，只吓得抖如筛糠一般，左右架着他的人稍一松手，他就扑通一声，跪倒在孙靖面前。场中一曲得胜乐正好奏完，萧氏大获全胜，所赢最多筹。她香汗涔涔，催马过来，姿态轻盈地跃下马，拎着鞠杖笑吟吟地对孙靖道："幸不辱命，替大都督胜了这一局。"

孙靖不由含笑，萧氏虽然已是三十多岁的人了，但望之仍如二十许，有一种明媚少女般的娇憨，姿容艳丽，令他微微觉得炫目。对上他的眼神，她不由爱娇的嗔了他一眼，看见地上伏跪着瑟瑟发抖的梁

033

王,她也并不在意,只将鞠杖递与孙靖,接过小黄门奉上的布巾,擦着额头的细汗,走回自己座上。早有侍女奉上茶水,她漫不经心地啜了一口茶,抬手抚弄自己因击鞠而微松的鬓发。

孙靖用鞠杖点了点梁王的额头,语气中满是嘲弄:"你是王爵,怎么一见了我,就行这大的礼。抬起头来说话吧。"梁王浑身颤抖,不敢抬头,亦不敢不抬头,只得哆嗦着微微抬头,口中嗫嚅:"小王……小王不敢……不敢冒犯大都督……"

锦幄中有些女眷见他如此,不由哧的笑出声来。梁王将头埋得更低了,孙靖仔细端详着鞠杖上的花纹,漫不经心:"说说你的儿子吧。"

梁王莫名其妙,吞了口口水,嗫嚅道:"小王的长子李峻,获封临淄王……"

他话犹未说完,就被孙靖不耐地打断:"谁要听这些!说说李嶷。"

梁王愈发忧惧,却也无可奈何,只得战战兢兢道:"李嶷乃是小王第三子,他……他自幼就是个不祥之人……"

当下絮絮叨叨,便将李嶷出生即害得生母刘氏难产而亡,李嶷生日又偏逢五月初五,最是不吉,这不祥之人稍稍长大,却顽劣不堪,成日与家中兄们争执吵闹,到了十余岁的时候,竟变本加厉,无端殴打礼部侍郎的公子,也因此恶恼了先帝,就此被逐入镇西军中等等情状不一而足,说了出来。

孙靖却听得极是仔细,脸上喜怒不显。梁王数次偷觑他脸色,越发惴惴难安,只怕李嶷不知又闯下了什么泼天大祸,越说却越是带了几分惊惶失措,只怕自己今日性命难保,说到最后,却连声音都哽咽了,言语之间颠三倒四,含糊不清。

孙靖见他这般情形,终于不耐:"说了半晌,你这个做父亲的,连他是个什么样的人,都不甚清楚。"梁王见他发怒,更是两股战战,惊骇欲死,只得涕流满面道:"小王……小王不知大都督何意……这个儿子,委实不肖!连小王自己都想不明白,如何能生出这样不堪的儿子来!"

孙靖却又问:"李嶷是承顺十四年生?今年二十岁?"梁王无端端心下一惊,只连连点头如捣蒜:"是,是,承顺十四年五月初五,当真是恶月生恶子……"

孙靖冷笑道:"那李嶷今年不过弱冠之年,便能出诡计陷杀我三万大军,果然不肖,十分不肖!像你这样的人,怎么生得出李嶷这般天纵英才的儿子!"

梁王听到这里,却是如五雷轰顶一般,惊恐至极,一口气上不来,竟然两眼一翻,便瘫软在地,就此吓昏过去了。孙靖眉头微微一皱,早就有左右内侍上前,静听他吩咐。

"叉下去,"孙靖嫌弃地看了看瘫软如肉泥似的梁王,"严加看守,莫让他死了。"

内侍们半拖半扶,弄走了吓昏的梁王。孙靖自返座中,萧氏却笑盈盈地捧着一杯水酒,递上前来。孙靖接过那杯酒,却停杯不饮,含笑问道:"你可曾识得李嶷?"

他问得随意,萧氏却认真思索片刻,方才道:"这个人,当初在皇家宗室里头,委实不显。李家出色的子弟,我一定会略有耳闻,但这个人，我只听说他顽劣，曾惹得先帝大发雷霆，把他贬到军中去了。"

孙靖微微点一点头，说道："之前我叫人查过兵部的档案，李嶷被贬去镇西军中不久，裴献将自己的小儿子裴源，从龙武卫调到镇西军中，此后裴源一直与李嶷形影不离，总在一队。裴献那个老狐狸，眼高于顶，他让自己儿子追随的人，必然不可小觑。"

萧氏却笑道："大都督亦知晓，裴献有十来个儿子，有在军中的，亦有弃武从文的，还有去做了道士的。大都督行事何等周密，裴献万猜不到大都督会举起义旗，既然猜不到，又如何会早早布局，重视贬到军中的一个不得宠皇孙呢？"

孙靖却是一笑，颔首道："有理。"

萧氏又道："李嶷虽然一时悍勇，但以大都督之能，迟早能将其殄灭，何足为患。"顿了顿，说道："唯有崔氏定胜军南下，大都督宜早作计较。崔倚其人，极擅用兵，其子率师连下数镇，不可小觑，如今崔子领兵徘徊相州，若是崔氏与李嶷连成一片，同枝连气，那才是棘手之态。"

孙靖不徐不疾，道："崔倚那老儿，性情孤傲乖张，此番虽以勤王之名出师南下，但他却轻易不会与李嶷勾连，毕竟他也是一肚子怨气，对李家的人，他没那般信服。"

盖因先皇晚年疑心病极重，委实对不住这些武臣。孙靖原与裴献、崔倚并称"国朝三杰"，早年孙靖领大军灭屹罗，爵可封王，但旋即遭先帝猜忌，不仅将孙靖麾下的大军拆解得七零八落，一度还将其贬斥发往西南，孙靖几乎死在瘴烟之地。而裴献自不必说，数十年在西北艰苦之地,吃尽风刀霜剑。至于崔倚,在北地抗击揭硕,先帝却疑他养寇自重,几度断绝其粮草供给,屡派专使申饬,就在万寿节前,还下旨逼迫崔倚将唯一的儿子送进京来作质子。如此这般,崔倚虽然名义上起兵勤王,却态度飘忽,并不真以李嶷马首是瞻。

孙靖想了一想,却道:"我亲笔写一封信,遣人送去给崔倚。"又道:"再遣使节,去督促韩立。"

韩立领军踞并州、建州,那两州皆地处要冲,孙靖起兵后,韩立态度暧昧,但他亦对先帝没什么忠心可言,趁着这天下大乱,他大概有一番自己的小算盘。

萧氏笑道:"大都督妙策,甚是周全。"

孙靖叹道:"凉州既失,得遣重兵援鸱儿关了,连望州那里都得提防。望州守将郭直,虽算得可靠之人,但性情鲁直,对上李嶷这般狡黠之徒,难免吃亏。好在从来攻城难,守城易,他兵力又远胜李嶷,望州应当无碍。"

萧氏道:"亦得釜底抽薪方好。"

孙靖深以为然地点了点头,他的釜底抽薪之策就是坚壁清野,断绝镇西军的粮草,所以镇西军纵然连下数城,仍旧无粮草补给。西北艰苦,诸州府更是贫瘠,素来仰仗朝中粮道供给,这也是先帝当初挟制裴献等镇西诸府的放心之处。

此时孙靖便轻描淡写道:"再没有粮草,莫说打仗,饿也要把镇西军饿死在关西道上。"

第二章 白露

蒹葭苍苍，白露为霜。这天恰好乃是白露节气，距离望州城百多里外，有个行商来往必经的滑泉镇，素有塞上江南之称，虽说是镇，因为地处关西要道，人烟稠集，却比一州一府都并不逊色。值此时节，西北诸镇正是清秋寂寂，井桐坠叶，偏偏滑泉镇因为多温泉、地气蕴厚之故，所以草木繁盛，仍如夏时风致。

这滑泉镇上更有关西道上一等一的温柔乡、销金窟，便是南来北往的行商皆知晓的响当当名号：知露堂。若是寻常勾栏伎舍，倒也罢了，偏偏这知露堂，用着的乃是色艺双绝的小倌。十四五岁的清秀少年，若论雅，可与客人吟诗唱和、联句猜谜；或论俗，便是摇盅吃酒、走马弹丸，无一不精，无一不妥。

今日这知露堂中，着实也热闹得紧。厅中待客用的敞厅中设满了宴席。此刻满堂宾客却都屏息静气，连手中扇子都不摇了，因这敞厅正中，用黑檀木围出高不过尺许、方圆不过丈许的一方圆台，台上铺着红氍毹，台上端坐一人，正是这知露堂的头牌小倌阿越。他姿容隽秀，怀抱琵琶，五指轮飞如旋，一曲清商，正奏到要紧处。

"行道苦……"阿越一开腔，声音清越高昂，如银瓶水迸，"黄土呛喉尘满面，行得百里不见井，朝向日行露中宿。行道苦，前不闻铃后不见，误歧途，多少道中白骨枯。行道苦，君莫行，且饮此酒歇金乌，人间有情是别离，银汉无声花间住……"

他越唱曲子越慢，声音却越是清雅丽正，便如潺潺山溪一般，唱到最后一个"住"字，声音渐淡渐无，和着琵琶的弦音，袅袅绕梁。厅中长窗皆开，而庭中晚香玉、茉莉诸花正盛，香气盈人，便似真欲挽人花间住一般。歌喉渐息，弦音余韵，在这滑泉镇余暑未消的傍晚，众人便如饮了雪泡水一般，如痴如醉，好久才鼓噪起来，纷纷叫好。更有人开了装满金钱的匣子，豪阔万分地抓了满满一把碎金粒子，朝着台上扔去。满台金雨之中，阿越却淡然地站起来，拂身行了个礼，就转身在侍奉的引护下从厅中退走，连眼角余光，都不曾瞥一下那满地金子。

唯有台边四个家僮，眼明手快，顿时将台上的红毹毵围拢，连金子带红毹毵，一并收拢卷起，退至一边清点称量，再齐声报出金子的分量，问清这位客人姓名，便齐齐躬身行礼，朗声道："奴等替阿越谢皮四郎赏！"

顿时满堂皆是喝彩声。另有一个清秀家僮上前，送了那位皮四郎一支含苞待放的晚香玉，并延请客人后堂待茶。

那皮四郎得意扬扬，随手将晚香玉簪在自己头上，在满厅艳羡的目光中径直往后堂去了。

几个行商模样的人，宴座设在厅中西南角，斜对着那台子，正好目送那皮四郎大出风头得意而去。一个行商便道："这皮四素来惧内，被他娘子约束得厉害，手头并无多少银钱，如何这般豪绰起来？"另一个行商便撇了撇嘴，说道："你哪里知晓，这皮四郎因为是望州郭将军的姻亲，讨了文书告身，专司往望州押解军粮，可不是发达起来？"先前说话那行商便压低声音道："什么文书告身，还不是乱命，听说十七皇孙领着镇西军，活生生把孙都督的三万大军陷杀在里泊……"

"嘘！"另个行商便作噤声之态，并环顾左右，将声音压到极低，"这皇孙不皇孙的，那是我等可以议论的事吗？饮酒，饮胜便是。"数名行商当下会意，顿时喧哗划拳，热闹起来。

他们如此这般，却万万不曾想到，他们口中那十七皇孙李嶷，此时此刻竟然正身处知露堂的后院中。

李嶷倒挂金钩悬在檐角，借着渐浓的暮色掩映，悄无声息翻身伏在瓦上，谢长耳贴瓦细听，旋即朝李嶷点了点头。两人在军中久已搭档熟稔，无须一言。几个起落之后，李嶷轻巧如叶般落在后院深处的一处屋顶，谢长耳则伏在高高的屋脊上，眼观四路，耳听八方。

李嶷伏在瓦松之间，探头一望，底下屋中已经掌灯。晕黄的烛光透过窗纱映在院中洗洁如镜的青砖地上，便如一层澄澄金粉一般，又似青糕上汪着一层桂花糖。他正待探身溜下去，忽见高脊之上，谢长耳以手握拳示意，李嶷便知屋中有人进出，只得耐心伏低。

镇西军中缺粮已久，李嶷便与裴源商量，下望州取粮。但望州城池坚固，却不是他们这点兵力就可以夺城，半道硬劫粮队，又恐惊动望州守军，因此李嶷便盯住了承应运粮差事的皮四郎，看他如何行事。只是李嶷也没料到，那皮四郎居然一入滑泉镇，就进了知露堂这等销金窟。

这几楹房舍正是那头牌小倌阿越的住处。他本性疏淡，素来不爱应酬，此时借口更衣，久久不肯出去见客，知露堂的邱掌事便进来苦劝："那皮四郎若是位寻常行商，我也绝不难为你。只是适才听皮四郎说，他此番是替孙大都督的讨逆军运送军粮，乃是一位正经的运粮官，不论如何，你且去陪他吃盏茶。"

阿越正自凭几调着琵琶弦，垂目道："若个俗人，阿郎怕他，我是不怕的。"

邱掌事心中早有计较，笑嘻嘻地道："好孩子，我哪有你这般胆气，你既不愿见，我回了他便是。"转身便出去了。

阿越低眉信手调着琵琶，"得弄得弄"有声。

琵琶声断续传来，眼见皮四郎从后门进入屋内，李嶷便轻巧地从窗中翻进屋内，只见帘幕低垂，他揭起帘幕，发现帘幕之后乃是一方汤池。李嶷知晓这是引得城外温泉活水，由暗渠汇到城中，再引入各家汤池。城中豪阔之家，多设汤池，这销金窟似的知露堂自不例外。想必这名叫阿越的小倌被知露堂视作摇钱树，这间有汤池的院子，便分给他住。

池水热气氤氲，因已天色渐晚，服侍阿越的家僮，早就在池中洒满香花，朵朵香花被热气蒸腾，馥郁芬芳，中人欲醉。这知露堂行事作派素来豪奢，那池面挨挨挤挤浮着一层香花，遮掩得连池水都看不见了。

李嶷藏身帘幕之后,四下一望,并不见人,兀自沉吟,忽听得脚步声微动,却是一名家僮,正引着那皮四郎蹑手蹑脚地进来。

只听那家僮低声道:"邱掌事请郎君且在此稍待。"言毕便掀开帘幕,径直向前屋去了。

那皮四郎满心欢喜,就在池畔一张软榻上坐了,只觉满池香花,便如同自己心花怒放一般,触目所及,风软帘轻。想到待会儿便可与阿越好生亲近一番,再也按捺不住,躺倒在榻上,摇着腿儿,哼起小曲来。

李嶷从帘幕之后悄无声息走近软榻,一步近似一步,耳中听得皮四郎那荒腔走板的小曲儿,正待要干净利索的一掌将他击昏,不料窗外遥遥传来短促数声鸟鸣,正是谢长耳示警。旋即听得一阵喧哗,却是数人脚步匆忙,直奔浴室而来;屋后脚步切切,却另有一群人,也奔浴室而来。

这般前后包抄,事起仓促,李嶷颇有急智,不假思索,顺着池沿悄无声息沉入汤池中,榻上的皮四郎只听到轻微一响,转头看时,只见池面香花,微微晃动,风吹帘栊,似也吹得池中香花微动。

李嶷闭气入水,耳边忽听得极轻一声,仿佛风吹帘栊,心下却知绝计不是。他水性极佳,水中睁眼一看,果然汤池另一侧,却有人同他一样,悄没声息,正缓慢没入水中。

汤池并不大,两人于水底相距不过丈许,那人水中同样耳目聪慧,两人四目相对,各自闭气。李嶷却慢慢伸出一根手指,竖在唇边,示意噤声。那人微微点头,似表同意。两人潜伏水底,隔着水面漂浮的香花,却听上面吵嚷起来。

原来那邱掌事收了皮四郎的重金,私作主张将那皮四郎放进这后房,不想被那阿越发现,顿时发怒,唤进家僮来要将皮四郎逐出。皮四郎既得见阿越,喜得便如天上掉下个活宝贝,哪里肯走,苦苦纠缠不说,那邱掌事亦带人进来苦劝,忽然又一阵喧嚷,竟是一名队正率兵丁闯入,呵责那皮四郎,身负要紧公事,却擅自离了护卫来此。

这偌多人在池畔纠缠吵嚷不休,池底二人虽然水性颇佳,但也难耐,李嶷只觉得心跳如鼓,知道闭气已近极限,那人亦是如此,嘴边冒出一串细密的气泡。那人见李嶷望来,便用手向上指了指,示意李嶷先上去,李嶷哪里肯应允,只在水里缓缓做了一个相请的手势,那人见状,却毫不犹豫手一翻,竟持短小利刃朝李嶷直刺过来。二人瞬间在池底无声无息地过了数招,李嶷只觉得此人心思敏锐,用招狠辣,十分难缠。片刻之后,李嶷终于寻机抓住此人手臂,便用力往上一送,逼其上浮。那人机变极快,反倒借他这一抓用力向下坠,反拧他向上送,两人僵持瞬息,皆已屏气到了极限,胸腔便似要炸开一般,李嶷当机立断就势往下一沉,却勾住那人的腰,用力往上一送,那人挣扎抓紧李嶷,两人被迫一起浮出水面。

两人破水而起,水面无数香花随着涟漪不断荡漾,隔着池面氤氲的水汽,李嶷只见那人双眼如寒星灼灼照人,目光似在自己脸上一绕,却有数瓣香花,随着散落而下的水滴,正巧沾在其人鬓角脸侧,衬得那人下颔真如白玉琢出一般。此人心思十分敏慧狠辣,朝李嶷只此一望，立时于水下又是手腕一翻，不知指尖夹着什么利物，想要刺向李嶷。池畔一众人看到两人忽然从池底冒出，早就瞠目结舌，震惊不已。李嶷手一探，于水下牢牢捏住那人手腕，却就势将其往自己怀中一拉，状若亲昵，实则挟制，用匕首于水下抵住了那人柔软的腰腹之间。

这一捏一拉之间，水下种种凶狠之态皆被水面挨挨挤挤的香花遮掩。只说池畔那皮四郎眼睁睁看着两人如此亲昵，却不由得气恼悲伤："阿越！你……你竟然在房内藏着男人，还藏了两个男人……"他一语未完，竟已带哽咽之声。

李嶷见机何等之快，一转念便用力将那人拽入自己怀中，水下匕首仍抵着那人腰间，口中却解释道："不不！你误会了！我们俩只是一时情急……所以才……所以才……"他故作羞涩难言之态，池畔众人只见他二人浑身湿透从池底而出，情状缠绵相互依偎，两人脸上更皆晕红之色，哪知道那是适才闭气所致，又兼此处乃是风月之地，只道二人真的在此行不轨之事，却被自己等人撞破。

阿越素性爱洁，此刻早已嫌弃至极，厉声道："真真不知廉耻！都从我的屋子里滚出去！"又指了指皮四郎，吩咐左右："把这人轰出去！叫人来换了这池子里的水。"

那皮四郎闻言大惊，哪里肯走，直扯着阿越的衣袖连声哀求，又那队正率着兵士，非要立时就架走皮四郎，任由邱掌事苦苦相劝，却是劝了这边又拉那边。趁着池畔众人乱作一团，池中的李嶷拽着那人从池中起身，只将手缩在袖中，隔着袖子将匕首抵在那人腰眼之上，状若亲昵揽着那人的腰，径直从后门出屋而去。

待李嶷挟制那人出屋穿过跨院，又穿过两重僻静院落，天色早已经黑透。李嶷正待要发讯号招呼谢长耳，那人却是猛然一挥手挣脱，指尖一探，李嶷闪避，微不可察的数枚寒芒擦着他的脖子飞过去，李嶷拔出匕首，挥刃格开，只听细密的叮叮数声，原来那人指尖一直藏着细针。

李嶷不由冷笑："出手就想伤人，你是什么人？"那人见一击不中，默不作声，立时从袖底翻出一把金错刀继续刺向李嶷。李嶷喝道："这里是清雅小馆，你一个女人跑到知露堂来做什么？"

那人这才冷冷道："谁说我是女人？"

李嶷攻向她脚踝，喝道："纤足！"那人挥刀挡开，李嶷不待招数变老，已经借势又攻向其腰际，口中喝道："蜂腰！"那人机变极快，避开李嶷这一击，旋刀相对，差点割伤李嶷的手，李嶷手腕一翻，刺向其肩，喝道："削肩！"那人手中金错刀上挑去挡李嶷的匕首，李嶷恼她招式狠辣，匕首一沉，刃尖便已刺破那人衣物，只闻"叮"一声细微声响，似刺中什么金饰佩物之属，眼见就要伤及皮肉，那人已堪堪闪身避开，伸手捂住了肩颈衣物被刃尖刺破之处。

李嶷这才冷笑道："还说你不是女人？"

那人眉尖轻挑，回手却又是一把细针，李嶷知她针尖必煨了毒药，急闪躲避。恰在此时，一青衣壮汉闯进院中，抬臂却向李嶷射出一支冷箭，那冷箭来势极快，明显为劲弩所发，李嶷挥刃格挡，击断那支弩箭，却也被震得手腕隐隐发麻。那青衣壮汉一言不发，又抬臂连射，原来他臂上绑着一架小巧弩机。李嶷心知厉害，只得连连闪避，那乔装的女子却趁隙攻上来，手中金错刀急刺李嶷胸口，待李嶷回身，她这一刺为虚，轻巧拧身，左手已就势抽走李嶷掖在腰带内的一条丝绦，李嶷心中一惊，探手抓向乔装女子肩头，口中喝道："还给我！"

只见那乔装女子嫣然一笑，真真灼如朝阳，灿如明霞，却是连退数步。只闻"啪、啪"数声，青衣壮汉又是数支弩箭接连破空而来。李嶷闪避格挡之时，谢长耳持刀匆忙越墙而入，又有数名青衣壮汉紧追着谢长耳，皆涌入院中，以弩箭相对二人，显是那乔装女子的同伙。李嶷见此情状，冷笑一声，从谢长耳手里接过长刀，预备再战，只见那乔装女子微微示意，那些青衣壮汉便不再恋战，簇拥那女子缓缓而退。李嶷见对方人多，更兼弩箭厉害，一时并不追击。

谢长耳却是凝神细听了一番，才对李嶷言道："这群人外头另有接应，是坐马车走的。"

李嶷点一点头，回头望一望阿越院中，遥遥只见灯火通明，人声喧哗，似仍在吵嚷不休。显然此番打斗虽然激烈，但动静极小，并未惊动彼处。李嶷便道："先回去再说。"

他们在滑泉镇所选的落脚之处，原是一所行商的宅子，门前大路敞阔，后边却又有东西角门，出入便利。又因这周近皆是行商的宅院，所以极为幽静。裴源等人皆乔装在知露堂外接应，而老鲍身上有伤，留在宅子里，早就做好了汤饼，一见众人回来，便端上饭食。

众人闷声不响吃完汤饼，这才商议适才知露堂中的情形。李嶷素来胆大心细,早捏了那青衣壮汉所射一支箭在袖底,此时便将箭支递给裴源细细察看。

裴源端详着箭支,说道:"这种精钢小弩我曾经见过,是奉父亲回京都面圣的时候,定胜军中崔倚的亲卫所佩,当时父亲见着了,夸说精巧无比,我在旁边看着,也觉得这弩弓做得小巧精致。"

李嶷想起那位乔装女子,不由点了点头:"今日必然是崔家的人。"

细想之前知露堂中种种情形,此女子隐然为崔家今日诸人之首,此番第一次与崔家交锋,便可见其行事作派,隐密周详又诡黠狠辣。李嶷又道:"既然是崔家的人,八成也是冲着这皮四郎和粮草来的。"

裴源默然。崔倚虽然名义上只是卢龙节度使,实际上扼守幽州,连同更北的营州等大片州郡,皆是崔家定胜军世镇之地,千里沃野,自不乏粮草。自孙靖谋逆后,崔家态度游移不定,崔琳在相州恃兵自重,便可见一斑。崔氏又多方探寻脱出京都下落不明的太孙,明显并不想就此膺服于李嶷为首的勤王之师。此番既派人潜入滑泉镇,更显来意不善。

李嶷却伸了个懒腰,道:"既然崔家人都抢先下了一手,咱们总要应局。我有个法子,明儿一早,就正大光明去把那皮四郎给绑了!"

裴源不由精神一振。当下李嶷三言两语,说出明日绑人之策,众人皆抚掌称妙。裴源笑道:"十七郎此计大好,既不露行藏,又能不动声色拿住那皮四。"当下商议既定,安排下值夜之事,众人自回房安寝。

李嶷虽贵为皇孙,但在军中,素来与诸人一般无二。这宅子不过七八间屋子,三四人合住一间,今日李嶷与老鲍、谢长耳同住一屋,谢长耳排了上夜值宿,李嶷便对老鲍说道:"我出去洗脚。"

　　老鲍闻言嘿嘿一笑,说道:"只有你跟个娘们儿似的,睡前总要洗脚。"便告诉李嶷水井所在,是在出了宅子的后巷之中。

　　李嶷从角门出了宅院,只见清辉漫天,一轮秋月,照得遍地光洁。远处隐隐秋山一脉,近处人家屋瓦嶙嶙,皆好似水墨画轴,浴在这轻纱一般的月色中,唯闻秋虫唧唧。他踏着月色一直走到后巷,后巷本有一株极大的柳树,那水井便在柳树之侧。月色从疏疏的垂柳枝条间洒下,井栏旁铺着青石板,被月色映衬得莹然如洗。

　　因着温泉地气蕴热的缘故,虽是白露时节,井水亦是触手生温。李嶷摇着辘轳汲上水来,先尝了一口,只觉十分甘甜,并无温泉的酸涩之味,便又多饮了几口,这才解了上裳,随手将衣裳搭在井栏之上,拎起木桶,往身上浇泼冲洗。

　　他在知露堂中,被迫在那香花池中浸了多时,那池中不知又放了何种香物香料,他一直觉得身上香气熏人,直如被脂粉遍涂一般,十分别扭难受。此刻往身上冲浇了几桶水,浑身上下不再有那种甜腻腻的香气,终于松了口气。

　　他正待再打一桶水,一扭头,忽然看到不知从何处飞来一只萤火虫,正巧停栖在井栏之上,当下屏息静气,小心的探手去捉,不想那萤火虫忽然觉察似的轻盈飞起。他不过一笑了之,忽听不远处传来极其轻微的一声,仿佛有野猫踏过落叶,但李嶷为人何其机警,立时一手抓起搭在井栏上的衣服，回手旋开衣裳往身上一披，另一只手已然拔出腰间短刀，足下在井栏上轻轻一蹬，腾空跃起，直直朝有声响之处刺去。

那人本隐身在墙角阴暗之处，李嶷这一刺疾若闪电，那人亦是机敏，几乎是同时脱手数枚寒芒，直朝李嶷射来，李嶷旋身在半空中避过寒芒，仍旧直刺那人眉心，那人寒芒脱手之际便轻巧向后仰倒，李嶷手腕一沉刀尖上挑，这一刺虽被那人避过，却堪堪挑中那人发间玉簪，玉簪瞬间被刀尖撞得飞出翻落，李嶷左手一探接住玉簪，右手手腕仍旧前送，刀尖从那人如瀑般的乌黑发丝间擦过，无数萤火虫四散飞起，那人双眸在夜色之中倒映着萤火点点，真比天上星河更加璀璨万分。

李嶷左手持玉簪，本来已经刺向那人咽喉要害之处，此时忽然力道一顿，借着月色，他早已认出此人，不由脱口说了声："是你？"

原来正是知露堂中那乔装女子，她此刻散发披袍，虽被玉簪抵住咽喉要害，脸颊真与那白玉簪一般皎然，但她眼中似含着薄冰一般，并不出声，袖子一翻就势去夺玉簪。

瞬间二人已经过了七八招，皆是以快打快，那女子忽然抬手，李嶷早知道厉害，急忙闪避，只闻"啪啪"两声疾响，两支弩箭已经深深钉入井栏，箭芒在月色下泛着幽微蓝光，显然煨毒。

李嶷恼她出手狠辣，当下再不留情，数招之后，佯作攻其肩，待她回身招架时，寻见破绽，当下便一脚将那女子踹落井中。那女子心思如电，落入井口的瞬间，忽扬声道："我知道太孙在何处！"

李嶷闻言大惊，不假思索伸手去抓那女子的肩膀，想将她从井口拉出，刚刚抓到她的肩，只觉手背一麻，心中暗道不好，手腕已反被那女子握住。那女子借这一抓之力，便如燕子般轻巧翻起，以迅雷不及掩耳之势脱出井口。

　　李嶷手背那点麻痹之意已经沿着血脉散开，瞬间半边身子皆麻痹不能动弹，那女子足尖在井栏上一点，就势一踹，将李嶷"扑通"一声踹落井中。

　　幸得那井水不过丈许深，他落井之后，并未呛水便奋力站起。但井口又高又深，四壁湿滑，绝难攀爬。李嶷举起手背，借着井口透进来的月色一看，果然手背上扎着一枚细如牛毫的细针，显然针上浸了麻药。便在此时，那女子于井口俯身，向下张望，两人四目相对。

　　李嶷脱口问："你是不是崔家定胜军的人？"那女子慧黠一笑："我为什么要告诉你？"

　　李嶷此时已然明白，此女只怕早也已经猜度过自己的来历，知道自己必然是镇西军的人，所以适才危急之时，才脱口谎称知道太孙下落，诳得自己伸手去拉她。他与她不过于知露堂中匆匆一面，两次交手，她虽是女子，但心思机敏，丝毫不落下风，实在生平罕见的劲敌。他心思一转，正想着如何能脱此困境，忽听脚步沓沓，远处似有人来了。

　　那女子显然也已听见，身形一闪就从井口消失不见。李嶷听得这脚步极熟，果不然，只听似是老鲍的声音，在井外喊了一声十七郎。想是老鲍见他迟迟不归，寻了出来。

李嶷道:"我在井里。"

老鲍闻言大惊,扑到井边向下一望,连忙将井绳扔了下来。李嶷暗自捏住衣角,用衣服隔着,小心拔去手背上的细针,这才缘着井绳攀了上来。老鲍将他拽出井口,见他全身湿透,模样狼狈,不由奇道:"你来洗脚,如何洗到井里去了?"

李嶷不动声色,笑道:"本来想救只野猫,结果却被挠了一爪,倒害得我收势不及,扑到井里去了。"

老鲍嘲弄道:"你这般身手,倒被一只猫捉弄进井里,若是传回牢兰关去,怕不成了天大的笑话。"

李嶷却甚是洒脱:"笑话便笑话,也不知是谁,那年猎狼,狼没打着,倒把自己的脚让捕兽夹给夹了。"

老鲍不过嘿嘿一笑。

李嶷举目四望,只见井栏之畔,萤火虫星星点点,于秋夜中四散飞去,风吹得柳枝轻柔拂动,哪里有那女子半分痕迹,若不是袖中那支玉簪,适才种种,真恍若一梦罢了。

却说第二日一早,阿越起身盥洗,方在梳头,隔窗忽见那皮四郎献宝似的捧着一只纸匣,笑嘻嘻从院子外头进来。阿越一见了他,眉头不由一蹙,那皮四郎却在门外整了整衣冠,这才走进屋子来。见了阿越,便做小伏低,捧着那纸匣,温声道:"阿越,上次是我不该,倒拿那些金啊玉啊的俗物来,没得辱没了你。这是德华楼的包子,都是你爱吃的馅儿,有蟹黄的,火腿松蘑的,还有素三鲜的,你看,这还热气腾腾的,快趁热吃吧。"

阿越听他这般说,脸色才缓了一缓,看了看那包子,道:"倒劳烦你费心了。"

皮四郎听了这一句,便如圣旨纶音一般,乐不可支,连声道:"不费心不费心。"

站在一旁侍奉的家僮见他如此这般情状,忍俊不禁掩口而笑,阿越却瞥了这家僮一眼,淡声道:"既有客至,还不奉了朝食来。"

阿越性情素来不苟言笑,家僮失笑时便已后悔不该,见他觉察,心下惶恐,连忙敛笑而去。那皮四郎早乐得如心花怒放:"阿越,你这是替我要的朝食?阿越……你这是关心我?"

阿越神色仍是淡淡的,却道:"你既是客,又这么早来,便一起用朝食吧。"

皮四郎受宠若惊,连声答应不迭。

阿越自顾自束了发,又从锦囊中取出琵琶来,拿了拨子调音。皮四郎坐在他身侧,见他十指如玉,握着拨子调弄琵琶,便如饮了醇酒一般,只当身在仙境,如梦如幻,如痴如醉。

正在皮四郎乐得飘飘然不知身在何处之时,忽闻外面一阵喧哗,那去传朝食的家僮闯进来,慌慌张张地道:"小郎,外面有一帮人,凶神恶煞,四处翻检,说是皮家娘子派来的,要寻拿皮郎君呢!"

皮四郎闻得此言,又羞又急,他素来惧内,更兼在阿越面前失了颜面,不由咬牙道:"这千刀杀的母大虫,竟然派人寻到此间来!我……我得赶紧避一避,免得连累了阿越!"一时急得团团转,推开窗子，便要越窗而出。阿越却道："且慢！"又说道："你这般出去，万一教他们当面撞见，岂不万事俱休。谅他们一时半分也搜不到我这里来，你不如换一身衣服，乔装改扮一番，再从后门出去。"

皮四郎拍着大腿赞叹："阿越，你果然聪明过人，又这般替我着想。"当下心中直如吃了蜜糖一般，夸了又夸，直到阿越出言催促，这才由那家僮带着，匆匆去另换了衣服，乔装成知露堂中的仆役，从后面的小门偷偷溜出屋子。

他蹑手蹑脚穿过院子，忽闻耳后风声疾来，旋即脑后一痛，竟然被人一闷棍打翻在地。他被这一棍打得头晕目眩，正待要张口呼痛，忽见四五个人手执绳索诸物，从花障后一涌而出，为首那个胖子满脸横肉，一脚就踏在他膝盖上，令他不得起身，恶狠狠地道："四郎真教人好寻！娘子有令，将这厮好生绑起来家去！"

原来这几人，正是李嶷等人假扮的皮家家奴，那皮四郎何尝知道，他对自己发妻畏之如虎，只当真以为是妻子派来捉拿自己的。当下李嶷等人将皮四郎五花大绑，绑得结结实实，然后用木棍从绳结中穿过一挑，四个人轻轻巧巧便将皮四郎四脚朝天，脊背朝下，抬了起来。

他们这般绑人抬人，动作利索得一气呵成。皮四郎既被麻绳勒得嗷嗷叫，又被人如抬猪羊一般抬出知露堂，颜面全无，禁不住破口大骂："这个天杀的母大虫，凶蛮不讲理的婆娘，竟敢派人来捉我！我回家就给她写休书！"又直着喉咙赌咒发誓："天雷爷爷在上，再不休了这凶悍善妒之人，我也不姓皮了！"

这一番动静，早就惊动了知露堂中诸人，纷纷或开窗，或走到檐下来，指指点点看热闹。

知露堂既做此等生意，早见惯争风吃醋，或有家中妻室寻上堂中来哭闹，但这般上门绑人却是头一遭儿，众人见皮四郎这般狼狈模样，自是禁不住好笑。

那老鲍故作凶蛮之相，瞪着众人斥道："看什么看！再看我们家娘子就报官，说你们这堂子诈骗金银！抄了你们知露堂，把你们这些人统统抓起来！"

他们这般作态，更兼皮四郎那一通叫骂，自然无人有半分起疑。当下顺顺当当将皮四郎自那知露堂中抬出，上了门口马车，扬长而去。

待将那皮四郎绑到城外僻静处，李嶷等人仍假作皮家仆役，恫喝威吓，言称皮四郎此番出门，就是故意撒谎哄骗家中娘子，所为只是来知露堂寻花问柳，说道家中娘子如何生气，命要敲掉皮四郎的牙齿以作惩戒。那皮四郎早没了知露堂中那般胆气，连声辩解自己此番是替望州郡守郭直将军去押解粮食，之所以身在知露堂，只是路过而已。

他这番言辞，老鲍故作不信，拿着斧子便在他门牙上比画："胡说八道！少拿郭将军出来扯大旗！你拿官府家出来吓唬娘子，罪加一等！"

皮四郎浑身筛糠一般，急得赌咒发誓："天爷在上，真不敢哄骗娘子，我此番出门，真的是替郭将军押解粮草去了！至于那知露堂，实实是郭将军遣使出城接应，叫我去那堂中吃了杯水酒！所为也是谈粮草之事，并无其他心思！"

李嶷朝老鲍使了个眼色，李嶷接过斧子，用手指试了试锋芒，说道："你少在这里扯谎了，无凭无据，就听你张口瞎编，我们自是不信，你更别想诓骗娘子！我看，还是按照娘子的嘱咐，敲下你一颗牙来，你才会说实话。"

那皮四郎听他如此言语，忽得灵光一闪，大声道："有凭据！有凭据！我有郭将军的解粮对牌，是军中的对牌，可以作凭据，我真的是贩粮去了！"

李嶷不紧不慢，问道："那对牌在哪儿？"

皮四郎道："就在我腰间革囊里。"

老鲍当下探手去他腰间细细摸索，片刻后朝李嶷摇了摇头，示意并未有对牌，李嶷凝眉沉声道："哪有对牌！你到此时此刻，竟然还东扯西拉，想要诓骗我们！"

皮四郎几欲哭出来："有对牌，我真的有对牌啊！"李嶷用斧子挑开他手上的绳索，皮四郎慌忙伸手在自己腰间革囊里摸索，到最后索性将革囊整个都翻了过来，只有一些散碎银钱，哪里还有对牌。

李嶷举着斧子作势要敲下，皮四郎吓得哭叫道："我真的有对牌啊！我真的有对牌，这对牌我须臾不敢离身的！"

李嶷喝问："那对牌去哪儿了？"

皮四郎哭着道："我也不知道，真的不知道对牌去哪儿了！"眼见李嶷手中雪亮的斧子不由分说狠狠劈向自己，顿时吓得双眼翻白，就此晕了过去。

老鲍摸了摸他颈中的脉搏，冲李嶷点点头。李嶷便与裴源走开了说话。

裴源道："如此看来，他确实不知道对牌已失。"

李嶷却微微叹了口气："只怕崔家的人已经捷足先登了。"

裴源微微一怔，李嶷却朝树下的皮四郎努了努嘴，说道："绑他出来的时候，他穿的不是自己的衣裳。"

裴源恍然大悟："只怕还在知露堂中时，对牌已经被人趁机偷走了。"

李嶷点了点头："不知崔家的人怎么办到的，八成还是崔家那小女娘的计谋，狡黠狠辣，此乃劲敌。"想到昨夜在那井畔，崔家那小女娘机敏善变，自己明明已经占了上风，却被她一句"太孙"诓骗，竟被踢入井中。生平以来，从未遇见过这般人物，更从未吃过这般闷亏，不由牙根一阵发酸。

裴源见他如此评价，不由皱眉道："崔倚的儿子，竟然十分擅用兵，这倒也罢了，麾下又这般人才济济，只怕所志不小。"

李嶷叹道："崔家所志不小又能如何，如今这天下大乱，谁没有各自的一腔心思，崔家打着自己的算盘，只怕不仅想鹬蚌相争，渔翁得利，更想借势而为，借刀杀人，如今趁着咱们缺粮，就和那孙靖心照不宣，想把咱们堵死在这关西道上。"

裴源道："既被崔家的人捷足先登，拿走了对牌，那咱们问出粮队所在，带着皮四迎上去，八成还能接住粮食。"

李嶷摇了摇头："恐怕来不及了。"顿了顿，说道："若是我是崔家的人，既有对牌在手，此时此刻就带着人乔装改扮成望州守军，大摇大摆去粮队接粮。"

裴源皱眉想了一想："没想到咱们这一番苦心谋划，竟然给崔家作了嫁衣。"

李嶷忽然一笑，道："塞翁失马，焉知非福。自孙靖作乱以来，崔家趁着焉山南麓空虚，派兵占据了不少城池。这一次，他们百密一疏，咱们也来捡个现成的便宜。"

裴源微微一怔。

李嶷笑道："如果望州郡守郭直得知皮四失踪，粮草可能出了纰漏，会如何行事？"

裴源脱口道："他定会立时率军出城接应粮队！"

"对！"李嶷笑眯眯，"既然望州城中空虚，咱们且暂不顾粮草，先赚一座望州城。"

从来是守城易，攻城难，如若有望州在手，近可挟制并州、建州，远可逼近洛水，直指关中。连东都洛阳都变得可望可及，正因为望州如此要紧，所以孙靖才源源不断送出粮草，以支援望州。裴源想到此处，不由得精神一振。

李嶷一猜即中。那皮四郎原本乃是偷偷溜出滑泉驿，偏在知露堂中又被绑走，护卫他的兵丁城里城外遍寻不着，只得硬着头皮赶往望州报讯。望州郡守郭直闻讯大怒，亲自带了城中守军，倾巢而出，去接应粮队。

李嶷与裴源率了几千兵马，先遣人乔装混入城中，里应外合，寥

059

寥无几的守军不战而降。并未多费周折，就顺顺当当拿下了望州城。

话说既占据了望州城，老鲍与谢长耳便兴兴头头，带着人好好查点了一番城中存粮，所余不多——这倒也是意料之中的事，不然为何孙靖从朝中送来偌多粮草。不过，城中存粮亦够数千人这好几日的嚼裹，尤其还有米面咸肉，可慰伤兵。裴源喜出望外，先安排下伙夫厨子，好好做一顿饱饭，以飨同袍。

李嶷却不慌不忙，亲自带着人在城楼上巡望，裴源登了城楼，见他不住眺望，便问："是担忧郭直返身回来，攻城恶战？"

李嶷眯着眼睛，望了望西斜的太阳，说道："崔家那个小女郎，狡黠过人。我觉得她不仅会派人拿着对牌去接粮，只怕她的如意算盘不仅如此，既然猜到郭直会率军出城，那她接了粮草，就直奔望州而来，赚开城门，一箭双雕。这样她既劫了粮草，又劫了这望州城。"

裴源不由瞠目结舌："天下竟有这等狡猾无耻之徒！"

言谈之间，城外的游骑哨探已奔回来传讯，正是有大队粮草押运着往望州城中来。李嶷精神一振，当下传令阖军上下，于城墙后埋伏守卫，切切在粮草未进城之前，不要露了行藏。上上之策当然是等着那崔家押运的粮草进入城中，来个瓮中捉鳖。再不济万一被崔家的人发现，也得大战一场，留下粮草。

至于李嶷，他私下里盘算，若是能就此擒住崔家那个小女郎，自己定要一脚把她踹进井里，好报那晚的落井之仇。

裴源见李嶷神色淡然，不远处已经依稀可见粮队连绵的车马，踏着夕阳正朝望州城门缓缓而来,忍不住追问:"你是如何猜到她会有此番作为?"

李嶷不经意道:"如若我是她,我也这么干。先劫了粮草,再劫了望州城。"

裴源摸了摸腮帮子,一时竟不知说什么才好。城墙上下的诸人,早就屏息静气,等待粮队进入城中,就关闭城门围而歼之。谁知粮队行至城下,忽然有一骑越队而出,借着初秋最后的残阳余晖,李嶷从城堞缝隙里,只见那人虽然一身素色圆领袍子,束发戴着幞头,乍一看宛如少年郎,但身形纤丽,明眸灿然,只怕化成灰了李嶷都认得出,正是崔家那个小女郎。

但见她朝城楼上一望,扭头吩咐了一句什么,粮队立时调转方向,后队变前队,驱赶着拉车的骡马,竟然匆匆而去。

此时暮色渐浓,裴源再也忍耐不住,探身而望,只见粮队急急离去,只留下道路上一股股激起的烟尘。裴源急问:"怎么办?追不追?"

李嶷摇了摇头,声音中倒并没有多少惋惜:"不用追啦,她若是进城来,咱们自然可以一战,要是追出去,八成徒劳往返,还会再失了这望州城。"

裴源恨声道:"不知她怎的瞧出了破绽,这世上竟然真有这般狡黠无耻之徒!"

李嶷却是嘿嘿一笑,说道:"她若是真撞进城来自投罗网,那还颇令人有几分失望。被她瞧出破绽,这才是她应有的本事啊。"说完,也不管裴源,收了手中弓箭,自顾自拾阶下了城楼。

裴源茫然看着他的背影,似未听懂他适才说的话,只得扬声问:"你做什么去啊!"

李嶷头也没回地答:"吃饭!"

第二日一早,李嶷方含着柳枝在官舍厢房前净齿——郭直这郡守的官舍建得敞大阔亮,就被李嶷当作兵营用了,伤兵皆住在此处,他就住了一间朝北的下房,虽然是下人的屋子,但比之在荒野里风餐露宿,自然好了许多。他正含着柳枝净齿,却见裴源匆匆走进来。

"十七郎,郭直在城外三十里扎营,虽派了哨探来往,似乎也不打算攻城。"

李嶷拿青盐水漱了口,方才道:"他大意轻敌,中计出城,丢了望州,孙靖那脾气,素来暴躁酷烈,若是得知,只怕立时就要砍他的脑袋。所以他徘徊城外,以他的兵力,既不足攻城,却又无法求援。"

裴源笑道:"这郭直确实处境尴尬。"

李嶷道:"郭直不足虑,但现在崔家的人,只怕又要生事。"

裴源不由微微一怔。

李嶷道:"崔家那个小女郎,心思敏捷,她虽劫走了粮食,但眼见望州城落入我手中,必不甘心。如今郭直率军孤悬城外,无城可据,无粮可食,又不敢求援,处境尴尬,若我是她,必然去郭直军中和谈,好与他合围攻城,拿下望州,踢我们出局。"

裴源听他如此言说,不由问:"那该如何?"

李嶷笑道："我们自然是明修栈道，暗度陈仓。我出城去与郭直假作和谈，等我到了郭直军中，崔家的人自然会考量一下，是与我们为敌划算，还是与我们结盟先收拾了郭直那点兵马划算。"

　　裴源不由皱眉："十七郎，你说得有理。但你去太冒险了，还是你据守城中，我出城去郭直军中，与崔家的人面谈吧。"

　　李嶷看了裴源一眼，慢悠悠地道："当然是小裴将军去。我呢，好生给郭直写上一封手书，盖上平叛元帅的大印，以显示咱们的诚意。"

　　裴源一怔，不由道："你不是说帅印那劳什子太累赘，放在父帅营中压根没带出来过。"

　　李嶷浑不在意："拿萝卜刻一个不就得了，咱们之前不都这样干吗？"

　　裴源又是一怔，忽得醒悟过来，急道："那可不成，万一被识破……"

　　李嶷拍了拍裴源的肩，一语双关，说："你就放心吧，没什么万一，郭直和崔家的人都没见过小裴将军，更没见过我的帅印，绝辨不出什么真假。"

　　当下李嶷换了身衣服，轻骑简从，只带了数名随从，开了城门，直奔郭直营中。那郭直听闻镇西军小裴将军亲来拜营，亲自领了帐下几名郎将，出辕门相迎，见了面，却是既不失恭敬，也不失亲热。盖因裴源的父亲裴献，几十载镇守西陲，关西道上的武将，无论如何，都承他几分情面。所以纵然是敌非友，郭直还是客客气气，将小裴将军好生迎入了军中,也坦率相告,崔家也遣人来了。

李嶷呈上盖着帅印的手书,见郭直将"平叛元帅、镇西节度使、皇孙李嶷"的亲笔手书看完,便随口问道:"适才郭世兄说崔家也遣人来了,不知所来何人?"

郭直被他叫一声"世兄",却是皱眉道了一声不敢,方才道:"崔家派来的,是崔公子身边的亲信何校尉。却也巧,那何校尉刚入营一盏茶的工夫,小裴将军也来了。"

李嶷不动声色:"可是那'锦囊女'何氏?"

原来崔倚只有一子,名唤崔琳,自幼体弱多病,京中数次索要此子为质,都被崔倚搪塞推脱了。崔倚宠爱独子,给他精心挑选了无数亲随侍从。这些侍从中有一名女子何氏,最为出色,是自幼侍奉崔公子的侍女,机敏慧黠。及至崔琳参与军事,这何氏又于旁辅佐,须臾不离那崔公子左右,因此被定胜军上下称为"锦囊女"。

郭直点了点头。

李嶷笑道:"既然崔公子也遣来了身边要紧的人,那何妨一见。"

郭直本来正有此意,笑道:"小裴将军如此气度,郭某就放心了。"当下在中军帐中设宴,好生招待小裴将军与崔家来使。

果然这何校尉就是知露堂中那乔装的女郎。李嶷与她虽只见过短短数面,但连番交手,已知此乃劲敌。今日只见她打扮又有不同,乃是穿了一身定胜军中校尉的服色,更衬得蜂腰猿背,鹤势螂形。乍一看,当真雌雄难辨,细看才觉得眉眼精致,皓腕如玉,并非少年郎,乃是一名英气勃勃的少女。

待郭直居中介绍，李嶷便客气道："原来是定胜军的何校尉，幸会幸会。"

那何校尉也嫣然一笑，道："原来是镇西军的小裴将军，久仰久仰。"

当下郭直也毫不客气，说道："两位都是少年才俊，今日来此，郭某真大开眼界，也受宠若惊，既怕辜负小裴将军的美意，又怕令崔公子不悦，心里也为难得紧。"

听他说到此处，李嶷不由望了那何校尉一眼，不想她正笑吟吟地望过来，两人目光一触，那何校尉微微一笑，这才掉转眼神去看郭直。只听那郭直道："思来想去，既然是左右为难之事，不如按照军中旧例，以搏代决。"

当下提出，三方各遣一人比试，若是郭直军中人赢了，小裴将军代表的镇西军，和何校尉代表的崔家定胜军，就要各自答应他一个条件。若是何氏或小裴将军遣出的人赢了，他就和谁谈结盟之事。但此方比试必得另遣人，三人皆不得亲自下场比试，以免伤了和气。

这法子倒也公平，当下李嶷与那何校尉都痛快答应了。郭直挑了军中一名健卒，李嶷派了随自己而来的谢长耳，何校尉则指了她身边的一名亲卫陈醒。

当下在营中寻了平坦处，划出一大片沙地来，又在沙地上用石灰划出三个白圈，远处望楼上插了一面小旗，以驰马至望楼夺旗，最先返回将那面小旗插进自己的白圈者为胜。

那传令的郎将大声吆喝："不限兵刃，点到即止，勿伤性命。"

言毕将手一挥，三人三骑，便已如离弦之箭，飞驰而出。

三骑追逐相搏，十分精彩，周围围观的将士，时不时发出赞叹声、喝彩声。

李嶷此番前来，本来就是醉翁之意不在酒，所以分外洒脱。但见那何校尉，也是意态从容，仿佛闲庭信步一般。心中思忖，这何校尉一介女流，竟已然如此气度，不知那崔公子又是何等人物。崔家立场甚是微妙，尤其自己率镇西军已入关西，若能逼近洛水，那崔家的态度就更为要紧，总要想个法子，不能再让其掣肘于侧。崔琳既为崔倚独子，定胜军中又对其颇为拥戴，若是能与那崔公子交结一二，或可随机应变，侦知其心意。

他正思量间，忽听郭直问道："小裴将军，令尊当年在虎牙关受过重伤，每逢阴雨便会发作，酸痛难忍，不知近年可好些了？"

李嶷心中一凛，却笑道："多谢将军问候，家父所有旧伤，数肋下那道箭伤最为凶险，这几年虽在军中，但悉心调养，已经好得多了。"

郭直点了点头，笑道："说来我还曾见过尊兄一面，那时候他奉令返京，路过望城驿正逢大雨，摔坏了坐骑，只得求助于我，我派人给他送了两匹马。"

李嶷微一凝神，便笑道："那是承顺二十四年吧，当时我还小，阿兄回京后，说起途中大雨，险摔坏了腿。"

郭直笑着点了点头："如今三郎已经在奉州任上了吧。"

李嶷笑道："年岁太久，郭将军想是记错了，当年受您赠马的是我二阿兄，不是我三阿兄。"

郭直点了点头，忽听场中欢呼雷动，原来是郭直军中那名健卒，已经于望楼上抢到了旗帜，策马直奔那白圈，后面两骑紧紧相随。李嶷不由瞥了一眼那何校尉，见她仍笑吟吟，似对场中输赢并不介意。

不过片刻之后，果然何校尉派的那名亲卫陈醒，又从健卒手中夺回了旗帜，三人于马背上拼力相搏，甚是惊险好看，三人皆离白圈近在咫尺，但旗帜于三人手中辗转，又被另两人所制，谁也没办法将旗帜插进白圈得胜。

一时争抢更为激烈，又因不限兵刃，所以刀光剑影，格外惊险。李嶷心中一动，正待要出声，忽见陈醒为了抢旗，抬臂射出一支弩箭，那健卒却心一横，并不避让，一跃而起，只听"噗"一声，那支弩箭深深射入健卒腰腹。这一箭原可避开，陈醒不由一怔，那健卒也借机握到了旗帜，拼尽全力，将旗帜狠狠插进了白圈，终因伤重，力竭扑倒。

郭直见状早就离座，急忙扑过来扶起那名健卒，那健卒奄奄一息："将军……幸……幸不辱命……"言毕头一垂，竟死在郭直怀中。

陈醒与谢长耳早就翻身下马，陈醒抛了兵刃，见此情状，不禁黯然，单膝跪地，拱手道："是我失手了。"

郭直心中悲愤，当下抱着那名健卒不发一言。李嶷与何校尉亦早已离座，李嶷劝道："郭将军，以这位健卒的身手，其实刚刚那一箭，他是能避开的。"

郭直点了点头，说："是，他一意求胜，所以才没有闪避。"

何校尉道:"此人忠勇,令我等钦佩,如今是将军所遣的人得胜,依照前言,我定胜军和镇西军,可各自答应将军一个条件。"

李嶷点了点头:"是,我镇西军可依照前言,答应郭将军一个条件。"

郭直神色悲恸,说道:"天色已晚,我军中要为这位同袍归葬。我此刻哀痛心乱,还请两位今晚就宿在营中,明日再谈。"

李嶷心中早就转过千百个念头,还未及说话,忽听那何校尉道:"这是自然,我也要代定胜军祭奠这位勇士。"

李嶷便也点点头:"郭将军节哀,也允我去祭一杯薄酒。"

这场比试,猝然而止。郭直亲自率祭,军中葬礼,甚是简朴,唯有三军感念其忠勇,各自唏嘘不已。待得办完丧仪,天色已经擦黑,郭直便命人与李嶷和何校尉及两人的随从护卫几顶军帐,各自歇息。

一进帐中,李嶷便对谢长耳道:"这健卒用一条命换得我和那何校尉必得留宿营中一晚,今晚必出古怪。"

谢长耳却是个实诚的人,不由吃惊道:"不是说赢了咱们就得答应他们一个条件,怎么今晚就会出古怪?"

李嶷摇了摇头,郭直数次出言试探,显然是担心自己这个"小裴将军"乃是冒牌货,只怕他万万想不到的是,自己真实的身份其实比裴源更为要紧。郭直之所以试探,或是想扣押了裴源,奇货可居,或是另有别的计谋,既然如此,那必然会今晚趁夜动手。

听他如此言说,谢长耳不由急道:"那我赶紧让老鲍回望州知会求援?"

李嶷道:"不用,他们要动手,也得夜深人静,你叫老鲍警醒些就是了。趁着现在,我去探一探那位何校尉。"

谢长耳知道老鲍一直在暗中接应,便点了点头。李嶷脱下小裴将军那身胄甲,换了身轻便的衣服,用匕首无声无息地将帐篷下方割了一道口子,偷偷溜出了帐篷。

军中入夜,金柝声声,警戒森严。但李嶷素来是镇西军中最好的斥候,当下轻轻巧巧,不露半点行藏,便已穿过大半个军营,来到何校尉帐后。

他用匕首划开后帐的油布,闪身进入帐中。只见帐中点着明晃晃儿臂粗的蜡烛,几案上放着一本摊开的书卷,旁边是半砚刚磨的新墨,但帐中空荡荡并无一人。李嶷心中警铃大作,顿觉不妙,正待要转身,忽感腰后细微一痛,似被蚊虫叮咬了一口,但心中明知绝计不是,果然一股麻意迅速从腰际上下延开,便如数道冰线一般,迅速已至指尖和脚趾,当下腿脚一软,神志仍十分清醒,但已倒地动弹不得。

此刻方见那何校尉笑吟吟从屏风后走出来,她已经换了一身轻巧的素衣,虽仍作男儿打扮,但束了发,反倒像是稚气未脱的少女,烛火照着她的明眸眼波流转,如星如月,灿然生辉,却蕴着三分笑意。她负手走到李嶷近前,十分嫌弃地用足尖拨弄了一下他,然后才从身后拿出牛筋来,将李嶷双手双脚都捆了个结结实实。

待捆好了,她似是不放心,又拿出一道精铁细链,将李嶷双手重新绕了好几圈捆住,这才从地上捡起李嶷的匕首,在他颈中比划了一下,方才道:"三更半夜,小裴将军这是上次在井里洗澡洗得太适意,所以特意又来寻我?"

两人相距极近,李嶷从她乌黑的眼眸中,几可看清自己的倒影,他处境狼狈,却仍是洒脱:"一井之恩,没齿难忘,在下时时刻刻都惦记着姑娘的恩德。"

少女扑哧一笑,说道:"得啦,我知道你时时刻刻都在惦记着,想要把我也踹进井里,报那一井之仇。你就是这么睚眦必报的人,是也不是?"

李嶷虽与她只见过短短数面,却知道此人实乃生平罕见之劲敌,见她明眸皓齿,晏晏谈笑,恼恨得牙根又隐隐发酸,但还是笑道:"姑娘又没见过我几次,怎么知道我是个睚眦必报的人?既然姑娘是崔家定胜军中人,与我镇西军乃是友军,我自然宽宏大量,不再计较。"

那少女闻言,笑眯眯地道:"你对旁人,或许宽宏大量,不再计较。但是你对我,是一定衔恨不已,睚眦必报。"

说到此处,两人心里都不由升腾起一种怪异之感,他们二人皆只见过对方短短数面,但不知为何,皆能猜到对方心中所思所想。那少女与李嶷数次交锋,都略占上风,但也知道眼前之人乃是生平劲敌,绝不敢有丝毫半刻懈怠,虽与他说着话,但手中匕首却一直牢牢对着李嶷颈项,只要轻轻一送,便可取他性命。

李嶷却眼睛瞬也不瞬地盯着她,说道:"我问你一件事,那天在知露堂中你抢走了我的珠子,你能不能还给我。"

那少女一怔，忽然有一层淡淡的红晕，从她洁白如玉的颈间泅晕而起，一直如潮水般泅过双颊，她仿佛立时被触怒，将匕首的刀尖，又往前递了一分，几乎要刺破他颈间的肌肤："那我的簪子呢！你抢走我的簪子，我还没跟你算呢！"

李嶷见她突然羞恼，百思不得其解，但却趁机想要越发激怒她，笑道："你把我的珠子还给我，我当然就把簪子还给你。"

少女冷笑一声，说道："现在你都已经沦为阶下囚，还敢与我讨价还价。"

李嶷笑道："我都已经沦为阶下囚，你为何还要用利刃指着我？"

匕首锋刃的寒光倒映着烛火，微微摇动，他明知道这把匕首吹毛断发，锋利无比，却毫无惧色。少女不由眯起了眸子，问道："那你呢，你手持利刃潜入我帐中，是想做什么？"

李嶷忽问："你只带了这几名随从进郭直军中，崔公子答允吗？"

"公子他……"少女只说了三个字，忽得醒悟，见李嶷嘴角上扬，微带笑意，知道已经不留神被他套了话，本还可矫作掩饰，但明知眼前人奸猾无比，哪怕自己再出言掩饰，他既已猜到，那便是无用。当下眼神微冷，如蕴薄冰，声音也冷了几分："你如何猜到的？"

"你们公子如果还在相州，你绝不会行此险策。你就带了这么几个人来郭直军中，又不怕他把你扣下来，那你们公子一定早早就带着大军，来到了望州左近，所以你才肆无忌惮。"

少女虽然被他猜中，但也满不在乎，说道："那小裴将军呢？小裴将军定然是因为皇孙殿下极擅掌兵，他在望州城中为援，所以小裴将军才肆无忌惮，敢来郭直营中。"

李嶷点了点头："皇孙殿下对崔大将军素来敬仰，既然崔公子就在左近，还请何校尉带我去见一见崔公子，皇孙殿下有几句要紧话，也想面见崔公子详谈。"

"我们家公子，可不是想见就见的。"少女不紧不慢地说，浑没将名义上的勤王之师、镇西军主帅，十七皇孙李嶷放在眼里，"再说了，若是论到大义正统，那也应该奉太孙是未来的君主，不是他十七皇孙殿下。"

先帝晚年暴戾昏聩，尤其对待有功的武将们，总暗疑他们有不臣之心，因此刻薄寡恩。崔家定胜军上下心中怨愤，对天家李氏，连同举着勤王大旗的李嶷，也并无多少尊仰之意。只不过碍于名分，不得不承认这天下还是李家的，大义上太孙还是天家的正统罢了。

李嶷昕她这样说，浑没半点生气，就笑道："那是自然，若是寻回太孙，他才是大义正统。"

若不是如此，怎么会当时只听她一句"太孙"，他就不假思索要去拉她，结果反倒上当，被她一脚踹进井里。两人瞬间想到此处，李嶷的牙根又隐隐发酸，而那少女，显然也并不觉得偶占上风，值得骄傲，只是神色警惕，盯着李嶷。

李嶷笑道："喂，你都把我捆成这样了，还担心什么？"

少女微笑道："数次交手，我知道你本事可大了，就算把你捆成这样，我也觉得不怎么放心……"

她"心"字刚刚从舌尖吐出，李嶷忽然身形一动，不知怎么的竟已挣脱了牛筋的束缚，往后一仰避开匕首的锋芒，少女手中的匕首疾刺而出，他双手一举，绑束着手腕的细细精铁链子正迎着匕首锋芒一划而下，只闻叮叮数声，手上缠捆数圈的精铁细链悉数被匕首割断，李嶷双手既得自由，马上一探捏住了少女的手腕，夺回匕首，少女急退两步，抬手便朝他射出数支弩箭。

李嶷手一挥不知掷出什么撞飞弩箭，其中几支"嗍"一下射灭了蜡烛，少女只觉眼前一黑，旋即耳边似响起一声轻叹，然后腰际一凉，已经被人挟住了要害。

李嶷从地上拾起牛筋绳，将她好生捆了个结结实实，这才晃亮火折子，点燃了蜡烛。情势瞬间反转，少女也不恼怒，只用水盈盈的眸子，注视着李嶷的一举一动。

李嶷笑道："来而不往，非礼也。"拿着匕首，在她颈侧比画了一下："何校尉，你说我到底是把你扛出去扔在井里呢，还是你自己老老实实告诉我崔公子在哪儿，带着我去见他老人家一面。"

"我就说过，"少女似乎幽幽叹了口气，"你对旁人，或许宽宏大量，不再计较。但是你对我，是一定衔恨不已，睚眦必报。"李嶷忽然身形一晃，似避开什么无形的东西，他一伸手就捏住了少女的脸颊，逼迫她吐出舌底细小的竹管。他用衣服隔着手指，捏着那竹管细看，里面机括精巧，扣着数枚细针，针尖幽幽发着蓝光，不知是煨了麻药，还是煨了毒药。

李嶷不由得摇头赞叹："这东西做得真精巧，送我了。"

少女见偷袭不成，倒也不恼。李嶷说道："你身上还有什么机括,一并拿出来吧,省得我动手搜。"

恰在此时,忽听帐外脚步声渐近,紧接着帐外有人高声道:"何校尉,郭将军命我送点心来。"

李嶷一怔,少女已经一跃而起,鞋尖弹出利刃,幸得李嶷早有防备,闪避极快,饶是如此,那刃尖也贴着他的咽喉堪堪划过,惊险万分。

李嶷重新将她制住,用匕首抵住她要害,在她耳边低语:"打发帐外的人。"

少女微蹙着眉头,似是无可奈何,扬声道:"谢过郭将军,我此刻更衣不便,还请将点心放在帐外,我即出来自取。"

帐外的兵卒闻言,似放下了点心盘子,脚步声渐渐离去。李嶷侧耳细听,忽然用力将少女按倒于地,一甩手,掷出匕首斩断烛火,帐中顿时一片漆黑,只听破空之声嗖嗖连响,原来是帐外射入无数羽箭。李嶷抱着她就地一滚,两人避到箱笼之后。

少女已经迅速镇定下来,问李嶷道:"你预备的人呢?"李嶷反问:"那你预备的人呢?"

话音未落,一群人早就冲进了军帐,李嶷正待脱身离去,忽然衣角一滞,黑暗中也不见身形,但听见少女冷冷的声音:"你闯进我的帐中来,现在又想一走了之,没那么便宜。"

李嶷心知若带着她,极难毫发无损的脱身,但笑一声,说道:"若是你能带我去见你们崔公子,我就带你走。"

少女的声音在黑暗中如溪水般冷冷清冽:"你必须带我走,你带我走或许考虑让你见公子；你不带我走，你就是公子的敌人，从此后绝难见他。"

李嶷见她一语道破，无奈之余，只得在帐上划破一道长长的口子，先将那少女轻轻巧巧腾挪出去，自己又钻出帐外。其时今夜无月，倒是一天灿然的星斗，隐约可以视物。李嶷带着那少女在营中七拐八弯，时停时行，试图绕过埋伏包围。

郭直既下定决心取其性命，派出这些人都极为凶悍，更兼人数众多，重重叠叠，不知埋伏了几层。幸得李嶷机警过人，但仍惊险万分，差点就被发现。正当两人焦头烂额之际，忽听营中北角上喧哗起来，紧接着隐隐看到火光四起，还有人在大声呼喝。

李嶷不由回头看了少女一眼，只见她神色警惕，双眸在星光下眼波流转，无端端倒叫他想起猫儿，只怕她若真是一只狸奴，那连尾巴尖的毛都写满了阴谋诡计。其实从他看见她第一眼，他就觉得她像猫儿，所以当时被她一脚踹落井里，他脱口撒谎对老鲍说，是被野猫挠了一把。此时看她紧紧跟在自己身后，脚步轻巧无声，愈发觉得她像一只猫。

若真是一只猫倒好了，可以藏在袖子里，这么个大活人要无声无息带出营去，可真令人发愁。幸好营中起火了。但过得片刻，李嶷听清楚了营中在呼喊什么，不由气得笑了。

营中四处喊声大起，叫得都是"快救火啊！""镇西军袭营了！""镇西军杀过来了！"诸如此类……

李嶷不由对身后那只乖巧的小猫冷笑："你就是这么部署的，栽赃给我？"

小猫一脸无辜，瞪着两只圆圆的大眼睛看着他："我的人只是胡乱嚷嚷，叫喊几句，扰乱一下军心，既没有袭营，更没有放火，你既然部署了人放火，这不也算是袭营吗？"

李嶷被她这么一噎，倒也无语。小猫不屈不挠，反问他："你到底打算如何脱身？"

李嶷道："现在营里已经乱了，我没什么计策，你怎么走，我跟着你走。"

小猫终于瞪着他："你不会连马匹都没预备吧？"

李嶷笑道："你定然会预备马匹的，我还预备了做甚。"

小猫终于也被噎了一噎，再不言语，转身就迎着火光，径直往西北角上去，李嶷紧紧跟在她身后，时不时替她挡一挡乱箭，小猫也不言谢，只是脚步轻快，不一会儿，就走到营地边缘僻静之处。果然陈醒牵着两匹马，候在那里。

那何校尉并不搭理身后的李嶷，对陈醒道："你赶紧去回禀公子，就说我已脱身，且按计划行事。"

陈醒看了一眼她身后的李嶷，抱拳行礼，翻身上马离去。李嶷眉头一挑，忽听耳畔疾风而至，正是那何校尉射出的弩箭，待李嶷闪避之时，她早已经也认镫上马，朝着陈醒相反的方向策马而去。此时营中早就有人发现这边的动静，一队兵卒冲过来，不由分说，朝着那何校尉就射出一通乱箭。李嶷叹了口气，知道不能不救，只好夺了一柄刀，将那些乱箭叮叮当当全都斩落半空，又与那队兵卒缠杀了几个回合,待那何校尉早已脱身,这才返身闪入暗中。

却说那何校尉驰马穿过树林,奔出里许,忽觉马背一沉,竟然有人落在她身后鞍上,她反手捏住袖中短剑就是一刺,却被人按住了胳膊,李嶷清凉的声音在暗夜中响起:"是我!"

追兵喧哗着追出了大营,紧紧朝着他们追过来。少女不怒反笑:"小裴将军一身好本事,怎么还让追兵紧追上来?"

李嶷嗤笑了一声:"若他们不追上来,你肯带着我一起走吗?"

少女不疾不徐,说道:"你要是没这么招人厌,或许吧。"

李嶷幽幽地叹了声,黑暗中追兵已经越来越近,一骑双乘,自然无法快驰。少女数次想要用毒针射杀李嶷,或将他抛下马去,但知道此人极其难缠,自己若是动手,难保不反被他所制,还是甩开追兵,再另寻脱身之策才好。

她数次隐忍,都被李嶷看在眼里,他笑道:"我是不是你生平最讨厌的人?"

少女心中恼恨,却从容言道:"那倒也不是。"

李嶷点了点头:"看来我还得努力。"此时追兵已经极近,但听破空之声不断,数枝冷箭擦着两人飞过。李嶷道:"都怪你,为什么非要骑这么一匹白马,在晚上也太显眼了。"

少女心下生怒,冷喝一声"小白!"那白马极为神骏,瞬间前蹄高扬,人立而起,就要将李嶷甩下马背,李嶷却不慌不忙,趁机回身,双手一抄,正好抄住射过来的几支箭羽,小白前蹄还未落下,他已经将手中箭支掷出,如赶月流星般,只听"噗噗"数声箭入皮肉的闷响，夹着数声惨叫哀号，明显他这一掷箭无虚发，追得最近的那些追兵，或死或伤，后头的追兵为之一滞。

白马载着两人穿过山林，又翻了几个山头，等到天色朦朦亮的时候，追兵早就无影无踪，竟是被甩脱了。

晨雾袅袅，那何校尉见不远处的山脚有一条河，河水清澈，便催促李嶷下马，她自牵了白马，到河边饮水。

那白马辛劳一夜，仍旧神采奕奕，饮完水，又垂颈在河边大口卷着嫩草吃。何校尉似也累到了，任由马儿吃草，自己走到上游几步，掬水喝了，又掬水洗了洗脸。

李嶷也捧水喝了几口，说道："这匹马如此神骏，虽是白马，但你备下它是对的，若没有它，我们甩不开追兵。"

她神色冷淡，似不欲多言。李嶷又道："但你有一件事做得不对，你明明预备了这么一匹好马，却竟然没有预备干粮。"她听他这样说，只是扭头不理睬。李嶷笑道："我替你说了吧，若不是我非要跟着你，你早就甩掉追兵回你们崔家定胜军的大营了，哪用得着什么干粮。"

她道："两人一骑，当然行得慢，我劝你莫要在这里多耽搁，免得郭直的人又追上来了。"

李嶷笑道："你都不怕，我怕什么。"斜睨了她一眼，说："拿出来吧。"

小猫圆圆的眼睛又无辜地瞪着他："什么？"

李嶷道："我不信你孤身逃到此处，随身不带什么发放讯号之物,好让人接应。"

小猫圆圆的眼睛更无辜了:"没有什么讯号,我是公子的侍女,自会回营,如何还要劳动人接应。"

"得啦。"李嶷说,"狐狸尾巴都有九条呢,你不带什么讯号在身上,我才不信!你别逼我拷问你,我可不想拷问一个女郎。"

小猫气鼓鼓半晌,终于从怀中掏出一只竹筒,扔在地上。

李嶷却不去捡,努了努嘴:"既然是讯号,那你就放吧,让你们公子的人,快来接你。"

小猫恨恨地瞪了他一眼,弯腰捡起竹筒,拔开竹筒上的塞子,只闻"砰"一声,一股浓烟炸起,李嶷暗道不好,忙掩住口鼻,好容易浓烟散去,小猫早就踪迹全无。

李嶷心道狡黠至此,这哪里是猫,简直比狐狸还要狡猾。但闻一声马嘶,回头一看,身后不远处,小白那粉色的唇边还卷着几根嫩草,瞪着湿漉漉的眼睛,正看着他。

他走过去,轻轻拍了拍马鬃,小白显然不愿被他碰触,抖了抖马鬃,咴咴又是一声长嘶。

他自嘲地笑笑:"她把你也抛下啦。"

却说何校尉既然脱身,虽失了马儿,但一路疾行,穿过数重密林,见李嶷并未追上来,不由松了口气,歇息了片刻。她一夜未眠,本来极是疲倦,但此时马儿既失,还得速速返回营中去才好。至于自己心爱的那匹白马——唤作小白,它素来机灵,定然也能想法子从那个恶人手中脱身,溜回营中。

想到那个难缠的小裴将军，她隐隐只觉得牙根发酸。裴献有十个儿子，听说这个名叫裴源的一直被他安排在镇西军中，跟在那位十七皇孙殿下的身边，看来最得裴献看重。也怪不得他看重，这几次交道打下来，这个小裴将军真是才智勇武俱全，实实乃是人中龙凤。虽然李嶷以少胜多，一战陷杀庚燎数万大军，轰动天下，但天家李氏素来昏懦无能，并无听闻有如何出色的子弟，裴献虽奉了李嶷作平叛元帅，但天下皆知这皇孙不过就是个名义上的幌子。尤其如今看来，陷杀庚燎数万大军，镇西军势如破竹杀入关西道，八成另有隐情，说不得并不是那位皇孙与天家诸人迥乎有异，而是他身边这位小裴将军的本事。

裴源！她恼恨的又将这个名字想了一遍，着实气恼，但又无可奈何。

远在望州城的裴源莫名其妙打了个寒战，不知为何，他觉得脊背有点发凉。老鲍昨晚带着人，在郭直大营中放火大闹了一场，虽然被崔家栽赃说他们袭营，但其实也并不算得栽赃。李嶷趁乱脱身，倒也留下讯号，证实他平安无恙。

但这后背发凉到底是怎么回事？裴源想了一想，命人加紧巡查，断不能令望州城防有失。

却说何校尉歇息了片刻，又穿过几片山林，看了看日头，辨了辨方向，又穿过一片山林，但闻流水潺潺，原来她已经绕到了河水下游。

她走了这半日，早就又累又渴，寻到河水开阔清澈处，掬水饮了数口，看看日头已过晌午，这才从怀中掏出一只竹筒，又取出一支火折子晃燃，正准备点燃竹筒上的引信，以发出焰火为讯，突然身后一阵疾风掠过，她腰间一痛，整个人已经被踹入河中。

她被冰冷的河水一浸，呛入口鼻，不知有多难受，挣扎着凫水浮起，只见李嶷站在河边，正朝她慢吞吞牵起嘴角微笑。

李嶷："何校尉，又见面了，真巧啊！"

李嶷打了个唿哨，白马从林中奔出，见到水中沉浮的她，却又是一声长嘶。她不禁气恼无比："叛徒！"

小白浑不知是在骂它，甩着马鬃，快活地奔到李嶷身边，在他身边挨挨蹭蹭，甚是亲热。

傻！她忍不住又怨恨地瞪了一眼小白。

小白以为她在嬉水，不断用鼻子拱着李嶷的手，示意他也带它下水去玩，李嶷伸手拍了拍它的脖子，问水中那怒气冲冲的小猫："喂，你手里那焰火筒也湿得能倒出水了，你要不要另外想法子，知会你家公子的人来接应？"

小猫连睫毛都已经全湿透了，湿漉漉围着忽闪忽闪的大眼睛，倒有几分楚楚可怜，却咬牙切齿，骂出了一句："混蛋！"

李嶷笑道："我这个人恩怨分明，有仇必报，但上次你把我踹井里的时候，我可没骂你。"

小猫狠狠地瞪了他一眼，终于扔掉手中那只焰火筒，奋力朝岸边游过来，但距离岸边还有两丈开外的时候，她忽似呛了口水，直直地沉了下去，过不多时又挣扎着浮起，但旋即又呛水。但她生性倔强，亦不呼救，奋力挣扎间，却被水冲得离岸更远了一些。

李嶷看着她在水中沉浮挣扎，不由好笑："别装了，赶紧上来，你忘了咱们第一次见面就是在水里？你水性好得很，我知道。"

她一言不发，又呛了几口水，似是腿脚抽筋了，被水冲得远了数丈。李嶷站在河岸之上，远远看着她被冲入河心，起初还能挣扎浮起透口气，但片刻之后，终于被滔滔白浪吞没，再无踪迹。

李嶷半信半疑，朝河边走了两步，细细察看，只见河水急急往东流去，河面碧水如绸，时不时露出一两个旋涡，哪里再有半分她的踪影。

李嶷转身，故作牵马，口中道："喂，小骗子，你可骗不到我，我走了，我真的走了啊。"牵着那白马行了数步，小白不断嘶鸣，扯着缰绳不肯再行，掉转头奔到河边，试图涉水，但河水湍急，小白前蹄方探入河中，已经被李嶷硬扯着缰绳拉了回来。

李嶷叹了口气，把缰绳套在河边的树枝上，看了看河面，记得她最后挣扎沉下去的地方，便跳入河中，奋力朝着那处游去。河水本就十分湍急，又冰冷刺骨，这样的水中视物不便，李嶷于水下搜寻了片刻，仍没找到那何校尉，他不得不浮出水面换了口气，心想溺水不过是片刻之间的事，若真是溺水，如再寻不见，只怕施救不及。他深吸了一大口气，又重新潜入河底，细细寻找，这次终于在不远处隐隐约约看到那何校尉沉在水中，四肢似水草一般，在水中无力漂着，这正是溺水之人的模样。他奋力游过去，果然她早就失去了知觉，他急忙一手搂着她的肩，迅速带她浮上河面，然后带着她游上岸。

李嶷将她抱上岸，将她面朝下放在一大块山石之上，按着她的背控水，他按摩了半晌，见没有控出多少水来，心下不由有些发急，于是将她翻过来，去摸她颈中脉搏，心道她别真就此死了，他刚一伸手，忽见她睫毛微微一动，心中暗道不好，果见她突然睁眼一笑，唇间早射出数枚细针。他闪避不及，身子晃了晃，顿时倒地。

那何校尉早已起身，抬手又往他身上补了几针麻药，这才恨恨地道："叫我小骗子，还把我踹到河里。"想到李嶷适才的种种行为，着实可恼，不由伸脚，用脚尖狠狠踢了他的膝弯三四下，冷声道："今天不叫你也到河里泡一泡这冷水，就枉你叫我小骗子！"

她见小白的缰绳系在树枝上，心道此人虽然可恼，但还有一二分良心。当下解了缰绳，翻身上马，小白见主人归来，精神大振，当下长嘶一声，便甩开四蹄，发足疾奔。方奔了两步，她忽然回头，只见李嶷被自己刺倒迷昏在草丛中，一动不动，她不知为何却拉住了缰绳，返身回来，从李嶷身上抽出刀来，砍了些树枝草叶等物，堆在李嶷身上，将他身形尽皆掩盖。这样远远望去，只以为这里是一丛灌木罢了。

她心道：看在你适才下河救我的份上，也替你遮掩一二，免得那些追兵追上来，一刀砍了你。

她这才上马，飘飘洒洒地离去。

她这么一折腾，全身上下早就湿透。她将衣物脱下，拧得干些，却不便生火烘烤，更兼虽然摆脱了李嶷，但接应的焰火讯号诸物皆失，幸好还能借着日头和山林间种种辨别方向，一路标记树木。如此行得大半日，天光渐暗，黄昏之时，山林间更刮起了风，夜幕渐垂，时不时闻得远处隐隐有猛兽怒啸之声，更有枭鸟不时桀桀鸣叫，甚是瘆人。

她正待要寻一个平缓之处，下马生火，暂过此夜，忽闻咔嚓一声，原来是小白的马蹄踏到地上藤条，瞬间树上藤条拉紧，树枝弹起，藤条上竟然系着石头，呼啸如钟摆，重重砸破另一侧树上的马蜂窝，顿时无数马蜂蜂拥而出。

她心知不妙，急忙解下外衣，右手举起外衣挥舞驱赶马蜂，左手在马屁股上拍了一记："小白，快走！"

马儿奋力跃出两步，突然马失前蹄，原来这里竟然有巨深的一个陷阱，幸得小白神骏，应变极快，饶是如此，两只前蹄也落入陷阱。她右手急抛手中外衣，卷住一棵树的粗大树杈，身子悬空，半挂在陷阱壁上，左手用力拉住缰绳，但见马儿长嘶一声，从陷阱中挣扎跃起。

她不由欣喜："小白！好样的！"

恰在此时，一只马蜂忽得落在她右手腕上，重重一蜇。她吃痛不已，极力隐忍，但那蜂毒何等厉害，她五指麻木，无力再抓住衣物，一松手便整个人落入陷阱，她落下之时极力避让，但陷阱底竖着的密密麻麻削得尖利的木刺，还是将她腿擦伤。

她举头向上望去，但见这陷阱极深，一时断无法出去。小白在陷阱旁徘徊，不时地探头，看着坑底的她。

她道："小白快走！快走！别留在这里，回去找人来救我！"

小白嘶鸣一声，似是听懂了，终于掉头穿过山林离去。

她此时方才捋起裤管，看了一眼伤口，幸好只伤及皮肉，但伤口极长又极深，鲜血淋漓，甚是骇人。当下她咬咬牙，撕下一条衣襟，绑好伤口，避免失血。她拔出短剑，削砍掉一些木刺，这样才有稍大的容身之地，但这么一折腾，天色早已经彻底黑下来，她身上火种俱湿，只得蜷缩在陷阱深处稍为平坦的一角，心想熬到天亮再说罢。

偏这山林之中，愈到晚上，山风阵阵，引得松涛如涌，更有那些不知什么鸟，不时桀桀怪叫。她虽胆气过人，但此刻被冻得寒冷不已，更兼腹中饥饿，更是难熬。

正迷迷糊糊似睡非睡，忽然不远处似有猛兽呼啸一声，她极力睁大眼睛，但见陷阱上方，透着满天星斗灿然，但四周漆黑一片，什么也看不见。她裹紧了衣裳，心想这般又冷又饿，熬到天亮只怕要生病，方自思忖，忽得头顶一亮，她身处黑暗久矣，忽见火光，只刺得双目流泪，连忙以袖掩目，过得片刻，方才能渐渐看清楚，原来竟是李嶷手持火炬，正在陷阱上方，见她抬头相望，他便将那火把探得更低些，仿佛也想看清楚陷阱中是何情形。

她不由冷笑："小裴将军这是要落井下石吗？"

李嶷笑道："你既不在井里，又谈何下石。"

她早就疑心这密林深处，如何有这般精密的埋伏，顿时又冷笑一声："小裴将军苦心谋划，这虽不是井里，可比井厉害多了。"

李嶷道："那你可冤枉我了，这真不是我设的陷阱。"顿了顿，忽然从身后取出一只烤熟的兔腿，朝她晃了晃，问："兔肉吃不吃？"

那兔腿显然是刚烤熟不久，还往下滴落着油脂，香喷喷的甚是诱人，她心中气恼，扭过头去，不再看他。

只见他咬了一口兔腿，吃得满嘴喷香，含糊道："你那针上的麻药好厉害，我睡到天晚时分才醒，醒来一看，马也没了，你也跑了。你说，我辛辛苦苦，花了两个时辰，好不容易才一路找到这里来，一看，哟，老天有眼，就让你掉进了陷阱里。"

她愤然道："我就知道，只有你这样歹毒的人才设得出这种陷阱。"

他又咬了一口兔腿，吃得甚是香甜，笑道："校尉，这您可就真是太高估我了。这种陷阱是猎人用来猎熊的，所以挖得极深，阱壁光滑，以免熊会爬出来，你看看这陷阱，也知道挖掘设置非一日之功，对了，你刚才是不是还遇见了马蜂？"

她本就不解，此时听他这般说，不由反问："是又怎样？"

他便点了点头，说道："这就对了！山间多熊，熊胆、熊掌还有熊皮，皆是奇珍，能卖出高价来。但猎熊极难，熊极嗜吃山蜜，所以猎人一般会寻了有蜂窝的地方设这样的陷阱。"他瞥了她一眼，笑嘻嘻道："只是估计那猎人也没想到，熊没猎到，小骗子倒落网一头。"

她不由怒目而视，但见他又晃了晃手中的烤兔腿，说道："何校尉，我请你吃兔腿，你就带我去见你们家公子面谈，起码，得把你们这次赚得的军粮分我一半吧。"见她并不搭理，他又道："何校尉，你可一天一夜没吃东西了？"说着又咬了口兔腿，啧啧道："这兔子真肥,我烤的时候它就滋滋直滴油。我烤肉的手艺还算不错,你要不要试一试?"

她定了定神,忽然抬头嫣然一笑:"行啊,既然要谈,那么总得有点诚意。你先把我救上去,我就答应带你去见公子,至于能不能分你一半军粮,那也得公子答应才能作数。"

李嶷笑道:"你这个小骗子,又想诳我?说吧,你身上到底有多少那种竹筒,藏着多少毒针?"

她只是微微一笑,反问道:"怎么,怕了?那你别救我上去好了,你走吧,让我一个人死在这儿,我们公子得知我的死讯,一定也会震怒,替我报仇。只是那时候,你可半粒军粮也落不着。"

他似是微一思量,爽快地道:"既然如此,行!我下来陪你。"言毕,竟然拎着烤兔腿一跃而下,他看得极准,径直就落在她身边稍平坦之处,那陷阱里虽有木刺,却未伤及他半分。她见他飞身而下,便如一只大鹏一般,稳稳当当落在自己身侧,不由怒目而视:"你在上面还能救我,现在我们两个人都在陷阱里,如何出去?"

但见他轻轻巧巧,将手中的火炬插在木刺之间,口中言道:"托你的福,井里我待过了,连河里我都待过了。你说咱们俩这么有缘分……"说到此处,他忽然弯腰前倾,陷阱里本来就地不过方圆丈许,被她削平木刺之处,更是狭小逼仄,他这么一弯腰,几乎已经贴近在她脸侧,呼吸相闻,她鼻尖闻到烤兔腿那香喷喷的味道,耳中却听他轻笑道:"你既然落入陷阱,我怎么可以不下来陪你,同生共死!"

她虽不害怕,但眼神之中极是鄙夷,两丸黑水晶般的眸子定定地看着他，骂道："轻薄浪荡子！"

他浑不以为意，笑道："哎，今儿一天，你都骂我两回了啊？我这人可记仇。你骂我一句，我就少给你吃一条兔腿。我本来打算分你两条兔腿，你骂了我两次，两条兔腿就没了，嗯，我还是自己吃吧。"说着，又举起手中的兔腿咬了一口，在忽明忽暗的火光中，吃得嘴角流油。她虽因着出身种种，自幼也并没吃过什么苦，更兼跟着崔公子身边，甚是被娇养照拂，今日这般又累又冷又饿，又被他这百般欺辱，若是寻常女子，只怕早就要落下泪来，她偏只咬牙忍耐，心中想，若要我开口示弱，那是万万不能。所以李嶷自顾自在那里吃着兔肉，她却再也不曾向他望上一望。

李嶷吃了片刻，见她抿着嘴，明明早就冻馁至极，却绝计不肯向自己示弱告饶，心中又气又好笑，心道如此倔强，活该再让她吃些苦头。虽这样想，但将那兔腿含在口中，腾出手来又从烤兔上撕下一只腿，递给她。她却别过脸去，并不肯接。

他将那条兔腿硬塞进她手里，然后拿下口中兔腿，一边咬着吃肉，一边说："放心，没毒。这条兔腿，是我看在你虽然把我毒晕了，但临走前还好心往我身上盖了堆草的份上，请你吃的。一码归一码，恩怨分明。"

她本想接过兔腿扔在他脸上，但略一思量，就慢慢低头咬了一口。他见她终于吃了，便喜滋滋问道："怎么样，我的手艺还不错吧？"

她点了点头，忽道："你能不能老老实实告诉我，到底咱们俩怎么上去？"

他又撕了块兔肉，塞进嘴里，含糊问："你怎么知道我其实有办法上去？"

她叹了口气，说道："虽然与你相识不久，但你为人如此奸险狡诈，岂会行毫无办法之事？你既然肯下来，当然就有办法上去。"

他听她这般言语，不由笑道："呵，你对我评价还真挺高的。实话告诉你吧，今天晚上我就不打算上去了。"

见她面露诧异之色，他便道："天都黑了，这深山密林，不知道除了熊，还有什么猛兽，遇上什么老虎豹子，那可真没丝毫办法了。我知道你身上肯定带了药粉，蛇蚁不侵，但那些猛兽可不会怕你的药粉。"

她听他这般言语，心想他如何知道自己身上带了能避蛇蚁的药粉，但一想他为人精细，或早看出甚至猜出什么来也不一定。只听他道："不如在这里踏踏实实睡一晚，躲避野兽。明日一早，我自当挟持校尉，前往崔公子帐中，以换取军粮。"

她气得都笑了，将他上下打量了一番，说道："这般无耻伎俩，还说得理直气壮！"话音未落，忽见他竖指唇边，轻声嘘道："有人来了！"说完迅速扬起沙土，将那插在木刺间的火把熄灭，见他如此作为，她不由冷笑："你自己说的，深山密林，野兽横行，哪来的人？"

他忽然伸手去捂她的嘴，她早有防备，指尖一针刺出，他闪身避开，针刺入陷阱土壁之中，他一手紧紧捂住了她的嘴，一手将她按在阱壁上。她正待要挣扎，忽听得不远处窸窸窣窣，竟似真的有动静，二人屏息静气,但身在陷阱中,避无可避,只得静待。过得片刻,忽然无数支火把,骤然照亮陷阱上方。另有无数弓箭,箭头幽幽反射着火把的光芒,密密攒攒,皆对着陷阱中的两人。

她心想:难道这是郭直的追兵?但看这箭头形制乱七八糟,似又不像。方在思忖,忽听头顶陷阱外有个破锣嗓子,扯着喉咙直嚷嚷:"哟嘿!怪不得说山林子里有动静,原来是一对儿兔崽子!快捞上来,给爷爷绑回寨子里去!"

原来竟然是一伙山贼,看那火把弓箭,何止数百人。对方既人多势众,又是一伙草莽,真真下手无轻重,刀箭俱无眼,况且这夜深林密,人地生疏,两人纵然能闯出去,只怕遇上野兽更不值当,倒不如随机应变,说不得还更有生路。当下那些山贼垂下钩索,两人乖乖束手就擒,被这伙山贼将手脚都捆绑结实,又用牛皮索将两人背对背捆在一起,当下如扛粮袋一般,将两人扛起扔在马背上,众人不脱匪气,一路呼啸叫嚣,押送着两人奔回山寨。

原来此间名叫明岱山,这伙山贼既结寨,便叫明岱寨。半夜绑了二人,为首的那破锣嗓子更是精神大振,一进那明岱寨松木搭成的草厅,便嚷嚷:"大哥!大哥!快来看,今儿晚上不是说林子里有动静,我逮住这一对儿活宝!"

被他唤作大哥的那人,生得身形魁梧,脸上却有一撮黑毛,名唤黄有义,本来正袒着衣服坐在火盆边吃烤芋头,听他这么一路嚷嚷进来,忙拿袖子擦了擦嘴角的黑灰。见自己的结义兄弟张有仁得意地将两个人绑成一团扛进来扔在地上,于是从旁边侍立的匪徒手中接了柄刀,借着草厅里忽明忽暗的火盆,走近了仔细看张有仁绑回来的这两个人。

张有仁这么一路嚷嚷,早惊动了无数匪徒,另有结义的钱有道等人被吵醒,亦从后面草房涌出来瞧热闹。

张有仁得意无比,说:"老大!这两个人都穿着皮靴,定然是两只肥羊!"

钱有道拿起火把,借着火光,弯腰仔细瞧了一瞧被捆绑结实扔在地上的两个人,只见李嶷虽然年少,但神色镇定,丝毫不慌。至于那何校尉,虽作男人妆束,脸上又皆是污渍黑泥,但颈后肌肤雪白,一双眼睛微垂,掩去明眸波光,但仍看得出眼神极是灵活,明明是一位容貌极佳的美娇娘,当下指着那何校尉,笑嘻嘻朝黄有义道:"这个扮成男人的女娘长得好看!老大,你还没有押寨夫人,不如娶了当夫人!"

却听那张有仁的破锣嗓子嚷道:"钱有道你真是蠢到家!既然是穿皮靴的肥羊,当然是派人给他们家里送信,赎金一百贯!不!一千贯!等咱有了钱,到时候老大要娶什么样的娘子娶不到?连我们都可以拿钱娶娘子了!"

钱有道眉头一挑,大声道:"娶了!"

张有仁也不甘示弱:"换钱!"

钱有道提高声音:"娶了!"

张有仁也提高声音:"换钱!"

两人争执起来,你一言我一语,一个说娶了,一个说换钱,忽见那黄有义站起来，生气地喝道："都别吵了！谁是老大？！"

却听那张有仁、钱有道皆齐声道："大哥！"

那黄有义一语止住二人吵闹，又重新蹲下，拿着刀看看何校尉，又看看李嶷。他略一思索，觉得女子软弱，更好审问，便用刀指着那何校尉，逼问："你，老实告诉我，你是什么人！"

那何校尉一路上早就猜出这伙山贼的身份，也早就想到了脱身之策，此时听他执刀而问，却不慌不忙，微微一笑，细语娇声道："我是皇孙李嶷的爱妾。"

被捆在她背后的李嶷闻她忽出此言，当真如同晴天霹雳一般，心中震惊万分，本能地想要回头，但他极力扭头却也看不到那何校尉是何神情，着实不明她为何竟说出这样一句话来。

草厅中诸匪皆是一愣，毕竟乃是当世天子帝王家，皇孙两个字便如平地惊雷，把众人皆震得两耳嗡嗡作响。

且不说李嶷瞠目结舌，两耳如众人一般嗡嗡作响，却听那何校尉的声音如黄莺出谷，呖呖婉转，仿佛如珠玉落盘一般，甚是好听，说得乃是："我的夫婿李嶷不仅是皇孙，还是赫赫有名的平叛元帅、镇西节度使，领镇西诸府，统大军数十万。现在我的夫婿正在望州城里，只要你们放了我，我的夫婿必奉上钱财万贯！"

李嶷听到此处，早就从震惊转恍然大悟，从恍然大悟转好笑，从好笑转好气，又从好气到百味杂陈，说不出心中是何错综复杂的滋味，心道她倒是对自己那一长串头衔记得甚是清楚，但之所以记得这么清楚，却是为了不知什么时候，比如现在，要好生利用自己这个皇孙作幌子来骗人。凭她这三寸不烂之舌，八成真能诳得这群山匪拿了她去望州城中换取财帛，自己如果真在望州城中不明所以，乍遇此事，只怕也会被她巧言令色打动，乖乖掏钱把她赎了，说不得，还要好生派人护送她返回定胜军中。她自可安然回到崔公子身边，而自己蒙在鼓中，妥妥的被利用得淋漓尽致，心中定还承她的情，以为若不是她遇险正好居中牵线，哪有机会拉拢那崔公子。

想到此处，他心情更为复杂，也说不上是沉重，还是轻松，只觉得此女狡黠，不可为敌，这八个字得牢牢记在心中。即使不为敌人，哪怕结为盟友，也得时时提防，不然一不留神，准得上她的当。

那黄有义早就迟疑不定，不敢相信，又不敢不信，吃力地咽了口唾沫，又用刀指着李嶷，呵斥道："你！你说，她是什么人！"

李嶷心中无数念头早就转完，听他逼问，脱口道："她是……"明知那何校尉也看不到自己脸上的神情，却故意顿了顿，方才慢吞吞地道："她是皇孙的爱妾！我是她的护卫，皇孙命我护送她去望州。"

钱有道喜出望外，一拍大腿："大哥！皇孙的小老婆，你娶了不亏！"

张有仁赶紧劝说："大哥！皇孙有钱！拿她换钱！"

钱有道："娶了！"

张有仁："换钱！"

黄有义："闭嘴！谁是老大？"

钱有道、张有仁齐声喊道："大哥！"

黄有义满意地点了点头，用手中的刀背敲着手心，说道："我听镇上教书的单先生说，有个叫孙靖的人造反，冲进皇宫把皇帝老儿杀了，把皇帝的儿子孙子都杀了，把皇帝老儿一家都杀得鸡犬不留！不仅如此，还纵容乱军烧杀抢掠，连屠了好几座城！我们寨子里也收留了一些逃难过来的穷人，家里都有好些人屠城时被杀了，那个姓孙的残暴得很，把皇帝全家杀光光，定然也是真的。"说着，他又蹲下来，拿刀比画着吓唬李嶷："皇帝老儿一家不都被姓孙的杀光光了吗？你在这里张嘴胡说八道，说什么皇孙，以为我们是好骗的吗？"

李嶷一脸真诚，说道："大王，我真没扯谎，皇孙真的就在望州城中，不信，您派人去一打听就知道。"

黄有义犹豫不决，忽然那张有仁把他拉到一边，压低了嗓门，说道："大哥！这女娘口口声声说她夫婿是皇孙、平叛元帅，领镇西诸府，我们赵二哥不是曾经在镇西军中，不如请赵二哥出来瞧瞧真假？"

他一个破锣嗓子，虽然极力压低声音，但还是被钱有道听得清清楚楚，他素来与张有仁抬杠抬惯了，当下便道："这么点事，也要惊动赵二哥？他身子不好！"

张有仁不服气，说："请二哥！"

钱有道瞪着眼睛道："不惊动！"

二人嚷嚷来去，瞬间又吵了十数个回合，黄有义早听得不耐烦，喝道："都别吵了！去请赵二哥来！"

李嶷心中思忖，不知这赵二哥到底是何方神圣，但当下的情形，只能兵来将挡，水来土掩，见机行事了。至于那何校尉，心中更是不慌不忙，心想被绑在自己身后的这人虽然可恶，但到底是裴献的儿子，镇西军中上下，自然没有他不了如指掌的，别说来一个什么赵二，眼下哪怕整个镇西军来了，哪个敢不给他小裴将军三分薄面。她便是扯出弥天大谎，也吃定了他定能替自己圆谎。至于镇西军中那位皇孙，反正他远在望州，即使将来知情，也不过教他白白占了几分便宜，况他被皇孙的身份拘住了，总不好跟自己这个女娘计较，这是她一早就算计好的。

过了不多时，只见两个匪徒，扶着一位少了一条胳膊的人走出来，那人神色憔悴苍老，两鬓已经斑白，但看年纪也不过三十来岁，想来这便是那赵二哥。那人虽然少了条胳膊，步子却极快，走到草厅之中，大声质问："是哪里来的小贼，敢冒充我镇西军中人！"

听到这个声音，李嶷却惊讶无比，不由地转头看向那赵二哥。那人见他转头，忽地也停步，脸上露出难以置信的神色，突然甩开扶着自己的那两名年轻土匪，冲上来扑到李嶷面前，借着那飘忽的火光，仔细瞧着李嶷的脸，喃喃道："十七郎！是你！真的是你！"他用单臂抱住李嶷，眼中忍不住泛出泪花："是你！十七郎，真的是你！自从我伤重解甲归田，五年……五年了……那时候你还没有长这么高……小兔崽子！真的是你！我是赵有德啊！你还记得我吗？小兔崽子！"

那何校尉自从"十七郎"三个字一入耳，便如同晴天霹雳一般，两耳竟然嗡嗡作响。她素来跟在崔公子身边，定胜军中军情往来，她尽皆知晓。自从孙靖谋逆，关于那位皇孙李嶷在镇西军中始末，定胜军自有极多的密报，因此她知晓李嶷在镇西军中素来被唤作"十七郎"，起初或是为了掩饰身份，后来军功累积，"十七郎"三个字便成了一种尊称，连裴献裴源，还有军中同袍，素日尽皆唤他作"十七郎"。

此人竟然不是裴源！此人原来就是李嶷。

她心中痛悔交加，百味陈杂，军中密报种种，皆言道这位皇孙少年奇才，尤擅军事，更擅谋略，她以为不过是镇西军的障眼法，是以裴家众人之功，聚众誉于其一身，捧得这位皇孙少主将来好正位天下，没想到却是另一种障眼法，竟然深深误导了她。

这个赵有德五年前就已从镇西军解甲归田，五年前此人还在镇西军中隐姓埋名，所以他并不知此人皇孙身份，才会骂他作小兔崽子吧。

她思及与此人数次交手，每次皆堪堪险胜，甚至连险胜都算不得，不过是各有输赢罢了。原来是他！不愧是陷杀庚燎数万大军的人啊。她心中懊悔无比，心道原来他竟然就是李嶷，怪不得如此出众，以他的身份，却假借裴源之名前往郭直军中，此人胆魄气度，皆可谓绝顶人物。此子狡黠，不可为敌。她心中便如闪电般，闪过这八个字。

思及适才自己信口开河，称自己乃是李嶷的爱妾，更加觉得懊恼，心想不该出这等孟浪之言，不知此人心中该如何思忖自己。但话已出口，懊悔也无用，只是此人与自己数次交手，从郭直军中又纠缠至此，竟然一丝破绽也不露，听着自己一口一个小裴将军唤他，心中不知该当如何得意，真真可恶。她心中恼恨，当下一言不发。只听那赵有德在嚷嚷："解开！快解开！这是我镇西军中的兄弟！"

早有匪徒上前替李嶷解开绳子，那赵有德用仅剩的那只手揽住李嶷，傲然笑向众人道："这是当年跟我一个斥候小队的兄弟，当初我们一起深入漠西，去刺探黥民的军情，一共十二个人摸到王帐之前，只有我和他侥幸活着回来。我丢了一条胳膊，是十七郎背着我，穿过整个大漠，回到营中，他是我的救命恩人！"

众山贼听得心中激荡，望向李嶷的眼神，又是敬畏，又是钦佩。

李嶷早扶着那赵有德，说道："赵二哥，一军同袍，如何说这等见外的话。"

赵有德仍是又惊又喜，揽着他问道："兄弟，你怎么会在这儿？为什么他们又说你是皇孙的护卫？你什么时候给皇孙做的护卫？"

李嶷明知他离开镇西军的时候还不知道自己的身份，不然今天也不能亲昵痛快地骂了自己好几句小兔崽子，当下笑着掩饰道："赵二哥，你走后皇孙就去了镇西军，现在皇孙是镇西军的元帅。"

赵有德不由得愤然："什么皇孙，也配做我们镇西军的元帅！"

李嶷不由一噎，方正想乱以他语，忽听地上那何校尉清泠泠的声音说道："你听到没有，他们在骂你……"故意拉长声音，咬字极重，方才说出后面的话："……的主上呢。"

李嶷见她一双妙目，澄然如秋水般，正盯着自己，火盆的火光倒映在她眸底，似嗔非嗔，似喜非喜，似怨非怨，但眸光流转，说不出有一种楚楚动人，心中不知为何，竟然有一丝愧意。知道她定然已经知道自己真实的身份，当下还未答话，忽听那黄有义道："闭嘴！"喝道："把这女娘绑到一边儿去！别让她碍眼！快拿好酒好肉来，招待十七郎！招待咱们最好的兄弟！"

众匪徒轰然答应，七手八脚，布置起来。不一会儿，草厅中便摆了十来张缺腿裂面的桌子，升起几个火堆，烤着山中猎得的各色野味，又有熏制的山猪、野鸡，还有山溪中捞得的鱼虾之属，更有人抱出几大坛浊酒，寻得一摞粗陶大碗，斟满了酒水。众人吆喝起来，济济欢宴一堂。

那黄有义带着张有仁等人，请李嶷居于上位，李嶷却道："赵二哥居长，还是赵二哥坐在上面吧。"赵有德素来不懂这些，何况在山寨之中，压根也不拘泥于这等俗礼，他便笑道："你是新来的兄弟，今日算得客人，你就坐在这里吧。"说着便用那独臂将李嶷按在座位上，当下也在李嶷身侧坐下，黄有义等人便也坐下，当下举起酒碗，先痛饮了一碗。

那酒虽是浊酒，滋味不佳，但此时欢聚，众人心中喜悦，又都是大碗喝酒的山匪，哪里计较酒好酒坏。赵有德仰面喝完，放下酒碗，笑道："痛快！痛快！"见李嶷身形样貌，比之五年前分别时，自然长开了许多，眉宇之间，也平添了几分坚毅之色，想必他这几年来，在军中也颇经历练。忽想起他刚到牢兰关时，还是个稚气未消的半大小子，便笑道："你小子，当年我伤得太重，眼见不成了，你为了骗我活下来能跟你走出戈壁，一路上不停地跟我吹牛，说你爹是江北的地主，家里足足有十六亩良田，还养着四头上等黄牛，只要我活着，将来我老了就接我去你家享福，每天吃饱了白米饭，就坐在田埂上看你家的黄牛吃草……"

李嶷想起在军中隐瞒身份的往事，唏嘘万千，神色复杂地一笑，还未来得及说话，忽听地上那何校尉冷笑相讥："他说他爹是江北的地主，你们真的信吗？"

赵有德哈哈一笑，说道："当然不信！他要是地主家的儿子，我就是皇帝他二大爷。"

听他如此言语，李嶷顿时被一口酒呛到，咳嗽不止。

只听那何校尉冷冷的讥讽："这么算起来，你辈分真高。"

赵有德不耐道："你这个女娘不要在这里叽叽歪歪的，再说我就让人把你舌头割了！"

但见黄有义举着酒碗站起来，高声道："我黄有义最敬重有勇有谋的英雄，今日听了二弟一番话，才知道十七郎是守边关、打黡民的英雄！更救过我二弟的性命，今日是我等失礼！"说罢离席，捧着酒碗就要向李嶷屈膝赔礼。

李嶷连忙起身扶住黄有义："都说了是误会，不要再提！喝酒！喝酒！"

众匪见他这般豪气，正对了众人脾气，当下轰然相应，众人纷纷举起酒碗，喝干酒碗里的酒。

赵有德这才想起来问李嶷："对了，十七郎，你这是从哪儿来，到哪里去？"钱有道殷勤地抱着酒坛，一边替李嶷斟酒，一边说道："十七郎是要护送皇孙的小妾去望州。"

赵有德不由狠狠将酒碗放在桌上，怒斥道："我就说那个皇孙不是东西！大敌当前，竟然还只惦记着女人！"

李嶷闻得这话，只得苦笑一声。赵有德怒气未消，又重重一掌拍在桌子上，怒道："这帮什么皇子皇孙，没一个好东西！我受伤后，本来朝廷给了二十亩屯田，我合计回家种粮也是一条生路，没想到朝廷竟然还诓人，随便捏造了个由头，把我的田夺了，献给皇帝的儿子作什么皇庄，我在外奔波劳苦，也挣不得几粒粮食嚼裹，最后害得我的老母亲活活饿死，我无可存身，只得投奔这明岱寨来了。"

李嶷本见了他，就疑惑他当年明明是解甲归乡，为何如今又身在明岱山中，听他这般说，才知道竟然有这等事，顿时也怒不可遏，道："屯田乃是朝廷给退伍老卒的活命田，他们竟敢夺去，真是无法无天！"

赵有德冷笑道："咱们在牢兰关拼命，他们在横征暴敛，皇帝老儿姓李的就没一个好东西！"

听他这般言语，那何校尉忽得问："那孙靖谋反，也是有理了？"

赵有德大怒，又是一掌击在桌上，怒道："那孙靖更不是东西，皇帝老儿虽然贪钱粮收租，老百姓过得苦些，也能挣扎活着，那孙靖残暴绝无人性，孙靖造反，我们整个村子都被他的大军践踏，男女老幼被杀无数，如今都不知道我们村还有没有活着的人！"说到此处，他的声音不禁带了哽咽之音。他少小离家，后来解甲返乡，虽然老母饿死，但村中还有不少沾亲带故之人，孙靖大军屠虐，邻村有几个人冒死逃出，寻到投奔明岱山中来，他才知道，自己村子已经被孙靖的大军杀得人烟断绝，成了一片废墟。

黄有义道："这里的兄弟，人人都有一腔苦水，不论是姓李的坐天下，还是姓孙的那个老贼，都不给我们活路，我们只好上山当强盗。"

赵有德单掌抓住李嶷的手，神色激动，说道："十七郎，你不如留下来，在山寨里跟我们一起逍遥自在。"

黄有义道："对！我们奉你为大哥！"

众匪顿时轰然，纷纷起身，七嘴八舌朝李嶷作揖行礼："大哥！"

李嶷忙道："不，不……"

黄有义道："大哥莫要推让！我就服你做我们大哥！今天就是良辰吉日，正好我们烧香结义。你也别回镇西军，服侍什么皇孙了。"又指了一指地上被绑着的何校尉，说道："咱们今日结义，就把这女娘杀了祭天。"

钱有道闻言连忙递上刀子，黄有义接过长刀。那何校尉听说要杀自己祭天，神色却并不如何慌张，只看了李嶷一眼。黄有义上前一步，举刀便要向那何校尉颈间刺去。

李嶷连忙出声阻止："不能杀！"

黄有义大感意外，扭头看着李嶷，问："为何不能杀？"

李嶷心中早就转过一万个念头，明明有数个理由可以说服眼前众匪不要杀了此人，只是不知为何，却说出了最荒唐的那个理由。他吞吞吐吐，似乎颇有难言之隐："因为……因为……她虽然是皇孙的侍妾，但我们两情相悦，她是我的心上人，这次其实是我们好不容易找到机会，相约私奔出来的。"

那何校尉早知他定会相救自己，只是万万也没想到，他竟然说出这样一番话来,心中大怒,但旋即镇定下来,心道:数次交锋,早明白此人最为小心眼儿,睚眦必报,自己适才扯了他的名头做大旗吓唬众匪,声称自己是他的爱妾,他不定心中如何生气,所以才故意这般请君入瓮,定要让自己有苦难言。当下她便一言不发,也并不朝李嶷瞧上一眼,以免他看出自己的羞恼,令他得意。

却说黄有义和众匪闻他此言,顿时面面相觑。过得片刻,黄有义这才一拍大腿,忙将手里的刀子递给钱有道,埋怨道:"哎呀,十七郎,你怎么不早说?阿嫂还被绑着呢!这地上多凉啊!"

那钱有道颇有眼力见儿,连忙冲上前去,扶起那何校尉,用刀子三下五除二就替她割断了绳索。

李嶷却似是害羞:"嘿嘿,我那不是不好意思么!"

当下众匪将那何校尉请到李嶷身边坐下,黄有义又斟满了一碗酒,恭敬地向何校尉赔罪:"阿嫂,今日是我们冒犯了!"

何校尉笑眯眯道:"哪里哪里,你们又不知道,俗话说不知者无罪,是我们冒失闯到山里来。"说到"我们"两个字,她眼波流转,似喜似嗔,瞟了李嶷一眼,仿佛两人真有那般说不清、道不明的情愫一般。她接过酒碗,却是一饮而尽,众匪见她虽是个女娘,却如此豪爽,当下哄然大笑,纷纷举碗前来敬酒。何校尉却来者不拒,一连喝了七八碗酒,后来又与众人划拳行酒令。她一脚踏在长凳上,豁出拳头,声音清脆,诡计多变,行起酒令来,却是连番获胜。众人哪里是她的对手,本来想借行令灌她的酒,反倒被她灌得七荤八素。到了最后,连赵有德都拍着李嶷的背,笑道:"你小子眼光不错,这小娘子讨喜，配得上你。"

李嶷腹诽不已，但面上什么也不能说，当下也只得随众人高兴，喝酒吃肉，直闹到天都快亮了，每个人都有了七八分酒意，这才说散去。

那黄有义、赵有德等人早就饮得醉了，几人勾肩搭背，拥着李嶷和何校尉，跌跌撞撞，朝山中后堂中去。赵有德兴致高昂，唱起了牢兰关的小曲儿。他一起头，几个人都兴味盎然，跟着他一起唱，说是唱，其实跟吼也差不多，连李嶷也跟着一起唱起来。何校尉凝神细听，只听他们唱的乃是："牢兰河水十八湾，第一湾就是那银松滩，银松滩里鱼儿肥，比不上姑娘的眸儿美。牢兰河水十八湾，第二湾就是那积玉滩，积玉滩里黄羊壮，比不上姑娘她推开了窗……"

众人一边笑一边唱，虽然荒腔走板的，那歌声直惊得林中宿鸟扑棱棱飞起。待到山中一间草舍之前，众人忽得停下，黄有义带着几分酒意，指着那草舍对李嶷道："兄弟，山中简陋，不能让你和阿嫂拜堂成亲，但洞房花烛是一定要有的。"

李嶷万万没料到他竟出此言，忙摆手道："不，不……"

那黄有义早使了个眼色，张有仁等人一拥而上，将李嶷和何校尉推进房内，钱有道眼疾手快关上房门，咔嚓一声，竟然落锁了。

赵有德高声道："良辰苦短，兄弟，我们先走了。"众人不由哄然大笑，跌跌撞撞，又相扶着离去。

李嶷和何校尉被反锁在一片漆黑的草舍之中，面面相觑，只听外面众匪高唱着："牢兰河水十八湾，第一湾就是那银松滩，银松滩里鱼儿肥,比不上姑娘的眸儿美。牢兰河水十八湾,第二湾就是那积玉滩,积玉滩里黄羊壮,比不上姑娘她推开了窗。第三湾就是那金沙滩,金沙滩里淘金沙,换给姑娘她打金钗,姑娘她将金钗戴……"歌声渐去渐远,过得片刻,终于再听不见,想是众人早就走远,只闻山风呼啸。窗棂之上,渐渐已泛起鱼肚白,草舍之内隐约可视物,但见房舍之内,只有一张木床,床上铺着粗布的铺盖,还系着一顶粗布的帐子,看着倒算洁净。

前一晚他们从郭直营中逃离,这一晚又是一个通宵,李嶷饮了半夜的酒,早就困乏不已,便径直朝那木床走去,何校尉忍到此时,早就已经忍无可忍,断喝质问:"镇西军的小裴将军?"李嶷头也不回,反唇相讥:"皇孙李嶷的爱妾?"

她恼恨不已,垂下的手指间针尖微闪,李嶷袖中短刀滑下,两人身体紧绷,眼看一触即发,忽然外头传来一阵脚步声,似是赵有德的声音,直着喉咙叫嚷:"十七郎,兄弟!"

两人身形不由一滞,果然是钱有道拿着钥匙开了锁,只见那赵有德单手抱着一对红蜡烛,笑眯眯地站在门口,见李嶷闻声出来,便径直将那对红蜡烛塞进李嶷怀里,说道:"刚才他们好不容易才找到的,急急忙忙让我送来,洞房花烛,怎么可以没有一对红烛呢?"

李嶷不想他竟然是送这么一对蜡烛来,略微尴尬,只得道:"这……谢谢啊!"

赵有德单掌推着李嶷,催促道:"快去快去!别让阿嫂等你!"外头天光渐亮,草舍屋子黑暗,他不见何校尉,只以为是女娘害羞,哪里会多想,将李嶷推进屋内,仍旧兴兴头头,叫钱有道反锁了房门,想到自己兄弟这桩喜事办得如此痛快,连红蜡烛都替他寻了来,这洞房花烛既有了花烛,堪称完美,与钱有道高高兴兴昂着头就走了。

李嶷进屋,转身放下红烛。只听那何校尉冷语相嘲:"这群山匪不知道镇西军中赫赫有名的十七郎就是皇孙李嶷,我可知道!"

李嶷却浑不在意:"那又如何?你刚才没有揭破我,难道此时还想揭破我?"

何校尉气得狠狠瞪了李嶷一眼,她也困乏极了,更兼腿上伤处火辣辣灼烧似的疼,便走到床边和衣躺下,准备睡觉。

不想李嶷却一把拽住她:"起来,你去睡地上,我要睡床。折腾了两晚上都没睡,我要好好歇一歇,才能应付你这种心计百出、满口谎言的小骗子。"

她淡然甩开李嶷的手,说道:"君子谦谦,你是君子,当然你睡地上!"

李嶷见她毫不理睬,便也躺到床上。果然她只得翻身坐起,怒目而视:"你想做什么?"

李嶷既倒在枕上,便困意四起,漫声胡说八道:"既然你是我的爱妾,我们睡在一张床上,也没什么不对吧?"

她恨声道:"登徒子!"这床虽然简陋,但她两日两夜未尝歇息,适才又饮了许多酒,早就困顿得无以复加,此时觉得这床铺舒服极了,更不想让给眼前这个小人,令他得意忘形。

李嶷其实也困得很,但听她如此言语,却翻身将胳膊一伸,笑道:"既然你都这样骂我了,我总不能枉担了这虚名……"胳膊一圈,竟然将她逼在床角。她手指微动,正要将浸了麻药的针尖刺入他颈间,忽见他打了个呵欠,旋即眼皮微阖,往枕上一靠,过得片刻,手也松开,呼吸渐渐均匀,竟然就此睡着了。

她本来心想,即使睡着了,也要用针将他刺昏,好解这心头之恨,但又疑心他装睡,心想再等片刻等他睡沉了就刺。她困乏至极,靠回枕上,只说等上片刻,却不知不觉,也沉沉睡去。

这一觉睡得甚是香甜。她睡得正香的时候,忽然被人摇醒,那人甚是粗鲁,不仅摇着她的肩头,还在她虎口上狠狠掐了一把,痛得她一惊睁开眼,映入眼帘却是李嶷那张脸。天光早已大亮,日头照着窗棂,自己竟然躺在床上,而他半俯身正扶着她的肩,姿势暧昧亲密,她又气又急,正待要一把推开他,他却也已经放手闪身避开,说道:"快起来,外面来敌人了。"

她这才回过神来,原来自己竟不知不觉睡着了,就在李嶷身侧,竟然睡得如此沉酣,毫无警觉,不由心中有几分羞愧。李嶷却道:"是郭直带着人杀过来了。"

她不由一惊,问:"是追着我们而来?"

李嶷摇了摇头,说道:"八成是郭直率军于城外徘徊,进退两难,前天夜里又被火烧连营,处境更危,想必是想到明岱山中有这个寨子,易守难攻,可以落脚,所以才带着人奔此间来。"

她凝神细想,点了点头,说道:"不错,应是如此。"

两人匆匆走到山前草厅，只见黄有义皱眉站在大厅里，赵有德、张有仁、钱有道等人簇拥在他身边，七嘴八舌，出着主意。

钱有道说："这个郭将军竟然敢带人来攻寨子，我们山寨居高临下，易守难攻，兄弟们凭着地势，也可以杀他们一个片甲不留！"

赵有德却摇头道："莫说大话。这个郭将军，是咱们的老熟人，就是原先驻守望州的郭将军。"

黄有义叫道："原来是他！没想到他竟然投靠了孙靖，此番是他带着人来攻寨，那还真有点棘手。"

赵有德却傲然冷笑："哼哼，这个姓郭的出身朔西，论天下府兵，我镇西军何尝将其他诸府放在眼里！"

赵有德见李嶷携着何校尉进来，便说道："十七郎，你带着这……这位娘子一起，赶紧去望州城见皇孙，避一避吧！"

李嶷道："郭直所率虽是残兵，但他们人马众多，这寨子虽然易守难攻，但他们失了望州，难以立足，必然会背水一战，不夺下寨子誓不罢休。咱们不如暂做抵抗，若是情形不对，也别跟他们硬扛，咱们撤走去望州，回到镇西军中去。赵二哥，你愿意不愿意？"

赵有德听说能重返镇西军中，全身热血沸腾，哪有不情愿的，大声道："自然是愿意！"

黄有义接过话来，也大声道："对！去镇西军中！我们都愿意！"众匪轰然相应，赵有德素来为他们敬服，常听他说起在镇西军中英勇抗敌的种种往事，对镇西军甚是向往。李嶷见此情形，说道："那咱们就利用这地势之便，先阻郭直一阻。"

众匪虽没打过仗，但听赵有德说起这位十七郎乃是镇西军中的出色人物，当下人人踊跃请战，李嶷便排兵布阵，又叮嘱道："切切不可恋战，若是山中摇起白旗，你们便沿着林间小道撤下山去。"

众人尽皆点头。

却说那郭直，确实如李嶷所料，因失了望州城，又被镇西军放火烧了营地，元气大伤，带着残兵，追击李嶷不得，又深入密林。幸得他驻守望州多年，对附近地势极为熟悉，知道这明岱山中有一群山匪结寨，平时官兵山贼，井水不犯河水。这次他落魄至此，少不得要杀了这群山匪，再占据这明岱山寨，休养生息，至于将来如何，却得等休养生息之后，走一步看一步了。

郭直心中沮丧，他本是朔西军中的宿将，跟着孙靖征战多年，孙靖谋逆，他自然而然也就投靠了孙靖，守着望州城，原本想将东进勤王的镇西军堵死在关西道上，不想一着不慎，满盘皆输，被李嶷算计得一败涂地，竟然得与一群草寇争夺山寨。但他素来是用兵的行家，几番连攻，眼看那群山匪乱作一团，就要抵挡不住，忽然之间，那群山匪似有了章法，借着地势，东一群，西一团，看似杂乱无章，但其实颇得兵法要义，又战了半个时辰，不仅没能攻下寨子，反倒折损了不少兵将。

郭直心中暗暗诧异，心想难道山贼之中，竟有懂得兵法的厉害人物？但山匪到底是一盘散沙，素日又缺乏操练，虽有人排兵布阵，但断乎比不得精心操训的官兵，更兼郭直虽率的是残兵，却也有万余之众,他亲自督促,带着精兵作前锋,果然那些山匪便抵挡不住,有些被官兵砍杀,有些掉头就跑。他精神大振,带着人一气攻上山寨。

黄有义、赵有德等人,早按着李嶷的安排,从山间小道撤到后山,黄有义亲自带着李嶷与何校尉到山崖边,拉起山崖边一根古藤,说道:"沿着这藤条爬下去,就是河边了。"

赵有德道:"从这条绝壁下山的法子,除了山寨里的兄弟,没人知道。"便催促李嶷先行。李嶷问:"那你们呢?"

赵有德抬了抬独臂,说道:"我是不能从这里下山啦,我们从另一条小路下去,虽然绕得远些,但也很隐密,放心吧。"

李嶷想了一想,却从怀中取出一条绳索,不由分说,就将赵有德缚在了自己身上,赵有德还在嚷嚷挣扎,李嶷已经朝何校尉丢了个眼色,她心领神会,手一挥,一根细针刺入赵有德颈间,他头一垂,便昏睡过去。

黄有义只看得张口结舌:"这⋯⋯这⋯⋯"

李嶷笑道:"赵二哥怕连累了我,时间紧迫,便刺昏了他,我背着他下山便是。"

当下黄有义先沿着长藤而下,李嶷负着赵有德紧随其后,众人纷纷攀着长藤,有惊无险,皆从绝壁之上安然降到了山下。等到落地之时,赵有德药性未解,还是昏睡未醒,李嶷便解开绳索,将他轻轻放下,然后对黄有义道:"黄大哥,还得劳烦你,带着赵二哥和这些兄弟一起去望州,与镇西军会合。"

黄有义点点头,忍不住问:"那你呢?"

李嶷道:"我与……"他看了看何校尉,却觉得此时不当再说那等轻薄言语,便道:"我与这位娘子……做了错事,此时不便回镇西军中去,只能尽力将功补过,我们要去定胜军中,若能替镇西军筹得军粮,方有颜面回去见镇西军中同袍。"

黄有义一想,此人拐带皇孙的爱妾私奔,确实不便跟着众人一起就此往望州去投镇西军,见到他提到军粮之事可以将功补过,顿时一拍大腿,说道:"兄弟,你这主意不错,想那皇孙身边,什么样的女娘没有,你若是能替镇西军挣下一份大大的功劳,想必皇孙自然也不吝啬一个女娘。"

李嶷听他如此言语,不过微微一笑,而何校尉虽在心中大大翻了他一个白眼,但面上自然不动声色。当下与众人作别,众匪徒去望州城投奔镇西军,而李嶷与何校尉则另选小路出山。

待得众匪徒都走远不见,何校尉这才冷笑一声:"皇孙打得好如意算盘,从山寨中脱身,还不肯回望州,定要挟持我去向定胜军索要军粮。"

李嶷浑不在意:"你把我们镇西军的军粮劫走了,我问你们索要,那不是天经地义吗?"

她心中不愿再与此人费唇舌,当下便扭头就走,李嶷似也并未追上来。她腿上伤口隐隐作痛,更兼山林密集难行,过了许久,只走得她精疲力竭,便选了一块山石,坐下来稍作歇息。李嶷忽不知从何处冒出来,手中还拿着几串山果,一边吃一边看了她一眼,把一串山果递到她面前。

她摇了摇头，说道："我实在是走不动了。皇孙殿下，你还是早点回你的望州城去吧。"

李嶷仍旧是那般笑嘻嘻的模样，说道："你是我的爱妾，我怎么能抛下你不管呢？"

她怒道："你要是再如此口齿轻薄，我就杀了你。"

李嶷便笑道："你看你，有力气杀人，却没力气走路。"她摇了摇头，说道："我实在是走不动了，你想法子吧。反正我不走了。"李嶷想了一想，说道："法子倒是有，但你得配合我。"

她一双妙目终于定定地看了他一眼，问道："配合？怎么配合？"

当下李嶷举目四望，辨别了一下方向，带着她穿过山林，又沿着一条潺潺的小溪顺流而下，走了大半个时辰，忽见一条小路，转过山头，山间出现一道篱笆，围着小小的泥坯土房，盖着茅草，正是一座农舍。

走近了看时，忽地一只黄狗冲了出来，冲着两人汪汪大叫，李嶷迎上去，那狗本扑过来朝他龇牙，他伸手摸了摸狗头，那狗儿竟不知为何，呜咽着便退走了。农舍院中横架着竹竿，竹竿上晾着几件半旧粗布衣裳，衣裳上还缀着补丁。

李嶷翻过低矮的篱笆，将院中几只鸡惊得四散跑开。他伸手悄悄从竹竿上把衣服收走，选了一身女子的衣裳，塞给何校尉，说道："屋里没人，你进去换上，我在外边等你。"

她接过衣裳，进屋去看，只见那农舍极是简陋，屋中不过几块泥砖，搭着竹板，做成床榻的模样。当下她坐在榻上，悄悄卷起裤脚，只见缚住伤口的布条虽然缠绕数重，但已经透出血水来，她解开布条，伤口已经化脓肿胀，轻触便痛得她不由吸了口气。但她身上所携伤药早就在河水中被冲走，身在此间，也想不出旁的法子，只得去灶间寻了草木灰，敷在伤口之上，又重新撕了一条衣襟，将伤口绑上。

话说李嶷去后山寻得两只野鸡，拧断了野鸡脖子，拎回来放在农舍前的石碾之上，当作取衣的酬谢。见那何校尉进屋换衣，久久不出，便双手抱臂，靠在院子里的树上，嘴里叼着一根草，抬头望着天上，只见白云悠悠，秋日朗朗，晒得身上暖洋洋好生舒服。他又等了一会儿，见屋中仍无动静，便忍不住催促："好了没有啊？"

只听她在屋中答道："就好了。"

他不耐地啧了一声，说道："你不就换个衣服吗？怎么磨磨蹭蹭跟绣花似的？"

话音刚落，只听她道："我换好了，我们走吧。"

他转头一看，但见她翠裳黄裙，正从屋中走出来。虽是粗布衣服，但穿在她身上，当真是布衣荆钗不掩国色天香，更衬得她肌肤如玉，明眸如水，又在鬓边簪了一朵野花，楚楚动人，明艳大方。

他一时不觉，嘴里叼着的草茎都无声滑落，掉在地上。

她许久不做女儿家打扮，因在军中日久，忽然换了这般妆束，自己也觉得恍惚一般，举手投足，微觉陌生。用水缸对着影子照了一照，方才走出屋门，但见他一望见自己，眼神中满满皆是惊讶之色，说是惊讶，似乎也不对，这目光除了惊讶，竟好似有时公子望向她一般，竟微微带着一种沉醉之意。她方还在思忖，忽听他道："你这也太好看了!"她心中一动,还没想好要如何答话,谁知他竟上前拉住她的手,她一时也没想好,到底要不要挣开他的手,就已经被他拉着手进了屋子。

他将她拉到灶间,她不由疑惑地看着他,只见他将灶间的锅拎起来,翻过来扣在灶台上,手指在锅底摸了一把,伸手就抹在她脸上。

她闪避不及,被抹上锅灰,怒道:"你这是做什么?"

李嶷道:"你是要扮农妇,你这像是个农妇的样子吗?"他说得理直气壮,心里却闪过一丝心虚,明明知道她如此装扮非常好看,内心深处竟隐隐觉得不愿意让别人也瞧见她这般好看的模样,但说出口来,却成了另一番话:"时逢乱世,走在路上,你模样俊俏,万一叫人瞧见起了歹念,惹出麻烦来更不好脱身。"

她恍然大悟,埋怨道:"那你不早说,害我刚才洗了半天的脸。"

当下他又往她脸上抹了几道,她自己对着水缸,将锅灰搽开,只涂得肌肤微黑透红,真的像一名山野村妇。忽见李嶷从灶间抽了几把稻草编成箕状,又找来一块粗布,将稻草箕塞进布里,做成一个圆鼓鼓的布包袱,递给她。

她不解地问:"干什么?"只听他说道:"你塞到衣服里面系上。"她仍旧不解,一双妙目怔怔地看着他,他本来并无捉弄之意,见她又如同小猫一般瞪大了圆圆的眼睛,便忍不住逗弄:"你系在衣服里,好扮成孕妇啊!你挺着个大肚子,为夫才好去借车。你不是不想走了吗?为夫让你坐车啊。"

他一口一个为夫,她大大地朝他翻了一个白眼,这才依言将稻草做成的假肚子系在衣服底下。当下两人稍做整理,李嶷带着她又往山下走了大半个时辰,果然瞧见几户人家,李嶷便嘱她站在田埂上,自去田间寻那耕作的农夫。她远远瞧见他与那农夫说了几句什么,又指了指站在远处田埂上的她,她只得若无其事地扶着假肚子,垂头微作害羞状。过得片刻,果见李嶷赶了一辆牛车过来,那黄牛极老,车也破旧不堪,但好歹是借到车了。

当下李嶷扶着她上车,他抱着鞭子,嘴里又叼着一根草茎,坐在车辕处,那黄牛也不用驱赶,只是顺着山路,载着两人慢慢行进,一步三摇,行得极慢。

她虽有车坐,腿上伤口痛楚略为缓解,但那山路崎岖难行,牛车又极破旧,辐辘上都有陈年裂缝,并不浑圆了,过不多时,便被颠得十分难受,还得分心扶那假肚子,免得掉下来穿帮。但见日头渐渐西斜,而这牛车若真要走到山外人烟稠密处,还不知要走多少天,便忍不住问:"就不能快一点吗?"

李嶷抱着鞭子,头也不回地道:"有车坐就不错了,还嫌慢,也不怕人发现你一肚子稻草。"她听他这般一语双关,忍不住扶着假肚子欠身而起,伸长了胳膊打了李嶷的后脑勺一巴掌。他揉揉后脑勺,仍旧头也没回,只说:"君子动口不动手。"她哼了一声,说道:"我又不是君子,我是淑女。"

他却忍不住笑道:"看看你那模样,哪里跟贤良淑德沾得上边。"

她低头看看自己肚子,终于忍不住扑哧一笑。

他见她笑了并不回嘴,便问道:"你从小就在崔家吗?"她见他如此问,顿时生了警惕,反问:"你问这个做什么?"

　　李嶷却回头看了她一眼,悠悠地道:"你姓何,那想必还是有父母家人的,不知他们怎么舍得把你送到崔家。"她想起密报中说,他从十三岁时便从京城到了牢兰关,便问道:"那你呢,你十三岁就到了牢兰关,你的父母家人,如何舍得?"

　　李嶷忽然顿了顿,说道:"我的母亲生我的时候,就难产死了。我生的日子不好,正是端午那天,京中旧俗,以为恶月恶日,所生必为恶子,父亲因此也并不喜欢我。当时我闯了祸,先帝一怒,就把我贬斥到镇西军中去了。"他语气淡淡的,她却听出了其间的怅然之意。天家本就亲情疏淡,密报中说,他的生母出身卑微,素来不被梁王所喜,旧俗妇人难产而死又算不祥,因此并不能归葬王陵,就抬出去随意葬了。梁王对这个儿子,素来凉薄,他便如同一根野草般在王府中长大。先帝皇子多,皇孙更多,这般不起眼的一个人,到了镇西军中,真如万千无名小卒一般,虽然出生入死,但默默无闻。骤逢大变,才忽地一飞冲天,成了名动天下的镇西军主帅,勤王之师的统领。

　　她瞧见夕阳照在他的鬓发上,将他的耳廓都照得隐隐透出红晕来。之前忙着与他斗智斗勇,倒没留意少年郎其实生得端庄好容貌:李家人特有的深邃眉眼,高高的鼻梁,唇角总带着跳脱的笑意,被边塞的风吹得肌肤微黑,更添了几分英气与洒脱。这是行伍出身的男人特有的气势,身上仿佛有着铁器的微凉,如宝剑,虽在匣中却隐隐透着锋芒寒意。

他并没有回头,但突然问:"你看着我做什么?"仿佛后脑勺长了眼睛。她忽得觉得耳根一热,无端端被人窥破心事似的,但嘴上却道:"我看怎么才能下手打昏了你,好脱身回定胜军。"

他嗤笑一声,仿佛在笑她痴心妄想,并没有这样的本事。回头斜睨了她一眼,说道:"这道上极是难行,你要把我打昏了,只怕你一个人反倒回不去了。"

她心中不服,道:"这道上哪里难行了?"他道:"你没发现,咱们行了这大半日,都没遇上过人吗?"她仔细一想,果然如此,但仍道:"想是山间人烟稀少,所以才没遇上过什么人。"只听他悠悠道:"这条路行得车马,可算得是大路,既然大路上都没遇见人,其中必然是有缘由的。"

仿佛是应验他的话似的,目力所及,极远处走来了两个人。待走得近了,才看清楚原来是一对庄户人打扮的老夫妻,两人神色狼狈,老妇人拎着一只半旧的空笼子,那老丈背着弓箭竹篓,似是猎户,那老丈满是皱纹的脸上还有几道新鲜的鞭痕。李嶷忙跳下车,向那对老夫妻作揖问路:"老丈,想问您打听,我怕走岔了路,这条路能往集上去吗?"

那老丈见他有礼,看了他一眼,叹了口气:"这路倒是能往集上去,但我劝你,再别往前走了。"

李嶷见他吞吞吐吐,神色难堪,便问道:"老丈,瞧您脸上有伤,这是怎么了?"

那老丈又叹了口气,说道:"这几日不知怎么回事,山里忽然来了好些官兵，又在前边官道上设了关卡，我跟老婆子去赶集，没想到这些人比土匪还凶，唉……"

那老妇人似是胆小怕事，连忙扯了老猎人衣角，低声道："老头子，别说啦。"

李嶷故作为难之色，回头看了牛车上的何校尉一眼，才说道："我送我家娘子回娘家，本来想从官道走更稳妥些，怎么这官道上突然添了关卡？"

那老丈也看到了牛车上的年轻女子，见她是妇人打扮，微垂着头，似是害羞，手扶着明显凸起的肚子，显然身怀有孕，心下同情，劝道："千万别从官道走，那群设关卡的官兵坏得很，大姑娘小媳妇更是不放过，动手动脚地调戏。你家娘子年纪轻轻，唉，遇上那帮禽兽只怕要吃亏。再说，吓着她肚里的娃娃，可怎么得了。"

李嶷问道："不从官道走，还有小路可以绕开吗？"

那老丈便伸手指路给他看："从这里上山，往西有条小路，但那可绕得远了，而且都是山路，不好走，天一挨黑，更不能走了，只怕山里猛兽害人。你又带着妇人，还是早早寻了地方投宿，歇一晚明早再走吧。"李嶷犹豫不言，那老妇人早瞧见牛车上身怀有孕的年轻妇人，不知触动了哪处情肠，忽开口道："小郎，天都已经快黑了，我家就在前边不远，看你娘子这模样也累了，要不就去我家将歇一晚，明天再上山走小路吧。"

李嶷本有几分犹豫，但山间确实不便行夜路，不如明日再作计较，当下便再三谢过那对老夫妻，又请了两位老人坐在牛车上，按照老夫妻的指点,赶着牛车,朝他们家中去。

牛车本就行得慢,天色渐晚,山路更是崎岖难行,挨挨蹭蹭,终于到了那对夫妻家中。原是极破极旧的一座房舍,顶上盖了茅草,夹了芦苇做墙壁,那芦墙上虽涂了黄泥,但因年久,黄泥早就掉了不少,更显敝旧,但好歹也能遮风挡雨,比露宿山间要好得多。

当下几人从车上下来,李嶷把牛从车套上解下来,预备拴到屋后去吃草。方走出数步,忽听得身后"扑通"一声,紧接着那老妇人嚷起来:"小郎快来,你家娘子摔了一跤。"

李嶷忙将手中的缰绳往篱间一绕,急急地走回来,那老丈早进屋点了一支松香火把出来。本以为只是天黑,她无意绊了一跤,却不想火把照着,她倒在地上,脸色煞白,挣扎着数次竟未能起来。李嶷弯腰将她扶起,触到她的手腕,只觉得肌肤滚烫,不由问:"你这是怎么了?"

她咬了牙只道没事,却听齿间格格作响,竟似在打寒战。当下那老丈举着火把,李嶷便将她抱起,四人一起进到屋中,老妇人忙着张罗着生起火塘。这山里人家,屋子正中都有一个火塘,一生起火来,顿时明亮暖和了不少。李嶷将她放在火塘边,又问道:"到底怎么回事?"她蹙眉不答,却下意识去摸了摸疼痛难耐的腿上伤处,李嶷不由分说,伸手捋起她的裤管,解开布条,看到伤口早已化脓,不由皱眉:"你怎么不早说?"

那老妇人也借着火塘里的火光,细细看了看她的伤口,说道:"这是化脓了,若不医治,只怕凶险。"李嶷久在行伍,如何不知这种外伤,一旦化脓发热,若是医治不及就极是凶险。那老丈道:"家里倒是有些能治外伤的草药,但她既然已经发热,只怕还要去山里寻一两味清凉解毒的药配上才好。"

李嶷微一凝神,道:"老丈,是缺哪几味药?要不我进山去寻寻,说不定能找到。"那老丈见他爱惜妻子,笑道:"这附近的山里我常去采药,虽是入夜了,但也没什么大虫害人,那几味草药后山便有,我陪你一起去。"

李嶷便也不推辞,点了点头。当下老妇人烤了些山芋,给二人果腹,然后取了绳索、药囊、背篓诸物,李嶷与那老丈收拾停当,便趁着月色去山间寻药。

那老丈虽有五十余岁年纪,但进得山间,步伐矫健,李嶷不由赞道:"老丈好精神。"那老丈道:"总是上山来采药打猎,走得惯了。"他们在后山寻觅不久,果然将那老丈说的几味清热解毒的药都找见,取路回转。经过一片山崖,但见月色清辉,撒在山林间,清澈如水。忽闻得一阵异香扑鼻,原是绝壁山石上生得一簇花草,小小的叶子,开着白色的花。奇香无比。因闻得花香,李嶷便朝那处山石看了一眼,那老丈也随之望去,一望之下,不由大喜过望,说道:"灵芝!灵芝!"

原来那处花草下方,有一方凸起的山石,在那山石之侧,生得极大一朵紫芝,看那情形,原本这灵芝素日是被杂草遮掩住了,但偏偏今晚风清月明,清风将杂草枝叶吹开,明月朗朗,正照见这朵紫芝。

那老丈道:"今日当真是运气好,若能采得这株灵芝,拿到郡县大铺子里去，只怕能换十斗米，够半年嚼裹。"当下束了束腰带，便要去采那灵芝。李嶷见绝壁之上甚是险峻，当下便道："老丈，还是我去吧。"

那老丈看了他一眼，摇了摇头，说道："这悬崖不好下，你年轻轻一个后生，若是万一有什么事，倒叫你那娘子怎么活。还是我下去，你在上头替小老儿拉着绳子便行了。"当下便将绳子牢牢系在腰间，又将绳子另一头在大树上系好，重新束紧了脚上的草鞋，李嶷替他拉紧了绳子，他便一步一步，十分小心地下到那悬崖去。待到了那凸起的山石之上，他伸长了手臂，想去摘那朵灵芝，但无论如何，总是差一点点。那老丈心一横，看准了方位，握紧了系在腰间的绳子，用力一跃，如荡秋千一般，整个人在空中荡起，他借这么一荡之势，终于触到了那朵灵芝，当即手指用力，牢牢抓住，用力一拧，便将那灵芝采了下来。却不想他这一荡之下，绳索滑动，正撞上一片极其锋利的山石，便如刀刃一般，只听"啪"一声，绳索竟然被那片山石割断大半，那老丈听见异响抬头一望，但见绳索已经被山石割裂大半，只余一小股麻丝亦早就绷紧，知道全身系于这几缕麻丝，瞬间便会断绝，心道一声苦也。李嶷早已经飞身跃起，如一只大鸟一般扑下来，长臂一探，便已经抓住了绳索断处，用力一挥，借着惯性，竟将那老丈连人带绳，如同放纸鸢一般扬起。那老丈只觉得身子一轻，如同腾云驾雾一般，已经身在半空中，旋即身下一软，原来李嶷这一挥，将他正巧落在一株大树的树冠上，那老丈惊魂未定，身下树木枝叶被他压得轻弹又起。缓了一缓，李嶷早就拉着绳子从悬崖边跃上来，甩开绳索，爬上树去，将那老丈从树上背了下来。

那老丈惊得全身哆嗦，低头看一看深不见底的万丈悬崖，又抬头看一看自己适才被甩到上面的树冠，过了好半晌，才挢舌道："小郎莫不是神仙？如何一甩，就抓住断绳将我拉起来。"李嶷笑道："常在家中做活，我臂力大。"那老丈绝处逢生，瞬息遇险，又瞬息脱险，早吓出了一身冷汗，幸得那灵芝被他牢牢握在手里，却是半分折损也没有。当下便将那紫芝送到李嶷面前，说道："今日幸得小郎救了小老儿性命，这株灵芝，当酬小郎救命之恩。"

李嶷摇了摇头，说道："老丈今夜收留我们，又陪我上山采药，我也无以为报，况且这是老丈采得的灵芝，老丈拿它去换米吧。"那老丈见他再三不肯，当下只好将灵芝收入药囊，二人下山返回家中。老妇人还没睡，见他们平安归来，自是欢喜，接过草药，配了家中的另几味药草，让李嶷一并碾碎了，与他娘子内服外敷。

那老丈趁着李嶷去碾药，早就将自己在山中采芝遇险，李嶷相救之事告知了老妇人，夫妻二人感激不已，又郑重来拜谢了李嶷不提。

李嶷碾得了药，见何校尉躺在火塘边，人已经烧得迷迷糊糊，便解开她腿上的伤处，将一些药涂在伤口上，另又煮了一碗汤药，扶她起来，喂她喝下。她人已经迷糊，幸好喂药之时，还知道吞咽，喝了大半碗药，便又沉沉睡去。

她本来人在发烧，又睡在火塘边，只觉得浑身一会儿冷，一会儿热。过得片刻，仿佛奇寒彻骨，脸上一凉，原来天上已经下起雪花。她听到自己又快又急的心跳声，天上的雪下得越来越大，她在芦苇丛中拼命奔跑。

喉咙里似有鲜血的腥甜，小小的她被芦根绊倒，手心被擦破，她也顾不上，爬起来继续拼命地跑。因为知道追兵紧随其后，那些揭硕人一旦追上来，定会割破她喉咙。她不能死，她不能死！

芦苇不断打在她脸上，她听见自己呼哧呼哧沉重的喘息，但还是拼了命地跑，可她年纪幼小，越来越跑不动了，腿沉得似坠了铅，她咬牙跑啊跑……身后似乎有嗒嗒的马蹄声，那些追兵近了，更近了，他们挥着雪亮的长刀，朝她刺过来。她狠狠转身，咬着牙从怀里掏出了刀，正待要大叫一声冲上去，突然觉得身上一紧，她奋力一挣，突然就醒了。

火塘里的火还燃着，火上坐着一个陶罐，里面咕噜咕噜，似炖着什么汤。她眼神渐渐从恍惚到了清醒，原来是噩梦，只是噩梦。她身下软软的垫着些干草，背后也是暖烘烘的，原来是李嶷抱着她，见她醒来，他连忙放开了手。那老妇人愧道："家里实在是贫寒得紧，连床被子都没有，只得给你铺了些干草。你一直打寒战，我说了好几遍，你家郎君才抱着你，给你暖暖身子。年轻人脸嫩，当着我们老两口，倒是十分不好意思。"

她定一定神，不由朝李嶷望去，见他早就若无其事，坐在火塘边拨着火。那老妇人从陶罐里盛了一碗汤，端给她，温言道："快喝吧，喝了暖暖身子，若能出一身汗，也就不打寒战了。"

她道了谢，接过汤，慢慢喝着。那老妇人又与她说起李嶷在山间救了老丈之事，再三感激不已。又问她姓什么，怀有几个月身子了，安慰她道:"何娘子不要怕,我家老头儿姓严,这乡里都叫我一声严娘子。"一面看她喝汤,一面絮絮叨叨,与她拉起了家常。原来这老妇人也曾生得一个女儿,前年嫁到山下村里去了,虽然夫家也十分贫寒,但夫妻和美,不久便怀有身孕,但后来生产不顺,山中又缺医少药,就此母子俱亡。讲到伤心处,这严娘子忍不住牵起衣角,拭了拭眼泪,说道:"因此今天一见了你,我便想起我那苦命的女儿,所以才叫你们到家里来歇一晚,谁知道就遇上贵人。小郎君救了我们老儿的性命,还再三的不肯收那朵灵芝,叫我们去换米嚼裹。"

絮絮叨叨又道:"这汤里是野鸡肉,小娘子你怀着身子,多吃点肉,明天还要走长道呢,吃了才有力气走路。"她照料着又给何校尉添了一碗汤,待她吃毕,扶着她重新睡下。又去寻了件粗布衣服,虽然缀满补丁,但想也是最厚实的一件了,她将那衣替何校尉盖上,轻轻将衣服拉一拉盖好,这才在她身边睡下。

那老丈辛苦了半晚,早就在火塘边呼呼睡去。李嶷又给火塘里添了几根柴禾,也转了个身,枕着干草沉沉睡去。

四人这一觉好眠,一直睡到天色渐明,忽然听得屋外林中飞鸟惊起盘旋。

李嶷不由得一惊坐起。火塘里的火犹未熄灭,他侧耳又听了片刻,便毫不犹豫,伸手摇醒何校尉,低声道:"有人来了。"

她被惊醒,昏昏沉沉坐起,还未说话,那老丈也被惊醒,他久在山中打猎,起身到屋外听了听,连忙返身回来说道:"人不少,还有人骑着马,八成是那些官道上的官兵。老婆子,快起来!"严娘子也早就被惊醒，听他这般说，一时慌了手脚。

那严老丈道："这群官兵坏得很，昨日在关卡时，就专门一个个盘查年轻后生，说是要找什么人，瞧见年轻妇人，更是色迷迷不放过，你们避一避才好。"当下与那严娘子一起，把屋角堆的木柴等杂物抱开，扒去地上浮土，底下竟然是木板，下面露出一个只可容身两人的小小地窖。

那严老丈道："这是我早年无事挖的地窖，原本是存山货的，大小恰可藏两人，你带着你家娘子下去避一避。"

李嶷不由道："老丈，还是您和婆婆避一避。"

那严老丈急道："那群人无法无天，你娘子年纪轻轻，怀着娃娃又病着，千万不能落他们眼里，赶紧快下去。"

李嶷心想，这群官兵来得蹊跷，听着马蹄声，似还携了重甲弓弩，既然着重盘查年轻人，搞不好是冲着自己来的，说不得是郭直的下属。若是与他们当面撞见，虽不怕脱不了身，但怕反倒对这老夫妇不利，不如暂避一避。

那严老丈又催促道："我和老婆子天天在山里，那些官兵不会拿我们怎么样的，快下去吧。"

李嶷见何校尉迷迷糊糊，心想她伤得不轻，那些官兵如闯过来，见这屋中一贫如洗，只有老夫妇，说不定搜检一翻就走了。当下便抱着她下到地窖，那严老丈和老妇人合力盖好木板，又堆上浮土和干柴杂物，地窖中顿时一片黑暗。

却说那些人，当真是郭直所部残兵，他们攻下了山寨，却发现大队山匪早就逃之夭夭，还把粮食兵刃尽皆带走了。郭直心有不甘，将擒到的几名山贼拷打审问，终于有人吃不住刑，说出防守之时确实有人安排阵法，是赵有德从前在镇西军中要好的兄弟，听说是什么十七郎。那郭直又惊又怒，不敢相信，又不敢不信，万万没想到为了夺寨子稀里糊涂打了一仗，竟然遇上了李崴。他思前想后，派出兵丁四处设卡搜检。虽不指望能抓住李崴，但既然已在山寨落脚，那就抓了青壮充当兵卒，抢了钱粮充作军资，因此这几日直闹得这十里八乡鸡飞狗跳。

当下携重甲弓弩的精兵留在外头，将这屋舍牢牢围住，一群如狼似虎的兵卒，一脚踹开破旧的木门，当先一名郎将率着众人进屋，见四壁空空，家中一贫如洗，只有一对老夫妇，那老妇人躲在老丈身后，吓得瑟瑟发抖。

那郎将偏头示意，众兵卒在屋中翻检一番，见实在搜不出什么财物，这才一脚踢翻了陶罐，见罐中竟有些碎骨，便叫嚷这老夫妇定有藏起来的财帛，不然如何炖得肉汤喝？那严老丈慌忙解释，说是山上猎得的野鸡，吃了这几日早就吃完了。那些兵卒又屋前屋后搜罗一番，见并无其他野味可以打牙祭，这才悻悻地向那名郎将道："高将军，没见着什么。"

那高郎将领了下山搜检的差事，偏郭直不放心，怕李崴真在左近，便又派了亲信薛郎将领着重甲弓弩手相随。那高郎将真真有苦难言，背地里早忍不住牢骚满腹，脏活累活全都是他干，而薛郎将仗着是将军亲信，每天带着重甲的弓弩手，远远围一围。但凡是搜刮到一些财物,也尽皆要分出上上等的一份给那薛郎将,不敢私藏。这两天他本来就一肚子火气,见这屋里屋外,一贫如洗,眼前这老翁又实在老迈,不堪拉去做兵卒,当下颇为不耐,头一偏示意,那兵卒便装模作样地问:"有没有看到一个年轻人,十八九岁,长得白白净净,看着像个读书人。那是与山贼里应外合的要紧人犯,若是知情不报,定要军法从事,砍了你的脑袋!"

那严老丈忙赔笑道:"军爷,咱们这十里八乡的,哪有读书人,说到读书,就数镇上的单先生认得字会读书了……"话犹未完,那兵卒斥道:"啰唆什么?"一把就将那严老丈推倒在地,那严娘子急忙地叫了一声"老头子",扑过去想要扶起丈夫,也被兵卒一脚踹倒在地,疼得她直叫"哎哟"。

地窖中虽然一片漆黑,但是隐隐约约,还是能听见众兵卒斥骂声、老妇人的哭声等等,上头的种种情形,也可以猜测一二。李嶷凝神听到此时,忍不住缓缓从袖中拔出短刀,忽得两根冰凉的手指按在他的手背之上,正是那何校尉,黑暗中虽什么也看不见,但他知道她是示意不可。他在黑暗中缓缓无声地呼了口气,又凝神细听。

那严老丈挣扎着将妻子护在身后,却有一名兵卒蹲下来,用刀背拍一拍那严娘子的脸,问:"你和你那老头子成天在山里钻来钻去,到底有没有见过一个十八九岁的年轻公子?"

那严娘子虽吓得眼泪长流,却说道:"军爷,我没见过,真的没见过。"

那兵卒拿刀在她颈中比画,喝道:"你们在山中打猎,连豺狼虎豹走过的味道都能寻见,竟然说没见过生人?"

严老丈道:"军爷,我们真的没见过!"众兵卒嬉笑喝骂,那兵卒道:"要是不说实话,你那老婆子可就没命了。"

地窖中李嶷握住刀柄,心想上面不过二十来个寻常兵卒,但难在明明听出屋外不远处有重甲弓弩手埋伏。若是自己闯出去,未必不能立时将屋中那些兵卒尽数杀了,但外头那些重甲弓弩手难以对付,哪怕自己孤身能有把握闯出去,可怎么连严老丈夫妇,还有这个伤重的何校尉一起带出去?正思忖间,她忽然拉过他的手,在他手上写字。

他细细感知,她手指细腻柔滑,写的乃是"出去反害了他们"。他虽明知未能想出办法对付屋外的重甲弓弩手,但也在她手上写字"不能见死不救"。

却说那高郎将本来见实在搜刮不出什么,忽得见梁上悬着一个药囊,便以目光示意,一名兵卒便挥刀割下了药囊,解开一看,里面是硕大的一枚灵芝,还是上好的紫芝。那高郎将不由大喜过望,知道这灵芝怕不值数百金。

却说那严老丈见灵芝被他们搜出,又气又急,扑过去想要抢回:"小老儿跟你们拼了!"早被士卒一把推开,将刀架在他脖子里。那严娘子早忍耐不住,放声大哭起来。那士卒便挥刀要去砍杀老夫妇二人。

地窖中李嶷听到此处,举手便要去推头顶木板,黑暗中只闻风声微动,那何校尉似是扑上来要抢他手中的刀,他挡住她,不料她抢刀实是虚晃一招，左手无声针已弹出，刺入李嶷后颈，他顿时全身一麻，她接住李嶷，将他软软地倒靠住地窖壁。

那高郎将将灵芝收入怀中，正喜悦万分，忽又想起屋外那些重甲弓弩手，自不愿这么贵重的东西落入他们之手。便眉头一皱，计上心来，喝住那些兵卒，板着脸孔道："既然今日你们愿意为大军献上草药，便饶你等一命。"

那严老丈啐了一声，那高郎将也不生气，说道："既然你们什么都不知道，也没见过跟山贼勾结的要犯，那就跟我们回大营走一趟，只要在营中做几天杂役，就可以放你们回来了。"

严老丈听他这般说，敢怒不敢言，知道被抓了丁，那兵卒又踹了他一脚，骂骂咧咧道："我们高将军都饶你们一命，还不谢恩！"当下推搡着二人，一直将他们推出了屋子。

那屋外的重甲弓弩手，见他们推搡着两个白发苍苍的老人出来，率着重甲弓弩手的薛郎将，素来与高将不睦，见此情状，便笑道："高郎将这是黔驴技穷了，抓了这老头儿老太回去有何用处？"

那高郎将忍气吞声，笑道："山里人少，实在是寻不得什么壮丁，这两个老东西，回去当杂役，为大军劈柴烧饭也好。"言毕翻身上马，按了按襟中的紫芝，心想要发这笔数百金的横财，可要煞费一番苦心才好。

那薛郎将见只带出两名老人，便挥手命令重甲弓弩手收队，众人将严老丈夫妇用绳索系在马后，然后纷纷上马，簇拥着两位郎将扬长而去。

听得马蹄声远去，何校尉才小心地掀开木板，一手执刀，一手翻出臂下的小巧弓弩，从地窖无声翻上来。她躲在窗后，小心往外看，只见外间无人，她心知老夫妇被抓走做杂役，说是几日，说不定一直不得放归，自己还是想法子跟上去，趁隙将他们救回才好。当下便小心从屋后绕出，一步一步，远远朝着那些兵卒离去的方向跟上去。

她一路小心前行，因着腿伤，又怕跟得过紧被发现，所以行得不快，过了数刻，忽隐隐听见笑骂喝斥之声，那些重甲的弓弩手，似在追逐围猎，她不敢靠得太近，又过了片刻，看着那些骑兵四散驰远离去，这才匆匆上前，忽然看到草丛里倒着两个人，身下有一摊鲜血，正是那老夫妇。她急忙上前，扶起那老妇人，低声唤道："严娘子！严娘子。"那严娘子背心中了数箭，早就已经气绝身亡，而她身上伏着严老丈，也是背上中箭，怒目圆睁，竟是死不瞑目。

她心下大骇，又悲恸万分，心想昨夜这严娘子如同慈母一般，照料自己伤势，细心体贴地劝自己喝汤，没想到自己只是迟来片刻，便是天人永隔，相救不得。

原来那高郎将得了紫芝，只想杀人灭口。诓骗说要带老夫妇回去做杂役，行得途中，忽然提议猎活物，薛郎将忙活了大半日，一无所获，正忧虑回去受到责罚，心中烦闷不堪，听他说猎活物，正好发泄一番，当下欣然应允，便将那老夫妇绳子解开，追逐戏耍，然后逐一射杀。

他们跟着郭直，素来为孙靖的麾下，见惯了杀戮，杀了这对老夫妇，便如同捏死了两只蚂蚁一般，毫不在意。

却说李嶷被何校尉一针刺倒，昏迷了不知多久，终于缓缓醒来，当下掀开木板，动作迟缓地从地窖无声翻上来，他知道她针上麻药厉害，只觉得头晕目眩，坐在地上手按后颈，晃了一下头。忽听得门外似有动静，他不由伸手摸了摸袖中的刀，不想刀却不在，想必是被她拿走了，当下他咬牙捡起一根粗柴，闪避到门后。

只见那何校尉推门进来，身形飘忽，脚步踉跄，李嶷一棍击出，她堪堪用刀挡住。

李嶷不由问她："人呢？"

她摇了摇头，语气倒十分平静，只说了两个字："死了。"

李嶷又惊又怒，喝道："什么？"

她道："我刚才追出去查看了，两个都死了。"

他看着她手中的刀，只觉得怒意勃发："这是我的刀！"

她手指一松，那刀当啷一声落在地上，她淡淡地道："还你！"

李嶷怒道："要不是你用针刺昏我，本来可以救他们的。"

她冷冷地道："刚才你应当也早就觉察，除了那些闯进屋子的士卒之外，还有大队弓弩手埋伏在屋外，敌人正在搜检我们，我们若是鲁莽出来，根本救不了严老丈夫妇，甚至会立时就害死他俩！"

李嶷道："当时若是出来救，或许就能救下他们，你却不愿一试，你这个满口狡辩、贪生怕死的鼠辈！若是为了救人，哪怕咱们都死在此地，也好过悔恨终身！"

她听他言辞激烈，却越发淡淡的，说道："活着才能救更多的人！你是要救一人还是要救天下？"

李嶷气急反笑："天下？在你眼里，严老丈夫妇难道就不是天下人？难道就不值得救？"

她道："救一人还是救众生，救不得眼前一人时，我选救众生。"李嶷不禁冷笑："好大的口气，你救得了众生？"

她嘴唇紧闭，不发一言。

他斥道："贪生怕死，找借口！"

她不再理睬他，走到火塘边，端起伤药，想给自己换药。李嶷一脚踹开药碗，怒道："你还有脸用这伤药！贪生怕死、忘恩负义的小人！"

她捡起地上的短刀，往李嶷脚边一扔："我是！那你杀了我好了！"

他瞪着她，她咬着嘴唇，额头汗水沁出。他弯腰捡起刀子，转身出门，刚跨出门，在他身后，她身体晃了一下，旋即就软软的昏倒在地上。他转身，看了一眼昏倒在地的她，心中转过数个念头，终于还是转身大步离开。

他一路辨明那些兵卒留下的种种痕迹，一直追踪前行，忽见路边有一座新坟，新坟盖得土极浅，想必是没有称手的工具，所以才盖了如此薄薄的一层，那薄土下露出一片衣角。他上前凑近了，认出正是那严老丈的衣角，除了浅土，四周还用草整整齐齐围住，草上还放着几朵鲜花，想必正是那何校尉所为。

想是她追到此处，发现了老夫妇的尸首，便想法子掘土掩埋了。他心中恼怒，勉强收敛心神，捧了些土来，又给老夫妇的坟头上添了一些,这才站在坟前,恭恭敬敬拱手为礼,算是奠过二人。

他只觉愤懑异常,胸膛似要被炸开一般,心道即使没了那何校尉,难道自己就不能挟制那崔公子,逼他交出粮草来吗?他抬头看了看太阳,辨明了方向,当下凭着心中一股激荡之意,转身大踏步离去。

那何校尉昏倒过去,过了不知多久,方才悠悠醒转。她浑身烧得滚烫,幸得昨夜的草药还有一些,当下挣扎着起来,生起火塘里的火,又煮了药草来喝了一碗,重新往自己腿上伤处敷了药,便又昏沉沉睡去。

她睡得不安稳,又梦到小时候,狂风卷着雪花,自己在无边无际的芦苇丛中奔跑。那些追兵拎着利刃追逐着她,她拼命地跑,拼命地跑,身后的追兵却越追越紧,呼啸着纵马奔上来,那雪亮的刀尖直朝她颈中刺过来,她这才猝然惊醒,醒来发间全是涔涔的冷汗。天已经黑了,山风呼啸,这世上便如同只剩下她一个人一般。她裹紧了严娘子那件补丁重重的破旧衣裳,心想一定要活下去,一定要活下去。

在这屋子里熬过一晚,又吃了几次草药,她终于觉得身上松快一些,腿上的伤似也好了不少。便从屋后折了树枝,削了一支拐杖,拄着走路。

她慢慢向山下而行,不过片刻,便走到前一日掩埋老夫妇之处,只见那一茔新坟,似又添了些土,坟前还有一方石头,上头用刀尖刻着一个"恩"字,想是那李嶷寻到此处,又添了这些。

她心中难过,咬破了手指,就着指尖鲜血,又将那"恩"字用血涂成红色，这才将石头端端正正重新放回坟前。她心道自己虽然不该用针刺他，但他也明知若是当时闯出去，当真只会惊动不远处的弓弩手，到时候万箭齐发，哪里还能救得老夫妇，但他不由分说，全都怪在自己头上。她心中难过，不愿意再想，站在坟前，恭恭敬敬又行了一礼，这才拄着拐杖，蹒跚向山下行去。

她知道只有到了大市集里，才好向定胜军中传递消息，但自己孤身一人，又是女子，多有不便。当下临到沟渠，便将泥水抹在自己脸上，那稻草做的假肚子已经损毁不堪，便又用枕头做了个假肚子系在衣下。她一个脏脏狼狈的孕妇，在山野间也没那么引人注目。她风餐露宿，行得数日，终于来到了一个镇外。

虽是镇子，离那明岱寨也不算甚远，因此也被郭直派了兵丁把守，搜检着来往的人口。这一日恰逢集日，十里八乡的人皆来赶集，因此极为热闹。那些兵丁在镇口设了关卡，见着有来卖野味的便夺了货物，见着有拿着鸡蛋来集上换盐的也自是抢了，一时喧闹不堪。

她本来想悄悄溜进镇子，忽有一名兵卒看到她，伸手便将她拦下："哎，等等。"

她只得停步，那兵卒却不怀好意，笑眯眯盯着她："小娘子，这是要往哪儿去啊？"她只得低着头，尽力避开那兵卒的目光，又扶了扶肚子，心中焦急，想着脱身之策。

那兵卒色迷迷地道："我看你这模样，怕是走不动了吧？要不，你抬起头来，让我瞧瞧你长得俊不俊，要是长得俊，今天你就不用走了。"说着便伸手，想要去摸她的脸。

她只得侧身避开那只油腻腻的手，低声道："军爷，我家夫君就在城里做买卖，还请军爷给点薄面。"

那士卒却不依不饶，笑道："哟，你还有夫君？我怎么瞧着不信呢？虽然你大着肚子，但瞧你这白嫩嫩的样子，哪像嫁过人的？"

她指尖银针滑下，正待要朝那兵卒射出银针，忽然镇中一队人马驰出。她心知此时不能轻举妄动，否则难以脱身，只得咬牙忍住。眼看那兵卒的手就要摸到脸上，她再也忍耐不住，心想今天拼了恶战一场，也绝不能受辱。忽然听到一个熟悉的声音，说道："娘子！我在这里。"她不禁错愕回头，只见李嶷站在不远处的阳光下，一手举在眼前，似在遮着太阳，一手叉着腰，神态闲适，正看着她。

她还未及说话，李嶷早就快步上前，从袖中取了一小吊钱，塞进兵卒的手里，低声说道："军爷，拙荆没出过门不懂事，这点钱请您喝杯水酒。"

那兵卒将钱在手心里一掂，知道定有好几十钱，有这钱去瓦舍找个俊俏小娘听曲吃酒也尽够了，便塞进袖子，笑道："你倒是个懂事的，走吧。"

当下李嶷扶了何校尉，真如一对小夫妻般亲昵，过了关卡进了镇子。两人又走了一段，她这才挣脱李嶷的手，低声道："不要以为我不知道，你还是想用我去换取军粮，这才帮我。"

他答得倒也干脆："对，你有自知之明就好。"她愤然瞪了他一眼，拄着拐杖，步履蹒跚地自顾自朝前走去，李嶷不紧不慢跟在后面，她也并不理睬。这镇子虽然不大，但十分繁华，走了片刻，忽见着客栈的招牌。她奔波数日,早就筋疲力尽,当下脚步踉跄勉力走进客栈。

那客栈掌柜隔着柜台抬头一看,见她身上肮脏不堪,不由得眉头一皱。她本就累极了,声音也有气无力,勉力道:"掌柜,要一间上房。"

那掌柜回手指指身后墙上贴着"概不赊欠"的字纸,冷冷地道:"概不赊欠,想住上房是吧?先交五十钱定金。"她身上钱财早就在河水中遗失,当下摸了摸袖袋,不由一脸窘迫:"掌柜,能不能通融一下,先让我住下,房钱明日再给。"

那掌柜顿时拉长声音,一脸鄙夷:"通融?没钱住什么店!看你这穷酸叫花子样,出去出去!"言毕,便走出柜台,挥着手来轰人。她素来不曾遭遇过这般窘境,更不曾被人当成叫花子轰赶,顿时面红耳赤,此时李嶷方走上前来,将五十钱放在柜台上,说道:"掌柜,钱在我这里。"

掌柜一见了钱,马上满脸笑容:"好说好说,二位贵客是要一间上房是吧?里面请!"当下十分殷勤的亲自将二人送至一间上房。

李嶷推开房门看了看,这镇上的客栈,甚是简陋,好歹还算洁净,便又另给了几个钱,问掌柜要热水洗漱。那掌柜看在钱的面子上,万事都痛快,当下便去叫灶下生火烧水。只是她脚步虚浮,虽挂着拐杖,但手在门上扶了一把才站稳,定了定神,方才走进房内。

李嶷关上房门,见她委顿不堪,便忍不住嘲讽:"别演了,再演我都要信了。"

她本来腿伤未愈，此时又觉得背上涔涔冒着冷汗，心知自己这伤势只怕不好，眼前一黑，身子晃了晃，差点又倒在地上。耳中却清清楚楚，听到他说："起来，别来这套了，又想趁机一针刺晕我是吗？"

她也不知从何处来了一股劲力，咬牙挣扎着扶着桌子站稳了，却若无其事道："是啊，被你看透了，但是你放心，有机会我还是会一针刺晕你！"

他听了她这么一句话，冷哼一声，推开房门就走了。她眼前一阵阵发黑，听到门"吱呀"一声被他带上，当下再也支撑不住，倒在地上。

李嶷从房中出来，其实也并无处可去。只见客栈院子里生得一株合抱粗细的槐树，树下正是井栏。客栈的杂役，正在那井畔汲水，他便站在井畔，出神地看着那杂役汲水。

那日他离开之后，本在山中行了半日，待到向晚时分，心中激荡之意已经渐平，在山间露宿一晚，第二天思量再三，还是觉得带着她去定胜军中更为合算，便返身回去寻找。他脚程快，待回去时，正巧看见她在老夫妇墓前咬破手指，用血去涂那刻在石头上的"恩"字。他本来觉得她所作所为皆是惺惺作态，所以不紧不慢跟在她后头，看她如何行事。他既有镇西军中第一斥候的名头，身手何其轻灵，追踪其后，丝毫也没令她觉察。这些日子来她风餐露宿，有时候饿极了，也去溪水里捉鱼捕虾，只是她明显不惯做此等事，常常忙活半天，也未捕到能勉强充饥的鱼虾。最后到底是怕她饿死，他逮了只野兔扭断了腿,扔在她歇脚处不远,她才吃了顿饱饭。

至于为什么要跟着她,当然是拿她去跟那崔公子换军粮最为合算。她若是半道饿死了,岂不前功尽弃?

他在井栏前又站了一会儿,只见厨房烟囱里升起袅袅白烟,想是那杂役正按照掌柜吩咐在烧热水,又想起她蓬头垢面的样子,真像一只刚从灶下钻出来的乌糟糟的猫儿。他不知不觉竟叹了口气,心想总得回去看一眼,她可别真伤重死了,当真白费自己这几日的工夫。

他回到房中一看,她竟然倒在地上,人事不省,急忙伸手摸了摸她颈中的脉,幸好还算平稳。当下只好将她抱到床上放下,见她面色潮红,呼吸急促,触手之处,皆是滚烫,他不禁皱眉。恰巧此时杂役送了两大桶热水来,他便又给了些钱,让那杂役赶紧去请郎中。

那杂役倒是腿快,不过片刻,便引得一名郎中来了,那郎中总有古稀之龄,颌下胡须皆白,倒是颇有几分医术的样子,坐在床边扶脉半晌,又看了看被下何校尉隆起的假肚子,神色不由颇有些古怪。

李嶷见他皱眉不语,便问:"大夫,病人可有不妥?"

那郎中摇了摇头,叹气道:"唉,老朽摸不到滑脉,尊夫人这腹中胎儿,恐怕保不住了。"

李嶷听说是这个缘故,不由释然:"哦,这个,无妨。"

那郎中不禁看了他一眼,脸上的神情愈发古怪了。李嶷一想自己这话听着确实不对,赶紧弥补,连声说:"大人要紧,大人要紧。"

那郎中慢条斯理地收回手:"尊夫人这脉象,是邪风入侵高热不退,必是受了外伤又失于调养,好在她底子健旺,才撑到如今。"

李嶷心想，这郎中确实有几分门道，不想这小小镇子上，倒有良医，便点头道："是，前几日她在山上伤了腿。"那郎中说道："那就是了，我写个方子，你先照方抓药煎服，再买些跌打丸药用酒研开，给尊夫人伤处敷上，必然很快就能好起来，就是她腹中这胎儿……"说着，又摇头叹了口气。

　　李嶷听说腿伤能治，赶紧道："无妨无妨，大人要紧。"当下郎中开了方子，李嶷去抓了药，又交给店中杂役代为煎药。待药熬得了送来，天早就黑透了，她却仍旧昏睡不醒。李嶷一手端着药碗，一手探了探她的额头，只觉得她额头烧得滚烫，唇上都烧起了细碎的白皮，只听她嘴角翕动，似在呓语，他侧耳听了听，才听到她在喃喃地唤："阿娘……"

　　他不禁撇了撇嘴，心想眼前这女子素来凶悍狠辣，病了却原来也只会叫娘。正犹豫怎么给她喂药，她在昏沉中却突然伸手抓住他的衣服下摆，他本就是单手端药碗，便腾出一只手想拽开她的手，但她抓得很紧，一时竟拽不开。也不知道她是不是梦见了什么，又喃喃地唤了一声："阿娘……"

　　他也不再管她放不放手，坐在床头，用一只手用力扶起她来，说道："喂，吃药了。"她虽被扶起，但仍无知无觉一般，只是手指还紧紧攥着他的衣摆。当下他使劲捏住她的鼻子，她因为窒息本能张开嘴，他趁机就将一碗药迅速灌下去，她在昏沉中被呛得连声咳嗽，他人力在她背上拍了好几下，这才渐渐平复。

　　他心道：要不是为了军粮，呛死你算了。总算趁着她咳嗽将她手指掰开,将自己衣服从她指间抽出,将她重新放回枕上,这才转身走到桌前,把那买来的跌打药丸放入碗中,又按照郎中的嘱咐,倒了约莫半两烧酒,细细研碎成药泥。

等研好了药,李嶷将药泥摊在手心里,用另一只手掀开被子,拉一下她的裤脚,本想给她伤口上药,却发现她裤脚用碎布条牢牢系成了死结。当下他想也不想,就抽出匕首,用刃尖挑破她裤子的膝盖处。不想恰在此时,她睫毛微微一动,忽然睁眼醒来,见此情形,不由得一把推开他,缩到床角,惊恐万分地瞪着他:"你……你要做什么……"

见她如同炸了毛的猫儿一般,眸中尽是敌意与惊惧,他用手指试一下匕首的锋刃,冷冷地道:"你反正不会交代定胜军的去处,拿你换不得军粮,不如一刀杀了你。"

她听了这话,也不知为何被激怒,反倒将脖子一扬:"那你杀好了。"他眉毛一挑,放下匕首,五指扯住她的裤角,突然用力一撕。她惊羞怒极,挥手便有数枚细小的银针朝他射去,他早有防备,头一偏避过,她自知不敌,几如搏命一般,和身扑上反手就是一掌,只听"啪"的一声,她这一掌狠狠打在他脸上,几乎是同时,他手中药泥也"啪"一声糊在了她的伤口上。她低头看看自己腿伤上的药泥,又看看他脸上迅速浮红起来的掌印,不禁嗫嚅:"你……你……"

他揉了揉脸,一言不发,起身拎起桌上为了研药剩下的半瓶酒,转身离去。

既走出了屋子,举头但见好一轮明月,照得天青地白,月色皎然倒映在地上，便如遍地清霜一般。夜风阵阵，拂得院中槐树枝叶时时摇动，映在地上的影子也时聚时散。他忽然想起那日在井畔遇见她，也是这样一个月夜，那晚黑夜中她双眸灿然如星，倒映着万点萤火，便如天上的银河，都在她眸底一般。

他不愿再多想，但今晚这月色实在喜人，当下拎着酒瓶，三下两下便越墙穿檐，登上那客栈的屋顶，在瓦松间寻了一片平坦之处，坐在那瓦上对月饮酒。

他自从牢兰关起兵勤王，一路征战奔波，甚少有今夜这般闲暇独处之时，当下对月自饮，也不用酒盏，不知不觉，已经将那壶酒喝了大半。

他微有酒意，便仰面卧在那屋瓦上，双手枕在脑后，看着那满天星辉灿然，心想牢兰关中不知此时又是何情形。这已近秋分时节，只怕就要下雪了，若是下得初雪，就该当于荒野中猎黄羊了。他正在浮想联翩之际，忽听不远处"嗒"一声轻响，明明是有人也上房顶来了。他并不作理睬，过得片刻，果然见她便如一只瘸腿的小猫一般，笨手笨脚从屋脊那边翻过来，慢慢朝他走过来。他虽没有望向她，但眼色余光，只瞥见她两步一滑，到底是腿上有伤，屋瓦又嶙嶙不平，幸得她最后还是稳住了身形，不声不响，走到了他身边，也在他身侧的屋瓦上坐下。

他不由得浑身不自在，便坐起来，又拎过酒瓶，饮了一口，只听她低低地道："对不住。"

他冷冷地道："你有什么对不住我的？"

她螓首低垂，说道："其实……那天我把你刺晕之后，马上就从地窖出去了，我听到他们说要将老丈和婆婆带走做杂役，就以为他们不会对老丈和婆婆下手的，我以为我一定会想到办法……我自诩聪明能干，却没想到，最终还是没能救得他们。"她摇了摇头，神色之中，尽是沮丧。

过了片刻，他才道："我看到了你掩埋了他们，还看到你放在坟上的花。"

她也不知在想什么，过得片刻，终于只是微微叹了口气，抬头看着天上的星星，喃喃地道："是我错了，我只恨我救不得。"她顿了顿，道："从前，节度使在教导公子的时候，我在旁边听到，节度使说，位高之人，必然时时都需做很多决定，这些决定，有时候是对的，有时候是错的。若是做错了决定，或许就会害死很多人。这就是位高权重之人，自当谨慎之处。可是，若是一言便可决千万人生死，那么就该想一想，是该当救一人，还是该当救天下。"

李嶷听到她提到节度使，必然所指就是卢龙节度使、朔北都护、大将军崔倚，不由一凛。盖因崔家世镇幽州，至这一代崔倚领兵，更为勇武善战，率军曾将揭硕王帐逐出千里，一时揭硕人竟不敢越过拒以山放牧，由此先帝赐下"定胜"旗帜，崔家军亦号称"定胜军"，乃是朝廷用以威慑北地揭硕诸部的大军。但孙靖作乱后，崔家父子号称勤王，却驱兵南下，明显意在趁隙取利，或有逐鹿中原之意。

他便问："你是自幼跟在崔公子身边长大？"

她轻轻点一点头，道："公子待我极好，并不将我当作一般奴仆视之。"这是十分高明的法子，她这般聪慧过人，若是以等闲奴仆视之，总有一天她羽翼丰满，便会振翅飞去，再不复返。所以这也是那崔公子笼络人心的手段，他心中不以为然，忽道："你日间病着，昏睡不醒，一直在叫阿娘。"

她闻言不由一怔，过了片刻，方才道："我幼时住在边塞要地。有一日城中男子都跟随将军出城去打仗了，没想到另一股敌人却绕来袭城。城中只有老弱妇孺，根本无力防守。那时候我才五六岁吧，身形瘦小，我娘便让我从井沟爬出去逃命，城中所有妇人，已经决意一起力战到最后一刻。我不肯走，叫我娘同我一起逃命，我娘说她不能走，若是她们也弃城而走，坏人就能夺得这边塞要地，到时候长驱直入，南下烧杀抢掠更多的城池，只怕好多像我一样的孩子就要失去爷娘父母，也有好多爷娘父母，就要失去自己的儿女。我哭着闹着要留下来同她一起抗敌，我娘骂我，叫我好好活着，活着长大了好为她报仇，好好学本事，或许能救更多的人。若是同她一起死在城中，那她们力战又是为了什么？她们就是为了孩子能活着，将来或许有一日，我也得像她一样拼命，只为了能救自己的孩子，或者更多的人，更多的孩子……我哭着问，难道这城里的妇人都不是人吗？为什么不逃走，为什么娘亲宁可死了，也要救其他我根本不认识的人？我娘说……不要只顾着救眼前一人，要救天下更多的人……"

她说到此处停顿下来，只是怔怔地出神。他见她神色怔忡，一时也不知如何劝解。过得片刻，只听她又幽幽地道："我终于还是从井沟里爬出去了，然后逃了许久，终于找到了爹爹，等到我和爹爹随援军一起赶回来,我娘,还有全城所有的妇人,她们的尸首都被吊在城墙上……我娘,她们的血,把城墙都染红了……"

他看了她一眼,十分不忍,但她说起这些话来时,语气竟十分平静,眼中也并无眼泪。他问:"你小时候住在营州?我记得朝廷曾旌表营州将军娘子为武烈夫人。当时揭硕袭城,武烈夫人率娘子军力战不退,死守殉城。你娘是娘子军中的人?"

她眼中终于似有泪光一闪:"是。朝中旌表,不过一人而已,实则守城娘子军共有五百六十九人。"她道:"她们每一个人何尝不是阿娘的儿女,又何尝不是儿女的阿娘,但绝不愿弃城而逃,为了能阻止敌人,为了能救更多人,毅然赴死。"

他郑重地道:"她们都是英杰。"

她道:"我阿爹问我,还记得阿娘最后说的话吗?我说,阿娘叫我好好活着,活着才知道她为何而死,活着才有希望,活着才能救更多人。"

他问道:"这就是在地窖,你一针刺昏我的原因?你觉得我们可以救更多的人?"

她点点头:"是。因为你是镇西军主帅,如今天下勤王的兵马,都唯你马首是瞻,一旦你遇险,只怕勤王之事,从此皆为梦幻泡影。你在,镇西军中无数人都会觉得有主心骨,天下的勤王之师,也会觉得有希望。你若是不在了,孙靖能不能坐稳这天下还是两说,以他残暴酷虐的性子,只怕征战不断。这天下百姓太苦了,再打几年仗,只怕白骨露于野,千里无鸡鸣。古书上说的那些乱世,还不够吗?"

他心里明明知道她说得对，自己不该以身犯险，不然一旦出事，必然于大局有碍，但心中转过万千念头，最终只是轻轻喟叹："但在我眼前的人，我还是想救。"

她道："当初节度使说，成大事者，必经大悔恨。那时候我年纪幼小，并不懂得此话之意，但现在想来，人生不该落子无悔吗？我用针刺昏了你，是我不对，那是我做的决定，你恼我恨我，我受着便是。我见到了严老丈和严娘子的尸首，心中万般悔恨，但也只能自己受着。若有罪孽，那是我的罪孽，你若是生气想要一刀杀了我，那我也只得坦然受之。在我刺出那一针的时候，我便该当知道，我既做了这样的事，便没得悔恨之处。"

李嶷听她说出这番话来，坦坦荡荡，又磊落光明，一时竟听得愣住了。过得片刻，忽地点了点头，说道："我不该怪你，或是说，我不该那般恼恨你。其实是因为我自己深悔救不得他们，却将这些全怪到你头上。彼时你若不用针刺昏了我，我也并不见得就能救得了他们，若是我早些闯出去，或有机会，我恨的其实是自己，没能早点出去救人，但全都怪罪于你，这是我不对之处。"

听他这般说，她也不禁怔住了。只见他拿起酒壶，长饮了一口酒。她不由伸手，也想要拿酒壶，却被他伸手挡住了："你伤势未愈，还在吃药呢！"

她轻轻叹了口气，抱膝坐在屋瓦之上，以手托腮，但见明月皓洁，月光似水银，又似一匹无边无际洁白的轻纱，将这世间万物笼罩其间。

第三章　秋分

明月照着疏疏的梧桐树，梧桐树掩映着琉璃瓦当，秋风拂过，偶尔有一片桐叶坠下，轻微的"咔嚓"一响，擦过白玉阶，轻飘飘地落在地上。锦娘捧着食盒，小心的一路拾阶而上。萧氏虽是先太子妃，但太子死后，她却从东宫挪到这云光殿中来了。这里本来是后妃居所，孙靖虽手握摄政实权，但并未称帝，只号大都督，而她又身份尴尬，因此宫中诸人皆含含糊糊，称呼她一声"萧娘子"。

锦娘捧着食盒进入殿中，走过后殿，一直走到西配殿，被称为"枌诣室"的小小宫室，只见萧氏还未卸妆，正坐在镜前，拿着一柄镶金玉梳兀自出神。锦娘便上前行礼，奉上食盒，道："娘娘，这是莲子羹。"见萧氏点一点头，当下她便打开食盒，盛出一碗来，奉与萧氏。

萧氏吃着莲子羹，那锦娘见四下无人，便悄声道："好教娘娘得知，奴婢已见着姜氏了。"

萧氏用勺子拨弄着莲子羹，似是恍若未闻。锦娘道："姜氏一切皆好，只是日日用素帛缠着肚子，只恐人看出来。但奴婢见她气色还好,也并不再害喜呕吐。"

萧氏这才轻轻地叹了一声,道:"这是先太子的遗腹子,无论如何,我得想出法子,将她送出宫去。"

锦娘道:"宫禁森严,大都督又生性多疑,只怕……"

萧氏摇一摇头,说道:"就算比登天还难,我也要试上一试。"她与先太子结缡十余载,并未生育,先太子的长子李玄泽乃是傅良娣所出。宫变之时,云鏊将军韩畅率一队人马,拼死护着李玄泽逃出宫城,从此下落不明,生死不知。孙靖多方遣人追查,誓要斩草除根。她只得不动声色,以身侍敌,借着旧情与孙靖周旋。

幸而宫变之后,才发现太子的侍妾姜氏有孕在身,萧氏便将姜氏藏在后宫,只是姜氏肚子一天比一天大起来,她必得设法将姜氏送出宫去,才好生产。若能生下孩子,不论男女,都是先太子的遗孤。

她生性聪颖,过了数日,还真想出一个对策来。原来孙靖原配魏国夫人袁氏对她嫉恨入骨,有一日在宫中狭路相逢,萧氏便故意挑衅,两下争执起来,萧氏命身边的女官打了魏国夫人身边婢女儿耳光,魏国夫人大大失了脸面,气得发昏,在孙靖面前哭闹。孙靖没得法子,只得亲自来云光殿中,要她将身边的女官交出来,任凭魏国夫人处置。

她当下一声冷笑,对孙靖道:"我在宫里待的时日久,这样的事见得多了,宫中皆是一双双势利眼,捧高踩低不遗余力,一旦落了下乘,谁都可以任意践踏。今日魏国夫人令大都督索拿我的女官,明日她便可以下令鸩杀我,我若是死了,大都督难道会为了我,与她一个堂堂正妻为难吗？"

孙靖本不耐烦来调停这般鸡毛蒜皮、争风吃醋之事，当下只是皱眉道："何至于此？"

她冷笑道："陈郡袁氏乃是大都督妻族，素来得大都督倚重。妾身得罪了魏国夫人，自请出家为道，不在这里碍眼了。"

一时说得孙靖哑然失笑："你倒激将起我来了。"

"妾身哪里敢激将大都督，就怕妾身再在这宫里住下去，不明不白枉送了性命。还不如出宫去修道，省了聒噪。"她说着便一甩袖子，将孙靖晾在当地，自顾自径直走到内室去了。孙靖不禁走到内室，但见她已经卸了钗环，睡到软榻之上，却是负气用背对着他。他便在那榻侧坐下，伸手摩挲着她的肩，戏谑道："你要修道，我倒要看看，天下哪间道观搁得住你？"她忽地嫣然一笑，翻身坐起，却抱着他的手臂，将头伏在他肩头，就在他耳畔吹气如兰："要不，你给我建一座道观，要选山清水秀处，要离西长京不远，这样你出宫来看我也便宜，不过……"他被她吹得耳根直痒痒，她却忽然似嗔似嗔地瞥了他一眼，眼波欲流："只怕我一出宫，三五日之后，你啊，就忘记了我是谁。"说着便用尖尖的指甲，恨恨地戳了戳他的胸口，孙靖便就势抓住了她的手，就在她手指上轻轻一吻，漫不经意地问："你真要去修道？"

她重又伏在他怀里，说道："我不想待在宫里了。魏国夫人不是一个心胸开阔之人，不免处处为难我。再说了，这宫里人人一张利嘴，我不想天天被她们说三道四。"

孙靖伸手抚弄着她如瀑的长发，说道："修道的事，你就别想了。不过，你身边那个慎娘，看着像是个有福气的人，不如叫她代你出家吧。"

她听得此言，用力将他推开，曲着单膝坐在榻上，冷笑道："大都督果然还是忍不住说出实话来，为了魏国夫人情面好看，就叫我的女官出宫修道，大都督不如赐下一壶鸩酒，我与慎娘一起饮了便是。"

孙靖道："慎娘是你的女官，冲撞了魏国夫人，总要有个交待。"

她怒道："那魏国夫人的婢女呢，那婢女冲撞了我，大都督也让她出家修道吗？"

见她大发脾气，他反倒笑道："你看你，什么事情都要掐尖要强。"只听她道："大都督若是一视同仁，处置那婢女，我就答应让慎娘出家修道，不然，免谈。"说完，径直下榻，伸长了胳膊，将他一直推搡出内室，自己扣上房门，将他关在门外，不论他如何叩门，皆赌气不肯理睬，自顾自回榻上睡了。

她方睡了片刻，忽听窗子吱呀一声，她闭目故作不知，忽然身子一轻，原来是孙靖将她从榻上抱起。她用手抵在他胸口，不肯叫他抱，恨声道："便教我死了也罢了，又来惹我作什么？"他却笑道："行了行了，都逼得我只能越窗而入了，给我三分薄面吧。"

她这才伸手勾住了他的脖子，嗔道："那你得说，天下能逼得大都督如此的，只有我一个。"

孙靖无可奈何，只得点头："只有你一个，倘再有一个，不，倘再有半个,实实我也吃不消了。"她轻笑一声,将脸埋入他怀中。

两人缠绵半夜,孙靖到底答应了,把魏国夫人身边的婢女也送几个出宫去修道,以全她的颜面。到了第二日晨起时分,她怕他食言,又扯着他的袖子,让他即刻便下令。孙靖无奈,只得当着她的面,吩咐掖庭令,将她身边的女官慎娘等人,还有那日跟在魏国夫人身边的婢女,一共八人,尽皆送出宫去修道。她这才心满意足,放开了他的袖子。

待得孙靖从云光殿中脱身出来,掖庭令这才上前,叉手行礼,恭敬问:"大都督,这几名女官婢女,要送到何处去修道方合宜?"

孙靖漫不经意,抚平衣袖上适才被萧氏拉扯出的褶皱,说道:"修什么道,待送出宫去,都杀了便是。"

当日萧氏苦心谋划,将姜氏混入其中,原本以为可以安然出宫为道,不想掖庭令奉了孙靖密令,待送人的牛车一出宫门,便将八人尽皆杀了。

萧氏自遣出姜氏,惴惴不安,想方设法,派了仅有的得力之人去接应,却得到密报说诸女皆被杀,只觉胸口剧痛,坐在镜前,半晌回不过神来。这下不仅未救得姜氏,还赔上了自己一名亲信的女官慎娘。只有锦娘忙忙扶着她的膝盖,轻声唤着:"娘娘!"连唤了好几声,才将她唤回神来。

"我好没用啊。"萧氏喃喃道,"我自以为得计,却没想到,反倒害了姜氏和她腹中的孩儿。我有何颜面去地下见先太子!"

"娘娘!"锦娘急道,"娘娘不要这样想,娘娘已经尽力了。"

萧氏凄然摇了摇头，说道："前几日叔叔写信来，问我为何不死。我们萧氏，世受皇恩，我不肯死，是为不忠。先太子待我举案齐眉，我不肯死，是为不义。辱及父兄，我不肯死，是为不孝。为了苟活，我的手上沾满了无辜之血，是为不仁……我这等不忠不孝不仁不义之人，为何还要活着……"

锦娘扶着她的胳膊，道："娘娘，您若是心中难受，便哭一场吧，哭一场或许能好些，娘娘，您受了太多委屈了……"

萧氏却摇了摇头，用手指拭拭自己的眼角，只见指尖干干，她说道："我哭不出来，我还是要活着，起码要活到玄泽能得以平安。"她重新打开妆奁，对锦娘道："替我梳妆吧，再过会儿，只怕大都督要来，不能让他看出什么来。"

锦娘惊道："大都督会不会早就知道……"

萧氏笑了笑，漫声道："他知道又如何，不知道又如何。他既然还愿意如此这般，那我便好生陪着他罢。"说罢自掂起螺子黛，细细地描画眉毛。她生得长眉入鬓，眼如横波，酽妆之后，更是好看。她对着镜中的自己嫣然一笑，仍是一番颠倒众生的绝好风姿啊。

话说这一番宫墙之中的刀光剑影，波诡云谲，外间却是半分也不曾知晓，连那魏国夫人，也以为自己的几名婢女是被萧氏逼迫送出宫修道了，当下衔恨不已。这一番风波，便如一池春水，被风吹皱，事过便再无痕迹。

却说那何校尉在镇上客栈里休养了数日，伤势已经渐渐无碍。这

151

一日，镇上却忽然多了许多从望州城中逃难之人。李嶷上街打听，原是那郭直纵容手下兵卒，四处烧杀抢掠，不仅抢了偌多富户，还动辄拉走壮丁，乡间不堪其扰，民不聊生。而望州城中的镇西军只有数千人，守城尚且艰难，更兼没有粮草，不能出城接战。那郭直越发大胆，渐渐又开始骚扰望州附近的村庄，终于兵临城下，逼令裴源投降，号称若是不降，便要攻下望州城，一旦城破，定要血洗望州，将城中百姓一并视作贼寇。因此不少人扶老携幼，离开望州逃难。

李嶷听得此事，心中暗暗发愁。但镇西军久为粮草所困，却不是一朝一夕能想出办法。自己虽然挟持了何校尉，但那崔公子绝不是好相与的人，只怕难以从他手中换得粮草。他思虑再三，暂且没有想出什么计策，忽见街头热气腾腾，原来是一家卖蒸糖糕的小店，正掀了蒸笼，在那里叫卖热糕。他忽然想起这几日，因伤势好了许多，何校尉的精神也恢复了大半，只是每次吃药的时候，她总是皱着眉难以下咽。她素来坚韧，即使孤身在山间那般忍饥挨饿，经历种种艰辛，也尽皆隐忍，倒是这些时日每每喝药之时，方才显出几分小儿女之态。想到这里，他便掏钱买了一方糖糕，托在手中返回客栈。

这几日那杂役替他跑腿，早得了不少赏钱，当下见他托着糖糕进来，便笑道："郎君好贴心，必是替娘子买了热糕回来。"这里虽是镇上，却是甚少有人吃零嘴，这样的糖糕更是稀罕，只有那些娇养孙儿的老人，才肯掏钱买了给孩子吃，他这般娇宠妻子，当然被打趣。李嶷本来没觉得什么，被杂役这么一说，无端端倒觉得有几分耳根发热，当下笑了一笑。待进了屋子，却见何校尉正伏在窗前，似在看外头的风景。

　　她早换了洁净衣衫,是他前几日从集上估衣铺子里替她买来的,虽是粗布旧衣,不知为何,穿在她身上格外熨帖合身,越发显得纤腰一握。只是这几日连伤带病,连下巴都好似尖了几分,小小的一张脸,还没有他的巴掌大,搁在她自己的手肘上,两眼看着窗外槐树上的鸟窝,兀自出神。他便将糕递过去,说道:"吃吧。"她回头见是糖糕,果然欢喜,接过去咬了一口,两腮鼓鼓如同松鼠一般。他正看得有趣,她忽地想起,问:"你怎么知道我爱吃糖糕?"

　　李嶷笑道:"我可是镇西军中最好的斥候。"

　　她想起这几日吃药,自己嫌苦,吃完之后,总想着若有块糖糕吃就好了,但这话只是在心里想一想,从不曾说出口来,但不知道他是如何猜到的。此人当真是有洞察人心的本事,也难为他有心。那糖糕软糯香甜,显然是刚蒸出来的,当下她又咬了一口糖糕,忽然心生警惕:"无事献殷勤,你想做什么?"

　　只听他笑道:"你们公子派了偌多好手来埋伏我,你却坐在屋子里等我,没有不辞而别,难道不应该请你吃糖糕吗?"

　　她怔了一怔,没料到他竟然看破,不禁叹道:"他们说你是镇西军中最好的斥候,我总以为必是往你脸上贴金,如今才知道,真的没有言过其实。"便扬声道:"都出来吧。"

　　顿时房前屋后草木丛中有人影现身,屋顶上亦翻下数条身影,旋即涌进屋中七八条壮汉,为首那人,正是那日在郭直营中见过的陈醒。他如同一道影子般飘进来,抱拳朝何校尉一礼,默不作声,站在她身后。

李嶷见了这般阵仗,摇了摇头,说道:"墙头的弓弩手,也叫他们撤了吧,我有话与你说,不会再挟持你的。"

她却瞥了他一眼,道:"我也有些你不爱听的话要说,所以那些弓弩手,还是让他们待在那里吧,免得待会儿你一不高兴,就用刀子指着我的咽喉了。"

李嶷摇了摇头,似是无可奈何的一笑。她挥了挥手,陈醒等人又尽皆退去。此时她方才问:"你有什么话要对我说?"

李嶷道:"你都吃了我的糖糕了,难道不应该同我一起,去拿下并州城?"

她不禁好笑:"一块糖糕就想换取并州城,皇孙你的如意算盘,打得挺好啊。"

李嶷道:"并州城主韩立,是一个奸险狡诈、两面三刀的小人,早先就对朝中号令阳奉阴违,之后与孙靖也貌合神离。韩立所有不过并州、建州二城,偏偏此二城处于水陆要冲,不论是运粮,还是用兵,都得经过这两座城池。"

她不禁瞟了他一眼:"看来皇孙不仅想要并州,连同建州也想拿下。"

只见他点点头,说道:"建州距离并州两百余里,快马一夜可到。只要拿到韩立的虎符,就能拿下建州城。"她也尽知他意,如有建州,举兵而返,并州自然也在囊中。

李嶷道:"我若是挟持着你去见你家公子,只怕你家公子不肯给我粮草，但我若是手里有建州，或是并州，想必崔公子必然是肯与我做一番好商议的。"

她听到他这般谋划，不禁赞叹："看样子，这便是皇孙诚恳敦厚之处，打算用并州或是建州，来换取我们定胜军的粮食了。"

李嶷点了点头，说道："我说完了，你有什么让我不高兴的话，也可以一并说了。"

那何尉慢语轻声地提议，由李嶷仍借着裴源的名头，去与韩立周旋谈判，看看能不能令韩立动摇。李嶷却道："镇西军被郭直困在望州，又无粮草可战，韩立素来奸猾，绝不会对镇西军假以辞色。不如还是定胜军遣出使者，去与那韩立交涉，只言定胜军崔公子所率大军要借道建州，并许以好处，韩立为人狡诈贪婪，崔家军军势威望极盛，他八成会答应。"

她听闻他这般说，拊掌笑道："皇孙果然是诚恳敦厚！"他叹道："我就知道你等着我说这番话，你如何谋划的，还是直接说出来吧。"

她笑道："借道建州这等大事，若是我们定胜军只遣了使者去说，哪怕这使者是我，只怕韩立都不会动摇。除非……"她笑盈盈的，眸光流转，看了李嶷一眼，说道："除非我们公子亲至韩立府上，他必然会郑重其事。"

李嶷一言不发，只是看着她，她叹了口气，道："可惜我们公子偶感风寒，实在是不便出行。因此，若得有一个人扮成我家公子，去与那韩立协商，或可成事。"

李嶷冷冷地道:"你家公子哪怕没有偶感风寒,你也不愿意他冒此风险吧,毕竟,韩立乃是反复小人,万一他扣押了你家公子怎么办?"

她竟然坦然点了点头,说道:"难就难在,我家公子,也不是寻常什么人都可以冒充的,不然,闹出捉刀之人那样的破绽,就不好了。"

"捉刀之人"这典故,是说魏王曹操觉得自己相貌不够威严,所以就用崔季珪冒充自己,接待匈奴使,而曹操自己则捉刀立床头。面见之后,令人去问使节:"魏王如何?"匈奴使答曰:"魏王雅望非常,然床头捉刀人,此乃英雄也。"

听她如此这般说,他不过笑一笑,心道:你以为你家公子当世英雄,所以才叫我冒充他,明面上虽也在捧我有英雄气概,但我为什么要冒他名头。心中十分不快。

只听她道:"只要皇孙愿意合作,如果成功取得虎符,镇西军和我定胜军各取一州,我们定胜军要建州。我也可替公子答允,彼时两座城中粮草,尽归镇西军所有。"

李嶷略一思忖,心想这条件不能不算优渥,她既然来游说自己与之合作,自然是知道这条件自己无法拒绝。他素来统兵,极有气度,觉得此事划算,便强压心中不快,道:"如此,确可一行。"又道:"我们来打个赌吧,谁先抓到韩立,或是杀了韩立,并州就归谁;谁先拿到虎符,建州就归谁。"他心道:我虽可冒充你家公子前往,但等行事之时,你可别想辖制我。连他自己也不明白,为何突然便争强好胜起来。

她并不以为意，只问："若是我既抓到韩立，又拿到虎符呢？"李嶷沉声道："那并州建州都归你，我镇西军绝无二话。反之亦然！"她便道："好，若是并州建州都归镇西军所有，建州素来为东去北去要道，我定胜军来日商请借道过境，镇西军不得拒绝。"

李嶷欣然应允："可以！反之亦然！"

她一扬眉："击掌为定！"当下伸出手掌，李嶷与她轻轻三击掌。

二人既击掌为誓，旋即率陈醒诸人一起，动身前往并州。

那李嶷既答应扮成崔公子，自何校尉以下，陈醒诸人，每个人皆称他为"公子"，恭恭敬敬，并不露半分破绽，真拿他当崔公子伺候。这崔公子日常衣食住行，极是讲究，陈醒身上带了无数银钱，一路挥霍。行得数日，又有定胜军的人，携带了车马、奴仆、衣饰诸物，甚至还有几名厨子和帮佣，大队人马追上来，浩浩荡荡，与他们并作一队。每日食不厌精，脍不厌细，坐卧之时，必奉上洁净自带的褥垫，就是车马，虽然外表朴实无华，内里也细巧非常，一茶一几，皆嵌在车内。那套车的两匹马，更是行得极稳，也不知怎么做到的，路上无论如何坎坷难走，车里茶杯中的茶水，却是不曾被晃出过半滴。饶是李嶷身为皇孙，见识过天家富贵，也没见识过这般排场，不得不叹一声节度使之子，果然是骄奢淫逸。

而那何校尉亦真如侍女一般，每日侍奉他，每到住宿打尖之地，她必然亲自检点他的坐卧之处，甚是细心体贴。他心中郁结，但又不好开口询问她，素日难道就是这样伺候崔公子的？每一想到此处，心里不免一阵难以言喻的滋味，说不清道不明，反正十分不好受。这日已至湖里镇，距离那并州不远，但见她亲自烧了熨斗，在替自己——哦不，崔公子——熨烫衣衫，他终于忍不住问："像你这样的侍女，你家公子身边有多少？"

她头也没抬，说道："几十个吧。"

他心中越发不快，问道："同你一样的，难道竟有几十个？"

她明明就是独一无二的人，但她自己却浑不在意，说道："公子自幼就不乏人伺候，有几十个婢女，再寻常不过了。皇孙难道在王府之中，不是这般锦衣玉食吗？"

他听了这话，却并没有接口。她终于抬头，却不是看他，而是拎起衣服看了看，又在他身上比了一比，这才满意地道："公子这件衣裳令你穿着，才算通身好气派。"

他还未答话，她忽地懊恼："他们虽然带了公子的衣物，却不曾带公子的冠子来。"原来那崔公子素日束发用玉冠，此时行道途中，又到哪里去寻玉冠，便派人回去定胜军营中取，也来不及了。

他再也忍耐不住，冷言相讥："若不得玉冠，就扮不像你家公子了？"

她想了一想，竟有几分沮丧，道："若是我的簪子在，倒还使得，虽比不上公子的玉冠好，但那支簪子还算是羊脂玉，可以用得。"

那日在井畔，他抢走了她的簪子，本来是想叫她用抢走的自己的珠子来换的。此时此刻听到她如此说，当下从袖中抽出一物，掷在她面前，她伸手接住，见竟然是自己那支玉簪，顿时喜形于色："哎呀，原来你带在身上，这可太好了。"

于是她请李嶷坐下，重新给他梳头束发，又替他插好这支玉簪，临镜一照，她倒是十分满意："是了，这才是我们公子的派头。"张罗着还要李嶷试一试那件衣衫，他早就十分不耐，拂袖而去。

李嶷心中郁闷，直到半夜，还不曾睡着。思忖自己吃了这等说不出的闷亏，回头要怎么样才能找回场子，总是等有机会见了那崔公子，令他也大大地吃个亏才好。只是她素来狡猾，若是想令崔公子吃亏，必要先骗过她去。至于头顶这根簪子，他抽下来，在手里掂了一掂，心想事毕定要问她讨回自己的珠子，再立时把这簪子还给她，一刻也不留，免得污了自己的头发。正在思量，忽听外头有夜鸟啾啾鸣叫了数声，正是镇西军中的暗号。

他不动声色，也不点灯，悄悄起身，往窗轴里倒了一点灯油，轻轻推开窗户，无声无息。过得片刻，却见谢长耳轻巧翻入，见到李嶷，不由得大喜过望，执着他的手道："十七郎，可叫我好找。"

原来李嶷自郭直营中追踪何校尉离去，望州城中的裴源诸人却是十分着急，四处派人，终于寻得他所留的暗记，一路追上来，但定胜军的人十分警觉，难以靠近。今夜谢长耳终于想法子，趁着哨探稍懈，混进了他们留宿之地。当下李嶷三言两语，将自己与何校尉的约定说了。谢长耳听得目瞪口呆，说道："十七郎，你要扮作崔公子，去见韩立？"

李嶷道："无妨，我自有脱身之策。"当下又嘱咐谢长耳，如此这般，谢长耳连连点头，这才翩然离去。

却说那韩立,身为并州刺史,听闻崔公子亲来拜见,自是惊疑不定,但定胜军势如破竹,大军压境,却也是得罪不起,忙大开中门迎了出来,又设下歌舞筵席,好生招待。

当下请李嶷居于上位,何氏侍立于侧,韩立居于主位,又有韩立的心腹谋士吕成之侍坐在侧。至于陈醒等崔公子的侍从奴仆,也在府中下房,由韩立的部属陪宴款待。

那韩立笑眯眯敬过数巡酒,方才问道:"崔公子,这歌舞如何?"

李嶷道:"自离故地,一路兵戈风尘,久不见歌舞,此时此景,真当得起'太平富贵'四字。"韩立不由哈哈大笑,说道:"崔公子过誉了。公子折节下交,韩某感动得很。"李嶷道:"哪里,虽与韩公素昧平生,但韩公风采,素来为我敬仰。"韩立不由"哦"了一声,道:"韩某僻处并州,倒是不想公子如此抬爱。"李嶷道:"我有几句话,所谓忠言逆耳,不知道韩公想听不想听。"

那韩立看了一眼吕成之,吕成之双手击掌,舞姬乐队皆停止,齐齐退出。

韩立这才道:"公子但说无妨。"

李嶷道:"世人看韩公,扼守并州、建州,皆为冲要之地。大都督远在西长京,需仰仗韩公之处甚多,若镇西军东进,韩公可以从并州、建州两地出军,包抄合围。若镇西军势大,韩公自可退守并南关天险,可谓左右逢源,进退自如。"

韩立抚须道:"我们韩家世镇并、建二州,我本朝廷委任的刺史,与公子说句实话,我也为难得紧。一厢是大都督,威势煊赫,一厢是镇西诸府,原本也是我的同僚。"他不禁叹了口气,说道:"若是与镇西军兵戈相向,未免伤了当年的情谊。可若是避而不战,大都督面前,又失了信义。"言毕,脸上显出为难之色。

此时何校尉忽道:"妾有一句话,想请教韩公。"

韩立早就听吕成之说,崔公子身边有一位锦囊女何氏,极受信重。因此她忽然插话,他并无多少不悦之色,反而笑道:"何娘子但说无妨。"

她便问道:"韩公认为,远在西长京的孙靖大都督,是个什么样的人物?"韩立拈须微笑道:"大都督其人,果决聪颖,心思缜密,是当世难得一见的英雄。"

她点一点头,言道:"果决之人独断专行,聪颖之人从来自负,心思缜密之人自是多疑,不会轻信他人。韩公对大都督其人,知之甚深啊。"

韩立不由哈哈大笑,说:"这是你说的,可不是我说的。"

当下饮过一遍酒,韩立又道:"话未说尽,何娘子但说无妨。"何校尉便微微一笑,道:"韩公认为,在孙靖大都督的心里,韩公你是个什么样的人?"韩立又是拈须含笑:"哦?这韩某倒不便妄自揣测。"

她道:"只怕在大都督眼里,韩公你比起镇西军,甚至那勤王之师的统帅李嶷李皇孙来,更算得上心腹之患。"

韩立心中一动,面上却不动声色,只道:"愿闻其详。"

"大都督杀伐果决,先帝、先太子、诸王及王孙,百多口人皆已受诛,与李皇孙自然已经结下了不共戴天之仇。而大都督志向高远,既然已经做了这一步,自然是学先贤,扶幼帝登基,实权摄政。"她樱唇中吐出淡然的话语,论起天下大势来,却是娓娓道来,甚是动听。

韩立不由点头:"不错。"

"大都督既然志存天下,谋划良久,纵然镇西军此时势大,但大都督落子于先,未必没有胜算。而韩公你久据并、建二州,待大都督平定镇西诸府之后,韩公以为你下场如何?"

韩立听她如斯问,不由叹了口气:"那还用说吗?狡兔死,走狗烹,自来如此。"

"那如果韩公你是大都督,此刻镇西军锐进,而我定胜军趁机南下,并、建二州又并未处于掌控之中,大都督会如何行事?"

韩立不由笑道:"自然是想法子让我出兵,与镇西诸府恶战,不论是镇西军兵败,还是我兵败,于大都督而言,都是两全其美之事。"

她嫣然一笑,道:"韩公果然聪明人,知大都督甚深。"

韩立哈哈大笑,道:"锦囊女果然名不虚传。"转脸举杯向李嶷祝酒,叹道:"崔公子好福气啊。"

李嶷听她巧舌如簧,说得韩立这老狐狸都明白过来其中的微妙之意,当下也一笑举杯。

诸人欢笑饮酒。李嶷素来眼观六路,耳听八方,眼角余光早瞥见有一名仆人从外间匆匆进来,走到吕成之身边,附耳细语了两句。吕成之眉头一皱,轻轻拉了拉韩立的衣角。

韩立会意，道："崔公子且宽坐，后堂有些许小事，韩某去去就来。"

李嶷笑道："韩公请自便。"

韩立朝李嶷拱手行礼，匆匆带着吕成之离开。

原来京中孙靖遣出的使节，携带着孙靖赏赐给韩立的大量金银珍宝，珠玉彩帛，终于赶到了并州刺史府上。这孙靖遣来的使节，倒也不是别人，乃是韩立的同乡，并州有名的大族顾家的顾九郎顾祯。顾氏一门枝繁叶茂，颇多子弟在朝中为官，其中官做得最大的，也就是顾祯的堂兄顾衿了，在孙靖谋逆之前，顾衿乃是中书令，正经的丞相。宫变之后，孙靖对这位文臣之首还极为客气，盖因当初孙靖领兵征屹罗，顾衿正任兵部尚书，是有名的能臣，所有粮草调度，皆从其手而出。先帝因暴躁多疑的性子，数次也命兵部挟制胁迫孙靖，而顾衿为了战局，为了在外征战的大将没有后顾之忧，在天子面前恳切直言，很替孙靖争过几回公道。后来孙靖大败屹罗，先帝嘉赏，将顾衿升任了中书令。但顾衿与孙靖并无私谊，只出于公心。因为屹罗一灭，他便立时向先帝谏言，削弱诸节度使的兵权；先帝晚年甚是刚愎，不听他的劝谏，孙靖这才得机起兵谋反。也因着这种种前因，宫变之后，孙靖非但没有杀顾衿，反倒客客气气，将他奉若上宾，要任命他做首辅。顾衿颇有气节，辞官不做，每日穿着布衣闭门读书，逢有劝降者，他道："我是大裕李家的臣子，本该殉国，如今苟活，乃期太孙还朝。"

一时之间，诸多世家隐隐竟以顾衿为首，既不降，也不朝，与孙靖僵持着。孙靖虽杀人如麻，倒也不好将这些世家巨族统统都株连九族，尽失人心，所以想了很多法子。偏这顾氏族中枝繁叶茂，子弟众多，就有一人为富贵所动，此人就是顾价的远支堂弟顾九郎顾祯。他本在礼部做一名六品小官，此时投向孙靖，正中孙靖下怀，当下将他连升三级，以示表率，还任命他为使节，特意遣他来游说韩立，盖因顾氏乃并州望族，而韩立无论如何，也得给顾氏子弟三分薄面。

此刻顾祯得意扬扬站在堂中，看着奴仆将一箱箱珍宝放在堂上，展示给那韩立看。

顾祯正色向上虚拱了拱手，方才道："大都督言道，韩公镇守二州，直面镇西诸府逆贼，甚是辛苦，特命我从京都送来这些，皆是大都督亲自从内库精心挑选的奇珍异宝，以飨韩公之功。"

韩立从前也见过顾祯，但顾家出色的子弟甚多，彼时韩立只觉得他泯然于众，庸庸碌碌。今日前来，又是另一番景象，用得意忘形、趾高气昂来形容亦不为过。当下不动声色，笑道："还请九郎替我多多拜谢大都督，韩某无功受禄，感激涕零。"

顾祯笑道："韩公过谦了。"

当下韩立恭恭敬敬请顾祯上座，那顾祯也不谦让，笑道："我奉大都督之令前来，便代大都督上座了。"言毕施施然坐下。韩立这刺史府，他往年也曾来过，都是随族中尊长前来拜望。彼时艳羡无比。只为韩立这刺史府，建得极是气派，盖因并州、建州两地皆是南来北往的水陆要冲，商队皆从此过，人烟稠密，商贾云集，税捐颇厚之故。当时自己只在心中羡慕万分，心想如在这刺史府中吃上一顿饭，该是何等的快活，只是没料到，自己也有在这华丽气派的刺史府中高高上座的一天。他正在感慨万千，忽听韩立问："不知九郎可带来大都督手书或钧命？"

那顾祯心中不悦，心道虽是旧识，但这韩立未免也太托大了，口口声声，已经唤了自己两次九郎，难道就不能称自己一声如今的官衔顾侍郎吗？他不是有城府的人，心中不喜，立时就带到了脸上，沉声道："自然是有的。其实大都督遣我来，一来知道我与韩公乃是旧识，正好让我跑这一趟，与韩公叙叙旧；二来，大都督也忧心战场上箭矢无情，担心韩公的安危，所以特意命我带来了十二名金甲卫士，嘱我命卫士日夜须臾不离韩公左右，务必要守护韩公周全。"说着拍了拍手，只见十二名金甲卫士持戈上堂，个个相貌堂堂，生得威武雄壮。顾祯得意扬扬地说："这可是大都督亲自命我替韩公挑选出来的。大都督说道，顾侍郎，去替孤挑选十二名金甲卫士，护卫韩立。某在羽林卫中挑选了好久，才选了这十二名身高几乎一模一样、样貌威风的卫士。"

韩立做出一副诚惶诚恐的模样，说道："大都督这般周到，恩重如山，韩某真正感激涕零，无以回报。还请顾侍郎上覆大都督，就说韩某唯有亲率守军，与那镇西军等逆贼拼个粉身碎骨，才能报答大都督的恩义。"

那顾祯听他这般说，终于心满意足，点一点头说："好说！好说！"

当下韩立又亲自吩咐，准备上好的客房，供顾祯休息。又亲自将那顾祯一直送到客房之外，这才回转后堂。

他回到后堂之中，便问自己心腹谋士吕成之："成之，你怎么看？"

那吕成之道："大都督此举，就是逼韩公出战，不然，何必派十二名金甲卫士来？说是保护韩公，实则是胁迫。"

韩立哼了一声，并不言语。吕成之道："那崔家的人，如今还在宴厅里，这事万万不可让顾九知晓。"

韩立深以为然，点了点头："崔家的人……我倒觉得，可以好好用一用。崔倚只有这么一个儿子，呵呵，竟然送上门来，那就不要怪我不客气了。"

话说韩立既去了良久，红烛高烧，华堂之上，舞姬在宴厅中翩翩起舞，乐部奏着时新的曲目。奴仆殷勤奉菜斟酒，李嶷一杯接一杯饮酒，实则以袖遮掩并未喝下，而是巧妙地将酒倾在衣服上。

又饮得几杯，他便手一松带翻了酒杯，口齿不清地笑道："哎呀，怎么打翻了。"

何校尉急忙起身上前，扶住李嶷，道："公子，你饮醉了。"

李嶷仿佛真饮多了，身子软软斜靠在她身上，却压低声音说道："情形有些不对。"

她深以为然，扣住袖中的焰火，想召唤陈醒诸人，但此时诸人皆身在韩立府中，要脱身只怕极难。二人对望一眼，正在寻思应对之策，突见吕成之走在当先，身后带着无数气势汹汹、手持兵刃的士卒，一拥而入宴厅。

吕成之冷声道："崔公子醉了，送崔公子去客房休息。"

何校尉眉头一蹙，弹出袖中焰火，几乎是同时抬臂发射弩箭，李嶷在她掩护下朝窗子冲去，一名兵卒挡在吕成之面前，被她所射出的弩箭射中，旋即更多兵卒冲上去围住何校尉攻击。

李嶷踢开窗子，只见窗外埋伏了密密麻麻的弓箭手，皆用箭对准了他。李嶷踹飞一名弓箭手，夺了一把刀在手，砍倒两人，就要杀出去。忽听身后吕成之带着凉意的声音，说道："崔公子，且慢。"

他回头一望，原来韩府仗着人多势众，已经抓住了何校尉，用刀架在她脖子上。

吕成之满面笑容，道："崔公子，既来之则安之，何必这么急着走呢？"

李嶷伸指，缓缓抹去手中刀刃上的鲜血，眼神锐利，盯着架在何校尉颈间的刀刃，冷冷地道："你们这待客之道，也未免太隆重了些！"

吕成之道："今日若留不下公子，我交不了差，只好杀了这何氏女，向主公交代了。"

李嶷想也不想，说道："今日若是我束手就擒，你们须得把她放了！"她却扬声道："公子快走！莫要理睬这等无信小人！"

吕成之笑道："崔公子放心，崔公子这样的贵客倘若留在我们并州，怕是定胜军上下都不放心，当然是要安排送这位何娘子回去，好好向节度使崔大将军分说分说，以免误会。"

何校尉见自己施放焰火为讯，陈醒诸人却并未出现，只怕是也已经被韩府的人控制，知道今日难以脱身，当下扬声道："我不走！公子，死我也要和你死在一起！"心中却想，以李嶷的身手，八成还是能闯出去，只要他脱身，断不好意思不来救自己罢。再说只要所谓"崔公子"走脱，自己一介女子，韩立单拿了她，也并无多少用处。

忽听得"当啷"一声，正是李嶷将刀扔在地上，束手就擒。

她不禁吃了一惊，而那吕成之早禁不住哈哈大笑，道："崔公子果然情深意重，爱惜美人。"说罢将头一偏，示意左右上前，兵卒们一拥而上，绑住李嶷。

当下吕成之亲自率人，将李嶷、何校尉送进一间客房。

吕成之笑道："公子请放心，这里门窗屋顶皆嵌有精钢，安全无虞。公子乃是我们并州的座上宾贵客，绝不能让刺客来冒犯了公子。"

何校尉冷笑道："牢房就牢房，说得还这么好听！"

吕成之哈哈一笑，道："这遍地锦绣，怎么不是绮罗乡？"言毕，便劝二人好好休息，转身准备离开。忽又听那何氏道："且慢！我家公子素性爱洁，你们多备些热水，我要侍奉公子沐浴。"

吕成之说："行，马上我就叫他们送上香汤。"

那何氏又道："多拿些厚毡来，免得沐浴时透风受寒。"她语气狠厉："我家公子要是在你们并州有半分不适，我崔家大军一定踏平你并州城。"

吕成之见她色厉内荏，笑道："行，厚毡，给你拿。"

当下吩咐下去。过不多时，只见数名婢女，捧着厚毡等各样事物进来，那何校尉也毫不客气，指挥韩府众婢女，将厚毡挂在门窗上，严严实实遮住了所有门窗，又索要了数匹彩帛细布，又命婢女们将屋中屏风后的浴桶，当着她的面洗刷干净，注满香汤，洒上了各色花瓣，浴桶前还放着数个木桶，内装着热水预备添水，一副打算侍奉崔公子好好沐浴的作派。待得所有婢女们都退出客房，门外守卫便锁上房门。

她听到落锁之声，又静待片刻，方才逐一仔细检查厚毡，确认遮好了门窗和所有缝隙，然后朝李嶷使个眼色。两人一起细察室内各处，持灯轻敲桌下、床下地板等等，发觉屋内果然有好几处可以监听的铜管等漏音之物，李嶷飞快将彩帛压放在地板漏音处，又将那素布撕开，堵住所有可疑的缝隙。

不谈此二人在房中忙碌，单说那韩立听到吕成之覆命，说已经顺利扣住了崔公子，不禁大喜过望。吕成之道："外边种种传闻，说这崔琳乃是崔倚的独子，从小体弱多病，但擅于兵事，没想到，他身手还是挺好的，若不是主公吩咐，伏下重兵，拿住了那何氏，只差点叫他走脱。"

韩立道："既然敢往我府中来，这胆气本事，自然是一样不缺的，不可等闲视之。虽然扣住了他，但一定要细细盯住他的一举一动。"

吕成之点了点头，说道："早就安排好了，关他的那间屋子，布置了各种窃听机括，还另派了人盯住他。"

此刻那屋中，李嶷与何校尉细细察看，确认堵住了屋内所有窃听的机括，她方才轻声道："公子，可以沐浴了。"

两人一起转入屏风之后，浴桶水面浮着花瓣，倒是馥郁芬芳，只见一点月光从屋顶瓦间漏下，反射在浴桶花瓣上。李嶷一见，便知屋顶有人揭瓦窥探，便抓住她的手，眼神向上一瞟，她会意，就势投入他怀中。

　　李嶷嘴唇几乎不动,以极细微的声音说道:"屋顶有人。"

　　她嘴唇几乎不动,也是极细微的声音问:"那怎么办?"

　　他瞥见屏风上搭着数匹轻薄如烟的红绸,正是适才自己嫌弃这绸缎太轻,不足以隔音,所以扯开之后又随手搭在屏风之上,当下心中已经有了计较。他伸出一只手探了探浴桶里的水,拨动了一片片花瓣,轻轻一笑,故意说道:"水温正好,不如我们一起洗吧!"

　　他声音不大不小,是平日正常说话的声量,显是说给伏在屋顶揭瓦窥探之人听的。她睫毛微动,似还没想明白他是何意,忽见他已经伸出一只手揽住自己的腰,另一手拉住搭在屏风上的那几匹红绸,用力一扬扯,红绸展开飞起,如长虹划过半空。他抱着她已翻身落进浴桶,此刻红绸才翩然缓缓下落,正好纵横交错,将整个浴桶都笼罩其中。

　　伏在瓦上的那韩府派来的窥探之人整个视野被飞起展开的红绸遮住,只能伏低身子,左右调整,视线却被遮掩个严严实实。而浴桶中,李嶷既抱着她落入水中,此刻便又一起浮出水面。热气氤氲,只见她湿漉漉的眸子便蒙上了一层水光,仿佛仍在怔忡,烛火透过红绸映进桶里,波光敛滟,她的脸颊便如添了淡淡的绯色。也不知是不是热气熏蒸,他只觉得适才明明试过水温了,但一旦全身浸在这浴桶中,这水还是太热了,热得他胸口都有些发紧,心跳得又快又急,怦怦作响。浴桶中既浸了两个人,自然十分狭小,她微微一动,手臂便擦过他的手臂,水流轻轻在两人之间流动,像羽毛,令他肌肤收紧，痒痒的。他慢慢伸手，探向她的耳侧，她的睫毛微微颤动，离得太近，眸子里全是他的倒影，水珠从她脸颊滑落。他觉得那水珠是露珠，而她，是一朵最娇艳的花，呵一口气，都会融化的那种。他不自觉地屏住了呼吸，从她的耳侧摘下一片花瓣，也不知道是那花太香，还是她身上本来就带着香味，只觉得指尖拈着那花瓣，幽香中人欲醉。

必是这浴桶上方覆着数重红绸，所以才有些透不过气来。他听到自己的声音都有些迷离："这水是不是有些太热了？"

她那双猫儿似的眼睛，却又似喜似嗔，瞧了他一眼。浴桶中太小，她的手只能搭在他胳膊上。她的手如同白玉一般无瑕，又轻又软，他忽然想捏一捏，不知捏在手心，会是何等感觉，大约像丝绵，或是像雪花，像牢兰关下大雪的时候，他团起的雪，又轻，又软。但雪是凉的，她是暖的，手心贴在他的肘上，像一块小小的炭，灼得他都有些生痛了，但偏无法令她将手挪开，只得自己挪开视线，望了望浴桶上方，覆得纵横交错的数重红绸，说道："现在可以说话了，屋顶那人定瞧不见浴桶中的情形。"

她却瞪了他一眼，问："刚才你为什么不走？"

"你都要和我同生共死了，我要走了，岂不显得无情无义。"

"我不是要和你同生共死。"说了这半句，她忽然停住。他又抬头望了一眼红绸，似是漫不在意，说："咱们击掌为誓，我要是走了，那不就立时输了吗？"他顿了顿，又道："再说，你叫我来扮崔公子，我总要扮得像些。若是你落入敌手，你家公子会抛下你不管吗？"说完，他眼睛一瞬不瞬地盯着她。她却弯了弯嘴角，答得甚是轻松:"我不知道,但我定会劝他,公子是做大事的人,不值得为了救我不顾大局。"

他并不满意这个答案,但也并无他法,因为真正想问的问题,一句也问不出口。她隔着氤氲的水汽看着他,大约水真的太热,或是红绸的映衬反光,他从胸口一直到脸上,都浮着一层红,连耳垂都红透了,活像一只被煮熟的虾子,看着倒没有那么凶了。浴桶太小,少年郎身形高大,胳膊长腿也长,只能弓着背极力盘着腿,手臂贴在浴桶的木壁上,饶是如此,她还得像瓜子瓤贴着瓜子壳那样紧紧贴着他。他大概也觉得窘,浑身的肌肉都是紧绷的,素日洒脱恣意的人,此刻竟像一只硬壳虾。她忽然笑了。

他问:"你笑什么?"

她又笑了一声,才说:"想起咱们第一次见面,好像跟现在差不多。"他回想了一下当初知露堂中的情形,说:"对哦,不过那时候,你真的太凶了,上来就跟我打架!"

她瞟了他一眼,说:"胡说八道,明明当时是你一上来就跟我动手。"他抱怨道:"你抢了我的珠子,到现在还没还给我呢!"她故作不解:"什么珠子,哦?那根破带子?我早就扔了。"

他抬手摸了摸自己束发用的那根玉簪,说道:"反正你不还我珠子,我是不会把这根玉簪还给你的。"话音刚落,她忽然伸手就将那支玉簪从他发间抽出,回手就插到了自己头上,他伸手想要夺回,她伸手挡住他的手,用力将他的手推回去,正抵在他胸口,他只听到自己心跳如鼓,他想反手抓住她的手,但不知为何,知道此刻万万不能伸手抓她的手，不然自己可能就会做出十分冒失的举动。他十分别扭地把声音都高了两分："还我！"

她轻笑一声，有恃无恐："怎么？崔公子你想在此时此地，跟我动手？"

他很想叫她把手挪开，但一时又舍不得叫她挪开，又很怕她会隔着手背都觉察到自己心跳异常，当下只得急急地扯开话头："说正事，咱们陷在这里，你有什么打算？"

她轻笑一声，终于收回了那只手，将手轻轻地扶在浴桶的桶沿上。她的手指甲圆圆的，像半透明的贝壳，偏透着淡淡的粉，又像是娇嫩的花瓣，他看了一眼，不好意思再看，只得挪开目光，又去看那头顶的红绸，耳中听到她的声音，说："当然是，想法子回到定胜军，再来救公子你呀。"

他不由问："是吗？你回到定胜军之后，真的会来救我？"

她忽然伸出一根手指，托起他的下巴，左右端详。她的眸子本来就大，像黑水晶一般清澈，倒映着红绸和摇摇烛火，还有他的脸，他的眼睛，他的眼中也只有她吧。那根纤细的手指托着他下巴，他只觉得全身血液都凝固了，过了好半响，才听见自己干涩的声音，问："你看什么？"

她轻声细语，如同和风细雨一般，似润物无声，说得诚挚无比："皇孙此头颅，可值无数城池，我怎么会舍不得来救呢！"

他忍不住放声大笑。只笑得伏在屋顶窥探的那名密探再次挪动方位，试图调整视线，但无论怎么挪动，都只看得到红绸严严实实罩住浴桶。那两人于浴桶中喁喁私语，却是半句也听不见，只能听见最后那崔公子放声大笑，似是十分愉悦。

话说韩立接到窥探之人的密报，房中种种情形，一时也忍不住放声大笑："没想到，那崔公子还真是个怜香惜玉之人，连洗个澡，也能洗得这般风光旖旎。"

吕成之恭声道："我还命人盯着，只是那何氏女着实仔细，用厚毡遮住门窗，室内地板下本装着有窃听用的铜管，但那两人颇为警醒，铜管处皆被他们觉察，堵上了厚物。只怕我们的人，也听不到什么有用的东西。"

"无妨，这崔公子身陷囹圄，还能有闲情逸致鸳鸯戏水，果然不是寻常人。"韩立想到此处，忍不住击节赞叹，"崔倚虽只此一子，但可抵旁人十子啊！有趣，有趣。"

话说夜既已深，房中又是另一番情形。因明知被重重监视窥探，从浴桶中出来之后，李嶷和何校尉就只得随机应变，两人躺在床上，把帐子都放下来，借此遮掩屋顶窥探的视线。

两人既躺在床上，偏只有一床被子，大红绫子织金鸳鸯，甚是喜气暧昧。李嶷本欲再要一床被子，但又担心韩府中人起疑，只得将那鸳鸯被展开，两人平平整整地盖了。他睁眼看着帐顶绣着的繁复花纹，屋中烛火透过帐子映进来，微微摇动，也不知过了多久，只见她双眼闭着，似乎睡着了。

他却知道她并没睡着，因此道："我有句话想问你。"她果然闭着眼反问："什么？"他说："我还不知道你叫什么名字。"她仍旧闭着眼睛,说:"你不是知道我姓何吗?"他却问:"你们家公子,平时都是怎么叫你的?"她终于睁开眼睛,看了他一眼,两个人睡在枕上,靠得极近,呼吸之声相闻,他不知在想什么,看着竟似乎有几分不悦,她便问:"你问这个做什么?"

他振振有词地说:"我怕在韩立面前露馅啊,难道我也要叫你何氏?"说到这里,他忽得起了一个念头,说道:"要不我给你取个名字?"她哼了一声,重新仰面躺好,说:"你能给我取什么好名字,以你的德性,难免想给我取什么阿猫阿狗的名字。"

他翻侧过身来,支着手臂仔细看着她的脸,她闭着眼并不看他,他便笑道:"你别说,阿猫么,还真有点像!"他一直觉得她像猫,又娇,又嗔,有时候又会冷不丁挠人。他心思活络起来,想到猫儿伸懒腰的样子,心想她这么一个人,不知道伸起懒腰来是什么样子。正满脑绮念时,她忽地也翻侧过身来,睁眼看着他。两人四目相对,又近在咫尺,她的睫毛微微颤动,像花蕊,适才在浴桶中的时候,他其实就特别想伸手摸一摸她的睫毛,会像蝴蝶一般,轻轻在掌心颤动吧!虽然这念头太唐突了,他极力自制,不让自己真的伸手去摸。她见他眼神幽暗似深渊,心里倒隐隐生起一种复杂的情绪,不是害怕,也不是骄矜,就是觉得……这人眼神为什么突然变了,她便翻身背对着他,乱以他语掩饰:"你就叫我阿锦吧。"

他见她翻身用背对着自己,也觉得浑身颇不自在,就也翻身平躺,说道:"我就知道你拿假名字糊弄我,假名字我不想叫。不如,我就叫你阿稻吧,或者阿枕也行。"

她难得不解："为什么要叫阿稻，阿枕？"只听他似是忍住笑意的声音："自己想。"她忽地顿悟，翻身坐起，一把抓住他的衣领，冷冷地用袖中金错刀抵住他的咽喉："你是笑话我两次假装有孕的娘子，一次把稻草塞在衣服里，一次把枕头塞在衣服里？"

他瞥了一眼抵在自己咽喉的金错刀，说："你看你，我姓甚名谁，家里父母兄弟，甚至排行来历，你都知道得一清二楚。我不过问你一个名字，你都不肯告诉我。"他的声音中，难得透着一丝若有若无的委屈："刀箭无情，韩立未必不会动杀心，明天我要是死了，连你叫什么名字都不知道，岂不冤得很。"

她听他说得真切，不知为何，手指已经缓缓地松开，收起金错刀，一声不吭重新翻身躺下。他也重新躺下，两人背对着背，她却听见他轻轻的呼吸声，还有自己的呼吸声。

她听见自己轻轻的声音，说："我叫阿萤，我母亲给我取的乳名。"

他沉默了片刻，方才轻声道："阿萤，这名字真好听。"

他想起那次井畔相遇，夜色中，万点萤火虫就在她的身侧升腾而起，她在星星点点的萤火中向他伸出手，虽然是握着刀刺向他，她的整个人就像那一柄利刃，所有锋芒从此就深深地刻在了他的心上。只不过当时不知道，直到此时此刻，他才恍然大悟。

她美得不像是人间的存在，而是天上的谪仙，或是萤火化成的精灵。原来，她叫阿萤啊，阿萤，他在心里又将这两个字默默地念了一遍，像是轻盈得不忍心从舌尖吐出来，阿萤，阿萤。

第二日一早，二人起来梳洗，百般无聊，见屋中有围棋，便坐下来打谱。过不多时，忽见吕成之带着婢女走进来，婢女捧着一盘新摘的鲜花。

吕成之笑吟吟道："这是今日新摘的花，主公说，公子是个雅人，一应衣食起居，切莫委屈了公子才好。特意命我送上这些花来，供公子赏玩。"

李嶷看也不看那些花儿一眼，冷声道："你家主人，言而无信，当时答应过我，如果我束手就擒，便放了何氏走。为何不信守承诺？"

"公子这话，未免就错怪了我家主人。"吕成之笑呵呵地解释，"主公说了，公子身娇体贵，我们这里的下人都是些个粗人，笨手笨脚，怕伺候不好公子。留下这位何娘子，是公子贴心贴意的人，自然可以照顾好公子。"

李嶷忽得问："京中遣来的使节是谁？"

吕成之大吃一惊，万万没想到他竟然问出这样一句话来，一时瞠目结舌。

只听李嶷道："你家主公本来已经与我们定胜军有交好之意，忽然之间又将我扣在此处，那么必然是京中派人来了，所以才令他不得不改变了主意。"

吕成之定了定神，心道怪不得自家主公说这位崔公子乃是个绝顶人物，崔倚有此一子，可抵十子，果然厉害，当下正想勉力敷衍几句，忽听那崔公子又道："我有一个法子，可令你家主人不再左右为难。"

话说那顾祯,既在这等奢华富贵的刺史府中住了一晚,韩府又送上两名美姬,将他伺候得飘飘欲仙。第二天日上三竿,方才起床。正拥着那两名美姬调笑,用着朝食,忽然见吕成之笑嘻嘻地进来,拱手说道:"恭喜顾侍郎,贺喜顾侍郎。"

顾祯不解地问:"喜从何来?"

那吕成之道:"顾侍郎真乃福星,您一到府中来,可巧崔倚的儿子崔琳,亲自前来并州拜望我家主公。"

顾祯听到此处,早就瞠目结舌,问道:"崔倚的儿子崔琳?是卢龙节度使、朔北都护、大将军崔倚?他的儿子崔琳?"

吕成之点头,又近前一步,贴心小意地恭维:"要不说侍郎真乃福星呢,天下皆知,崔倚只此一子,爱逾性命,偏这崔公子,竟然胆大包天,敢来并州拜望我们主公。"他慷慨激昂地道:"大都督以侍郎为使,赐予无数奇珍异宝,又赐下十二名金甲卫士,这般恩遇,震古铄金,我们主公感激涕零,因此已经将那崔倚的儿子扣下,准备交由侍郎您押解回京,一旦大都督以崔子为质,还怕崔倚那老儿不听从大都督的号令吗?顾侍郎,由您把崔子押回京交给大都督,这也是一桩功劳,这正是我们主公感激侍郎,故人之恩,投桃报李。"

那顾祯听了这么一番话,早就心花怒放,万万想不到,这么一个天大的功劳,竟然会平白落在自己头上,果然自己投靠孙大都督这一步妙棋真是走对了。又想到族中耆老,皆对自己投靠孙靖颇为鄙夷,称赞顾衿才是风骨,不就是因为那顾衿官儿做得大,孙靖还想让他做首辅吗?这次自己立了这么一个大大的功劳,孙靖必然对自己愈发垂青，只怕又要将自己连升三级，眼下自己是三品的侍郎，再升三级，那可不是一品的中书令吗？等自己做了丞相，族中众人自然也会像对顾祎一般，毕恭毕敬，再也不敢说三道四。

他想到此间，早就乐不可支，连声道："好！好！韩公这人情，我一定牢牢记得！等到了时候，定当好好回报。"心想一旦自己做了中书令，那要回报韩立，可不是再容易不过？不过等自己做了中书令，韩立也成了自己的下属，那他也得比今日更恭敬万分，到时候自己可以拍着他的肩，笑着叫一声"韩十一郎"，鼓励他好生作为。想到那情形，他几乎要笑出声来，心里美滋滋的。

吕成之又道："既扣下了这崔公子，我们主公说，顾侍郎乃是大都督遣来的特使，他不敢擅自处置，这崔子如何审讯，如何押送等等细节，想着还要听顾侍郎吩咐才好。"

那顾祯就是个酒囊饭袋，原本仗着族中之势做了个六品小官混日子，后来孙靖为了千金买骨，不得不捏着鼻子，升他做三品的侍郎，就是用他给所有世家子弟，尤其顾家人看看，投效他孙靖的好处，至于其他，浑没做半点指望。而那顾祯也并无实干之才，因此听得吕成之说要凭他吩咐处置，顿时茫然，不知该如何答话。

吕成之知道他的底细，忙提议道："想是侍郎从前在礼部，没经手过这等事，既然扣住了崔子，若是大都督还没下令，我等就擅自审问，似也不妥。"上前一步，附在他耳边低语："顾侍郎，某以为，崔子傲慢，不如先挫一挫他的锐气锋芒，这样您在路上也好押运。"

顾祯忙问："如何挫一挫他的锐气？"

当下吕成之便如此这般,细细解说了一番,顾祯原是个轻狂的小人,听闻可以在崔倚的儿子面前大摆威风,顿时高兴得合不拢嘴,心想崔倚可是与孙靖并称的"国朝三杰"之一,当世名将,在朔北可止小儿夜啼,折辱他的儿子,世上还有比这更痛快的事吗?顿时连连点头,嘱咐吕成之去办理。

当下刺史府中,又大摆筵席,韩立让孙靖所赐、顾祯亲选的那十二名金甲卫士,执戈立于堂上,果然威风凛凛,气派十足。韩立特意请了顾祯居中上座,又命舞姬献舞,把那山珍海味,流水一般地献上来,又有各色美酒,斟满金杯,再三奉与顾祯。直哄得他眉开眼笑,这才命人将崔公子带上来。

那顾祯定睛细看,只见那崔公子果真生得仪表堂堂,带着一名美姬缓步走入堂中。虽已成阶下囚,但走进来时,仍旧从容不迫。心想崔倚那老儿生得好儿子,可惜可惜,如今是龙它也得盘着,是虎它也得卧着,任凭自己拿捏。又打量崔公子身后那名美姬,只见她十七八岁模样,虽作小郎装束,但明眸皓齿,明明是一名绝色佳人。当下便拿定主意,等会儿便要向韩立索要这名美姬,既然崔公子都已经成了阶下囚,这名美人儿当然应该归自己所有。

他美滋滋地又想了一遍,只听韩立道:"今日欢宴一堂,韩某何其有幸,崔公子,这是大都督遣来的亲使顾侍郎。"

顾祯故作从容,道:"久闻崔公子风采过人,今日一见,名不虚传。"

只见那崔公子,似瞥也不曾瞥他一眼,就带着那美姬,傲慢冷漠地坐到席上。顾祯不由大怒，心想：待得押你上京之时，定要命人好好抽你几鞭，看你还能倨傲至此吗？

韩立道："崔公子，顾侍郎乃是大都督派来的亲使，他在此处，便如大都督亲临，崔公子莫要轻慢了才好。"

这句话简直说到了顾祯心坎里，他不由挺直了腰杆，冷哼了一声。那崔公子浑不在意，斜倚在凭几上，淡淡地道："我亲自来拜望韩公，韩公却将我扣下，韩公此意，是要与我崔家十万定胜军为敌吗？"

韩立笑道："哪里哪里，公子言重了。只是公子实乃贵客，恰逢大都督的亲使又在此间，韩某便请示了亲使，想让亲使护送公子进京。"

顾祯听他说到"请示"二字，忍不住从心里笑出声来，说："是的，某必好好护送公子进京，西长京何等繁华之地，想必公子一定会乐不思蜀的。"他用"乐不思蜀"一语双关，以刘禅来比喻面前的崔公子，心中颇为自矜自己此语说得巧妙。

不想那崔公子看也不曾看他一眼，冷冷地道："跳梁小丑，也敢在我面前聒噪。"顾祯闻言大怒："竖子这般目中无人，可是看不起大都督？"韩立忙劝解道："侍郎息怒，息怒，公子不过是少年心性，更不知您身份来历。"又对那崔公子道："公子，顾侍郎出自并州顾氏，是顾家九郎，乃是顾祊顾相的族弟。"

但见那崔公子终于瞥了他一眼："想那顾祊何等风采，怎么会有这样不堪的族弟。"语气中甚是鄙薄，似乎在说，他替顾祊提鞋也不配。

顾祯闻言，差点气歪了鼻子。他生平最恨拿他同顾衸相比，那顾衸少年成名，不到二十岁，文章便轰动天下，又擅诗词雅赋，不到三十岁高中探花，等选了官，又是才干出众的能臣，公认深得帝心的实干之才。这顾祯在家时常常被妻子嘲讽："人家顾郎也是六品官出身，十余年间，便已经做到丞相，你也是顾郎，也是六品官，十余年了，还是六品官，真若个顾郎，哪比得若个顾郎。"讽刺得既尖酸又刻薄，他唯有隐忍而已。

彼时忍，此时难道还要忍？！当下顾祯便指着那崔公子身侧的美姬问道："此女是何人？"

韩立忙道："此乃何氏，想必亲使也听说过，此女在定胜军中称作'锦囊女'，乃是崔公子心爱重用之人。"

顾祯哪里听说过什么锦囊不锦囊的，他只是想折辱面前这个不识抬举的崔公子罢了，当下便点点头："既然如此，那就请何氏女入京献舞，为大都督寿！"

那崔公子闻得此言，果然面露不悦之色。顾祯大为得意，又咄咄逼人，说道："怎么？公子是想公然抗令，存心轻慢大都督吗？"心道他若是敢说一个"不"字，自己便令人当着他的面好好折辱何氏，定叫他颜面全失。

那崔公子似也知道，今日再难这般倨傲下去，淡淡地道："她不擅舞，不如我替她为大都督，献上剑器舞。"

顾祯不由一怔，韩立已经拊掌笑道："妙哉！妙哉！不意今日还有此等眼福。"说着便向顾祯使了个眼色，顾祯一想，能令崔倚的儿子为自己舞剑器,这口气,也似能平复,日后便提起来,呵呵,卢龙节度使、朔北都护、大将军崔倚又如何,他的儿子,还不是在自己面前如同俳优一般舞剑器。当下便点了点头。

韩立见他点头,便说道:"来人啊,取宝剑来,让崔公子挑选。"只听那崔公子道:"不必了,借韩公腰间佩剑一用即可。"

韩立笑道:"我这剑不过是君子佩剑,并未开锋。"那崔公子仍旧淡淡地道:"无妨,我借韩公的剑,是要舞剑器,又不是要杀人。"

韩立哈哈一笑,当即解下佩剑,吕成之急忙上前,接过剑,捧给那崔公子。忽听那美姬道:"公子替我舞剑,我替公子抚琴唱歌,为公子伴奏。"她声音清脆,便如乳莺出谷,呖呖动人。听得顾祯心中一荡,心想无论如何,都得将这美人儿弄到手。但在韩立府中,只怕不好索要,不过若是押送崔子的途中,还不任自己摆布?

韩立笑道:"妙哉!崔公子不负美人,美人果然也不负公子之恩。"也命人捧出一张琴来,当下那美人跪坐于琴几之前,调了调弦,但闻"仙翁仙翁"两三声,她十指如玉,拂弄在琴弦之上,当真是纤巧动人。顾祯心道,别说听琴,就看着美人儿抚琴也是赏心悦目。哪里还管那崔公子,只盯着那美人,目光再也不肯移开。

却说那崔公子持剑,立在堂中,那何氏轻拂琴弦,但见她樱唇微启,伴着琴声唱道:"荧荧巨阙。左右凝霜雪……"[①]那崔公子执剑起舞,姿势十分优美好看,但顾祯浑不在意,只笑眯眯注视着何氏的一举一动,但听美人歌喉,当真如珠玉落入玉盘一般,唱的是:"且

[①] 出自【宋】史浩《剑舞·荧荧巨阙》。

向玉阶掀舞，终当有、用时节……"①

　　那崔公子渐舞渐近韩立，韩立笑眯眯饮了杯酒。他手中宝剑虽未开锋，但在他手中，舞得如一团蛟龙，又似一团雪花，剑芒吞吐，剑身反射光芒，晃过吕成之的眼睛，吕成之不禁闭目，暗暗心惊。

　　"唱彻。人尽说。宝此制无折……"②何氏的声音如渠渠清风，徐徐在堂中回荡，渐渐转向激越，手中琴弦铮鸣，隐隐似有兵甲声。顾祯正听得有趣，忽然那崔公子剑上光芒反射，晃过顾祯的眼睛，顾祯不由举手遮眼，幸得剑舞极快，那光芒一闪即过。顾祯便又凝神细听那何氏吟唱。

　　"内使奸雄落胆……"③那何氏调子越发转向激昂，竟似胸中有十万兵甲，"外须遣、豺狼灭！"④方唱到最后一个"灭"字出口，崔公子手中剑锋光芒瞬间晃过堂上十二名金甲卫士的眼睛，金甲卫士都本能闭眼。他剑身一翻，忽刺向一名金甲卫士，那金甲卫士哼都没哼一声，就被他一剑刺死。

　　此刻何氏已唱完一曲，当下停指凝弦。顾祯大惊，压根就没看明白发生什么事，就见那名金甲卫士已经倒在堂中。

　　其他金甲卫士骤逢此变，亦是大惊，纷纷拔出武器冲向那崔公子，李嶷看也不看，径直朝韩立走去，金甲卫士冲上来想要围攻他，皆被他一招一剑，全都刺死。十二名金甲卫士瞬间只余两人，相顾大

---

① 出自【宋】史浩《剑舞·荧荧巨阙》。
② 同上。
③ 同上。
④ 同上。

骇，想要奔出堂外逃散，亦被李巍回身尽数杀死。堂中鲜血淋漓，他从容不迫地走上前，用剑指着韩立，道："韩公，今日可感韩公盛情，这亲使……"说完回头一看，只见那顾祯早吓得瘫软在地，身上恶臭，仔细一看，原来是被吓得屎尿齐流。他见李巍望向自己，顿时吓得涕泪滂沱，只想苦苦哀求这崔公子饶自己一命，但偏吓得连声音都发不出来，嘴唇直哆嗦，连半个字都说不出来。

李巍见他如此，便道："韩公，即刻派人护送这位亲使回京吧，还请这位亲使上覆大都督，韩公想请我去京都做客，并大都督的盛情，我一并领了，来日有暇，还请大都督到我幽州做客，我必如韩公今日这般好生招待。"

他这几句话说得骄狂无比，但那顾祯听在耳中，一字一字，便如焦雷一般，心道果然是崔倚的儿子，果然这国朝三杰，这几个节度使，没一个好惹的。大都督自不必说了，一言不合，就弑杀天子。而这崔倚之子，摆明了是要与孙靖过不去了。这种神仙打架，自己当真是发昏，竟然敢来试探崔倚的儿子。今日只怕小命都不保。

正在痛悔万分时，忽听那崔公子又问："顾祯，我叫你转告孙靖的话，你记清楚了吗？若是少了半个字，我必入京取你的首级。"

顾祯本来吓都快要吓死了，听他这么一说，竟是要饶自己一命的意思，当下拼命点头，只是哆嗦着说不出话来。当下那崔公子逼迫催促，被剑指着的韩立无可奈何，立时便派人备了车马，快快将顾祯送回京都，好让他去给孙靖大都督带去崔公子这要紧的言语。

等一阵风似的送走了顾祯，李巍这才将佩剑双手奉上："原璧归赵。"

吕成之见他杀人如麻，堂中满是鲜血，此人连眉眼都不稍动一动，心下不由一哆嗦，不敢上前接佩剑，又不敢不接，只得战战兢兢，伸出双手，僵直着让李嶷将剑放在自己手中。

韩立倒是镇定许多，笑道："崔公子这一曲舞剑器，真是酣畅淋漓，动人心魄。"

李嶷轻笑一声，说道："韩公盛情，替韩公排忧解难，固所愿也。"

原来李嶷与韩立密谈，韩立说起孙靖派顾祯来，又遣来十二名金甲卫士种种，李嶷便道："韩公有何烦恼，韩公不便杀他，我便替韩公杀之。"当下定下剑器舞之计，当着顾祯的面，将那十二名金甲卫士杀了个干净，想那顾祯返京之后，必然在孙靖面前痛陈，崔倚之子如何无礼，如何当着韩立的面杀掉十二名金甲卫士，还逼迫韩立立时送自己返京，种种不是，皆推到了崔倚之子的头上，纵然孙靖不信，但韩立也不硬不软，又手不沾血，十分圆滑地将这个软钉子推了回去。

韩立觉得此计甚可，当下便答应了，依计而行，果然圆满。

当下李嶷见韩立接过佩剑，便说道："韩公，欢宴虽好，终有聚散。是不是该信守承诺，让她走了？"说着指了指何氏。

原来他向韩立提出的条件便是，自己替他收拾顾祯和那十二个金甲卫士，韩立放何氏归定胜军。

韩立连连点头："自然，自然。"

李嶷便扶起何氏，说道："你不必记挂我。你腿上的伤，回去后,还得仔细找大夫看过,小心用药,别落下病根。"

她轻轻地"嗯"了一声,李嶷端详她片刻,见她眸沉如水,安详地倒映着自己的影子,他心中似有万千言语,但一时竟不知对她说什么才好,于是只是朝她挥一挥手:"走吧。"

他不愿意看着她远离,所以说完便转过身,自要回那间锦绣牢笼中去,忽听她道:"等等。"他转身,只见她从头上拔下那支白玉簪,伸手递给他:"给你的彩头。"

他心中一动,接住簪头一端,不知为何她却没有放手。两人同执玉簪,四目相交,似有千言万语,直到他轻轻用力,她这才放手。他便笑着将那支玉簪插到自己头上,道:"这大好头颅,哪日若是没了,不知道有没有人为我哭。"

只听她道:"我从来都不哭。"说完便转身,在韩府一众兵卒的簇拥下离去。

话说那韩立既然命人放何氏归营,心下也犹自忐忑;但想来崔倚独子被自己软禁在府中,自然可以细细讨价还价,甚至还可以派人去镇西军中,与李皇孙也好生商榷一二。若是那李皇孙开出的价码更高,自己把崔倚的儿子卖给他也无妨,最好是镇西军与定胜军斗个死去活来,自己就高枕无忧了。

谁知第二日一早,忽有快马入城急报,定胜军前锋忽往并州来,数万大军来势汹汹,眼看就要兵临城下。韩立心道,难道要大军压境逼迫自己放人?正思忖间,又报有定胜军遣使送信来。韩立定了定神,宣见信使,那送信来的并不是别人,正是前日陪着崔公子、何氏一起来的陈醒,后来放归何氏,韩立便慷慨地命人将这陈醒和崔家众奴仆尽皆随何氏放归,没想到他竟去而复返。但见他此时不慌不忙送上信件,韩立定睛细看那信上所言,不由气得七窍生烟。原来这信竟是崔公子亲笔写的,却是一手绝妙的清秀端正楷书,一看就知道是自幼下功夫临过欧阳询等名家,笔画间颇见风骨劲力,言道本想亲自前来拜望韩立,但想到韩立素来是个阴险小人,所以特意命人假扮成自己前来,果然韩立就将假公子扣下,现在他亲率大军,要攻下并州云云。

韩立看完了信,直气得一佛出世,二佛升天。偏那陈醒道:"我们家公子说,惜韩公竟无一双慧眼,将鱼目当作珍珠,不过看着韩公放归何氏的份上,待得破城之时,定然也留韩公一具全尸。"

韩立只差气得要吐血,逐出陈醒,便令吕成之去将那仍软禁客房的冒牌货给杀了,以泄心头之恨。吕成之见出了这么大的乱子,也惶恐万分,忙忙带着心腹卫士去了,过得片刻,吕成之竟然带着卫士,将锁着镣铐的假崔公子押送进来。

韩立一见这假崔公子,不由眼中冒火,斥道:"不是叫立时杀了他?!"却听吕成之道:"主公,此人颇有几分才智,又说愿意报效主公,且听他说几句话。"

韩立冷哼一声,只见那假崔公子道:"韩公,实不相瞒,我乃是崔公子身边的伴读,受了他的恩惠,替他出生入死,这才顶替他的身份,冒险来城中与韩公商谈大事。他答允事后一定让我平安脱身,没想到,今日竟然被他出卖,成为他的弃子。"

韩立冷笑道:"你也知道你是弃子,还有什么用处?"

那假崔公子咬牙切齿道:"既然姓崔的不仁,我就不义了。如今崔家军大军压境,韩公偏又中了崔家的计,杀了那十二名金甲卫士,并遣回了顾九郎,只怕狠狠得罪了大都督,料想大都督不会伸出援手派出援兵,我有一计,为韩公解此燃眉之急。"

韩立狐疑不已,只听那假崔公子道:"崔家不久前刚刚从眼皮子底下,劫了镇西军的粮食,镇西军缺粮缺得厉害,恨崔家正恨得入骨,韩公不如遣人去望州,与那李皇孙商量商量,两家联手,灭了崔家这支定胜军。韩公解围,镇西军得粮,我想那镇西军,未必不会心动。"

韩立沉吟不语,心想望州之事,自己倒是接到过郭直遣人送来的消息,知悉甚详,那崔家确实是从镇西军眼皮子底下劫走了粮草,镇西军占了望州城,倒害得郭直狼狈不堪,因此向他求援,但他只推说城防兵力不足,并没有向郭直派出援军。这么说起来,既然崔家定胜军已兵临城下,自己派人去跟那李皇孙商量商量,也是应有之意。

他心中不断思量这利弊得失,也因此目光不停在那假崔公子的身上打量。

"我是一个被崔家舍弃的人,一无所有,眼下只有韩公能给我一线生机。"那假崔公子说得十分坦然,尽显真诚,"韩公不如先遣人去探探镇西军的口风。至于我,韩公要杀要剐,何必急在一时。若是镇西军李皇孙那边不松口,韩公再杀了我出气也不迟。若是万一这计谋有效,韩公觉得我还有一二分可用之处,我愿意投在韩公帐下,供韩公驱使。"

韩立阴沉着脸道:"把他押下去,先关起来。"

李嶷被带走,这次可不再是软禁在客房,而是直接就被押进地牢。那地牢之中潮湿阴暗,看守森严,地上只扔着几捆烂稻草,一股陈年腐味直呛人鼻子,将他锁进地牢之后,也没给他食物饮水,但李嶷安之若素。他在地牢中躺了两天,忽然吕成之又亲自带着人来,押着他去见韩立。

这次韩立脸色没那么难看了,说道:"我派去的使者,见到了裴献的儿子裴源,裴源思量再三,又禀明了李皇孙,居然回话说愿意与我等前后夹击定胜军,但他提了一个条件,说若是联手夹击定胜军,那除了定胜军的粮草归他之外,还希望借道建州南下。"

李嶷闻言,故意沉吟了片刻,方才道:"韩公,若是裴源什么条件都不提,韩公倒是不要轻易信他。如今裴源提了条件,某倒觉得这事情,倒有八分可行。"

韩立不动声色,只道:"哦,说来听听。"

"韩公可以假意答应事后让镇西军借道,建州落霞谷地势险要,韩公手中的守军,可以借地势以一敌十。"李嶷道,"待镇西军入了落霞谷,韩公设好埋伏,自可以殄灭这一支镇西军。"当下便在韩立面前稍作演算,筹划何处诱敌,何处设伏,何时出击等等细节,皆一一道来。

韩立听他说得条理分明,确是可行之计,不由问:"你读过兵书?"

李嶷坦然道:"我是崔公子的伴读,琴棋书画,兵书谋略,自幼都跟他一起学过。"

韩立不由点头道："不错，你是个人才。"

那吕成之听闻此言，心中甚是微妙，他知道韩立久渴知军事之才，心道这小子竟然撞了大运，上来就受到主公赏识。

只听那假崔公子道："韩公过誉，生逢乱世，所求不过是安身立命，愿为韩公效犬马之劳。"

韩立却说："你的本事我还要考校考校。委屈你，先回牢里住着，等镇西军依约夹击了定胜军，必然放你出来，为我谋划伏击镇西军之事，只要能殄灭镇西军，此后我便让你做我的主簿。"

那假崔公子大喜过望，忙道："谢过韩公！"

而那吕成之心道，自己辛辛苦苦追随主公十几年，也没升得主簿之职，这小子一来，不过献了一条计，动了动嘴皮子，便得到主公允诺他可任主簿，当下心中不免又嫉又恨。

当下吕成之将李嶷又押回地牢，却也一时未走，反倒命人好生送上酒菜，他亲自接过酒壶，替李嶷斟上一杯酒，说道："还未请教公子尊姓大名。"

李嶷笑道："吕先生客气了，我是个卑微的人，自幼被卖到崔家，公子，不，那崔贼曾给我赐姓为崔，单名一个寅。"他本来是随口捏造的假名，但不知为何，却给自己选了这个寅字，大概是因为与阿萤字音相近吧。

吕成之当下与他推杯换盏，又道前两日韩公令不得送饮食，委屈了他云云。一时酒酣耳热，那吕成之便拍着他的肩头道："小兄弟，你真的是好福气，从小跟着那崔公子学了兵书，我们主公，最渴盼有知兵事之人，这下子你前途无量啊！"

李嶷似也饮得醉了，勾着吕成之的肩，大着舌头道："我跟吕先生比不了，吕先生侍奉韩公十几年，功劳苦劳都如同山高海深，我是个新来的，以后诸事还请吕先生照应……"

他们两个在牢中饮酒，那些看守闻着酒肉香气一阵阵飘来，有一名看守忍不住低骂："好个不识趣的，都半夜了还在这里喝酒。"另一个便笑骂道："冯老三，你这是馋虫犯了吧。"一语未了，忽听得"咕咚"一声，却是那吕成之倒在了地上。李嶷慌忙上前，连声唤："吕先生？吕先生？如何就饮得醉了？"

那看守们见如此情状，忙拿了钥匙来打开牢门，隔着铁栅，那冯老三嘀咕道："醉成这样，只怕还得多叫两个人来抬才好……"忽得只觉腰间一麻，就倒在地上。只听"扑通"连声，不过片刻之间，李嶷就已经将看守尽皆打倒，谢长耳带着援兵也已经解决了外面的看守，径直闯进地牢，谢长耳掏出精钢小锉，一边将李嶷手腕、脚腕上的锁链尽皆锉开，一边说道："小裴将军已经与崔公子亲率大军袭城了。"

李嶷点一点头，众人护着李嶷从地牢中闯了出去。偏巧韩立得报大军袭城，匆匆忙忙穿了衣裳去城楼察看，府中亲卫跟去了大半，倒叫李嶷等人轻轻巧巧就闯出韩府。

当下李嶷与谢长耳诸人，换了早就备好的城中守军衣裳，分作两队，分别去往两个城门，混入原本的守军之中，趁其不备砍杀了领队的上级，伪作奉韩立之命而来，嫌弃诸将守城不力，要杀将立威。韩立素来多疑，如此行径倒颇似他素日所为，诸将闻言不由色变，便有一咬牙反抗者，顿生哗变之态。韩立刚上了城楼不久，但见星星点点，城外皆是夜袭之军，而事起猝然，城中并无多少防备，自然一片慌乱。过不得片刻，忽又闻得城门处一片喧哗，说道有守军哗变，意欲投向城外之敌，韩立素来胆小多疑，当下也不回府，匆匆忙忙便带着守卫弃城而走，朝建州逃去。

话说李嶷等人在城中只闹得天翻地覆，趁着夜黑风高，敌我难辨，引得守军各部自相残杀，然后又打开城门，放镇西军入城。

镇西军正是裴源亲自带队，还有明岱山中黄有义、赵有德诸人。尤其是赵有德，他重归镇西军，此来袭城，虽杀得个痛快，但心情激荡，他一见着李嶷，不由得惊喜万分，忽得又面有愧色，跪倒于地，他到了镇西军中方才知晓，十七郎原来就是皇孙李嶷，想自己在明岱山中，骂了他好几声小兔崽子，又口口声声痛骂那皇孙不是东西，难免一见了李嶷，就羞愧难当。

李嶷当下一把扶起了他，安抚两句，忽闻那崔家的定胜军前锋业已入城，其时天边已经隐隐透出白色的天光。城中守军稀里糊涂与自己人打杀了一夜，直到天明时分才渐渐悟过来，但镇西军与定胜军前锋皆已经入城，两军相加，比城中守军多了数倍，更兼镇西军又派人四处宣扬韩立早就弃城而逃，城中守军眼见无望，便尽皆降了。

待裴源忙了一番点检受降等诸事，李嶷这才问道："你怎么带了这么多人来？"

裴源笑道:"十七郎,还得多谢你,你在并州这么一通大闹,我亲自去见了郭直,把他给劝降了。"当下将如何派人先去游说郭直,后来又亲自去见郭直,郭直本就进退两难,又想到孙靖对待韩立尚且如此,自己更是绝望,当下心一横,就率残军降了。这次裴源奇袭并州,郭直更是带人亲自做攻城的前锋,十分卖力,入城之后又接手城防去了,所以未及来拜见李嶷。

李嶷笑道:"劝降郭直,全都是你的功劳,也别硬往我身上贴金。"

裴源笑道:"要不是你在并州这么一闹,他还下不了决心。"

说话间,崔家定胜军遣了人来,甚是客气,说道自家主上小郎君有请,李嶷与裴源对望一眼,李嶷便道:"我去吧。"

他自从与何校尉相约冒充那崔公子,其实一直在琢磨,不知这崔公子到底是何样的一个人。及见了面,只见那人二十余岁年纪,虽也着军中服色,但战袍上还用金线绣了饕餮猛兽之纹,精美异常,四周侍从拱卫,排场甚大。此人虽生得魁梧,但面庞微肿,眉眼虚浮,一看平时就耽于酒色。见了李嶷,躬身行礼,犹带了三分倨傲之色,道:"见过皇孙殿下。"

李嶷不过点一点头,心中大失所望,心道这个崔公子明显外强中干,徒有其表,是个银样镴枪头,不知阿萤为何对他忠心耿耿。忽又想,阿萤不知为何不在他身边。他一想到阿萤,便下意识提醒自己不要再想,当下随口敷衍两句,言道定胜军辛苦云云,那人见他神色敷衍,颇有几分不悦:"我入城也无甚辛苦,只是阿琳……我方主帅亲率大军在城外,殿下当亲遣人出城,慰问我定胜军大军。"

李嶷听到此处，忽地明白过来，原来眼前这人并不是崔倚之子崔琳，果然一问得知，此人乃是崔琳的堂兄崔璃。

当下李嶷不知为何，心里却轻快起来，笑道："崔公子既在城外，那自然不必遣人，我亲去拜望便是。"

崔璃听他如此说，作态要亲自护送李嶷出城，李嶷连道不必，只带了亲随几骑，便驰马出城。

待进了定胜军的营地辕门，但见兵卒军容肃然，虽是临时营地，但处处约束整齐，显然主帅十分有治军之法。李嶷一路行一路看，心中不禁暗自赞叹。

到了中军大帐外，他翻身下马，恰好那崔公子也正得到通传，率着众人迎了出来。只见那崔公子面如冠玉，鬓若刀裁，身上并未着甲，只穿着定胜军中常服，外面系着一件月白色的大氅，氅衣下摆一角，用青白丝线掺着银丝绣着淡淡的如意白云纹样，极是素雅。风吹得他的氅衣衣袂飘飘，显得他整个人如同临风玉树一般。乍一看浑不似武将之子，好似京中那些世族子弟，行动之间，从容雅致，风度翩然。当下见礼："见过皇孙殿下。"

李嶷纵然心中百般不愿，也不能不赞一声，眼前这位崔公子当真是谦谦君子，温润如玉。

那崔公子将他迎入帐中，只见这中军帐，又与其他不同，帐中密密匝匝，一架架摆满了卷轴书籍，原来这崔公子好读书，所以走到哪里，都带着无数书籍。他引经据典信手拈来，显然饱读诗书，谈吐之间，甚是风雅。

此刻李嶷也终于见着了何校尉，她与另几名校尉皆在帐中侍立。当下众人见礼，李嶷虽见了何校尉，奈何众人面前，一句旁的话也不能说，只得对那崔公子道："还要谢过何校尉，此番多得她襄助。"

那崔公子一笑，似毫不在意，只道："殿下过誉了。"又与李嶷谈起并州及建州之事，他虽看似文质彬彬，但谈论起兵事来，却甚有见解条理，李嶷此时此刻，方才觉得，世上倘还有所谓文武双全，那眼前此人真可算得一个。忽见帐中放置铠甲旁的架子上，放着一只花纹精美的面具，那崔公子神思敏捷，善于察言观色，顺着他的目光，见他在看面具，早已猜到他心中所想，笑道："令殿下见笑了，我生得文弱，上阵时威仪不足，便总戴着面具。"

李嶷只觉得人不可貌相，眼前这人确实生得有几分文弱，听他说话之间，气息不稳，显然身有痼疾。但他早无小觑眼前之人之心，当下笑着道："旧有兰陵王，今有崔公子，可见猛将何妨有此美谈。"

那崔公子不过一笑置之。李嶷身为镇西军主帅，既见到了崔家能主事的人，当下打迭起精神来，与他商议如何取建州之事。

只听那崔公子不徐不疾的声音说道："建州距此虽不过百里，但道阻难行，韩立夜奔建州而去，殿下难道没有事先布置吗？"

李嶷见他猜到，只得道："我确实派人去追了。"

那崔公子倒也坦然："实不相瞒，我亦派了一支人马，但没有截住他，不知他藏到哪里去了。"他道："我听何校尉说，殿下与我们定胜军有约定，谁先擒住了韩立，便可先择一州……"

李嶷听他轻轻巧巧一句话，便将自己与何校尉的赌约，改成坦荡的两军之约,心中不知是何滋味,不由看了何校尉一眼,见她侍立在崔公子身后,甚是收敛锋芒,心中更加百般不是滋味。

待商议完诸般事宜,那崔公子仍旧亲送出大帐,李嶷翻身上马,见何校尉侍立在那人身后,微垂着头,神色恭敬。他心中万千惆怅,只得朝那崔公子微一点头致意,便策马离去。

那崔公子直目送他驰出辕门,方才回转。待回到帐中,他才猛烈地咳嗽起来,何校尉忙着替他拍背抚胸,早有一名少女捧着药箱,匆匆忙忙的出来,打开药箱,先倒了一盏酒,研开丸药,服侍他服药,复又皱眉道:"公子,我就说那药万万不能吃,只怕今晚要咳得更加厉害。"

那崔公子喝了药,这才缓过一口气,勉力道:"既然是皇孙亲来帐中,总不便让他看到我病骨支离,连气都喘不上来的样子。"

那少女噘着嘴,道:"什么皇孙不皇孙,都不值当公子您这么糟蹋自己的身子。"

何校尉见她如此说,道:"桃子,那药虽然镇咳厉害,却颇有寒毒,你想法子能不能解一解这寒毒。"

桃子想了一想,说道:"我配几味药,且慢慢调养看看吧。"又再三叮嘱,说道:"公子下次切莫为了任何事,再吃那等毒药了。"她自出帐去煎药。何校尉便扶着崔公子坐下,忽听他道:"今日一见,这个李皇孙果然是个厉害人物。从前他打的那些仗,我还以为是裴家矫功于他,打着他的旗号作幌子罢了,现在看来,他只怕才是镇西军真正的统帅。"

何校尉点点头，说道："此人善战，敏捷机变，堪称当世无双。"

那崔公子忍不住又咳嗽起来，直咳得双颊上迸出红晕，才缓过一口气来，他淡淡的语气中似透着一丝微凉："当世无双，或许吧，但这天下，已经是群雄逐鹿的乱世了。他想要收拾河山，光复社稷，那且得费尽周折寻觅机缘呢。"

且说那李嶷回到镇西军营中，裴源听说他去见了崔倚之子，忙来相问："如何？"

李嶷想了想，说道："样貌文弱，深不可测。"

"好家伙！"裴源吃了一惊，"你还没对谁有如此评价。"

"毕竟是崔倚之子，"李嶷不知为何，有几分沮丧似的，"崔倚只得这一个儿子，教得着实好，文才武略，都很出色。怪不得先帝在时，崔倚宁可被贬官，也不愿意把这儿子送到京中作人质，此子可谓人中龙凤。"

裴源还在细细揣测此人到底是如何形貌，能令李嶷作此等语，跟着李嶷一同前往的谢长耳在旁边说："崔公子确实长得太好看了，我就没见过长得像他那么好看的男人，又斯文，怪不得他上阵要戴面具。"

裴源思量再三，忧心忡忡道："既然是这么难缠的一个人，咱们还是快点把韩立抓住赢了赌约吧，不然并州、建州一旦皆落入其手，咱们被卡在这关西道上，那就太被动了。"

李嶷深以为然，又想到自己与定胜军分别派人围追堵截，皆无那韩立的消息，不知道他藏身何处。当下只能多遣人手，四处侦察探寻。

这日晌午后，谢长耳忽引得一名定胜军的女使进来，那女使到了帐中，先是毫不客气地打量了李嶷一番，这才从怀中取出一封信，递给李嶷，却是什么话都没说，也不等他说什么，掉头就走了。

李嶷只觉得莫名其妙，拆开信来看，竟然是何校尉写的，先说了一番客气话，然后邀请他傍晚在河边相见。裴源听说定胜军派人来了，连忙过来，见李嶷正在看信，探头也想看看信上说什么，李嶷却已经匆匆一目十行看完，把信折起来，收进怀中。

裴源问道："谁的信？"

李嶷却是一笑，说道："这信没什么要紧。"抬头往帐外看了看，说道："今天晚上，应该有月亮吧。"

他这话说得太早。黄昏时分起了风，天渐渐阴沉下来。李嶷换了衣裳，独自骑马离营。到了江边一看，大江茫茫，向东奔流而去，江边芦花被风吹得摇曳不定。他举目四望，并没有看见人，正纳闷之时，忽见芦苇丛中划出一条小船来，正是那何校尉。大概是怕下雨，她披着一领蓑衣，戴着斗笠，乍看倒好似一名渔翁。她扶着桨，却笑着问他："我忙了这半日，没打得半条鱼，你若是上船，可没什么吃的。"

李嶷心中一动，将马拴在江边一株枯树上，跳上了船，说道："今日这时节，要打鱼可难了，若是打野鸭子，倒可以试一试。"

当下他接过桨，扳了几桨，将船划进芦苇深处，静待了片刻。果然有几只野鸭，落在不远处凫水。他未携带弓箭，她便捋起袖子，从臂上解下一架小弩来递给他。那弩弓做得极为精致，箭支比毫管还细上两分，长不过寸许，他在手里掂了掂分量，便知道是精钢制成，当下瞄准了野鸭，用那架小巧弩弓射出箭，只听"铮"一声轻响，野鸭已经被射透眼睛，连挣扎都没挣扎一下便死去，亦没有惊动其他浮在水上的野鸭。李嶷射了两只野鸭，划船去捡了，他爱惜这弩箭精致，将箭支从野鸭眼中拔了出来，捏着箭羽在江水中细细涤去箭支上的血迹，又将弩弓连同箭支一起还给她。

两人在岸边，寻了个避风之处，用黄泥裹了野鸭，再将那野鸭埋在灰烬中，生起火烘烤。过不多时便烤熟了，剥去烧得硬结板实的黄泥壳，野鸭毛早就被黄泥壳粘牢，轻轻一剥就全掉了，露出烤得外香里嫩的鸭肉。当下两人一人一只，吃了起来。

何校尉道："你这烤鸭子的手艺，着实不错。"说到此处，她忽得想起那晚自己落到陷阱中，他拿着的那只烤兔子，甚是肥美好吃，他显然也是想到了此节，两人不由相视一笑。

他问："你今日约我出来，是为了什么事？"

她问："无事就不能约你出来吗？"

他听她这样说，摇了摇头："你不是那样的人。"

"那皇孙以为，我是什么样的人？"她水盈盈的眸子看着他，眸子里映着篝火的火光。他抬头看了看天色，夜幕低垂，天光晦暗，天上无星无月，只有这一堆篝火，在无边无际的黑暗中跳跃着，燃烧着。而不远处，大江无声，在夜色中奔流而去。

天地辽阔，似乎天地之间就只余了两人，静静守着这堆篝火而已。他忽得问："你在箭上抹了什么药？"

原来到此时,他的手指突然发麻,那股冰凉的麻痹之意一直顺着指尖迅速麻到手肘,他细想适才的情形,便恍然大悟,必是她在弩箭之上涂了麻药,只是这种麻药非常厉害,当下并不发作,竟过得如许时才会突然显露药效。只听她笑眯眯地道:"当然是把皇孙殿下您绑了,送到我们定胜军的大营中去,当作人质啊。"

他听她这般说,可笑不出来,转瞬之间只觉得舌头也一并发麻,连话都说不出来了,身子一软,就倒在地上,昏迷不醒。她见这般情形,从怀中取出手套戴好,又从腰间革囊里取出几枚细针,走到李嶷身前,正想给他补上一针,忽得李嶷嘴唇一动,还没等她反应过来,数枚细针已经当面射到,再难避让。在那一瞬间她才想到,他曾经从自己身上搜走那个能藏到舌底的细小竹管,机括精巧,没想到竟然今日被他用到自己身上。此人定然早藏下解药,偷偷解了自己涂在箭上的迷药,此刻又借机突袭自己。

可恨!她脑中最后浮起这样一个念头,细针早已刺入她肌肤,她旋即陷入了昏迷中。李嶷见她昏了过去,又过了片刻,方才走过来,小心地拿走她指尖的细针,重新收回革囊之中。从篝火中捡了根细柴做火把,在芦苇丛中察看,果然不远处藏着绳索等物。他心中又是好气,又是好笑,拿起那绳索,见是牛筋掺了细钢链子,心道她可真是万无一失,当下就用她准备好的绳索,将她捆了个结结实实。见她安静躺着,连睫毛都不曾颤动一下,就像睡着了一般,忽得想起在明岱山寨之中,她大概实在是困了,所以就在自己身边睡着了,他素来警醒,睡了片刻就醒了,结果一转头,看见她在身边枕上睡得香甜,那时她的脸离他的脸不过一拳左右，呼吸相闻，其实她身上总有一种好闻的味道，也不知是不是花香，还是她随身携带避虫蚁的香药，反正那气息好闻得很。他从来没有跟女子睡在一张床上，当时竟觉得有几分心慌，后来不知道为什么，大概是太累了，她身上好闻的气息萦绕着，他不知不觉又睡着了。说起来，当初在韩立府里，他也不知道最后自己怎么就稀里糊涂睡着了，梦里还有一只萤火虫，从窗棂外飞进来，一直停栖在那里，一闪一闪，像一颗跳动着的小小心脏。大概是因为当时他知道了她的名字，才会做这样的梦吧。

现在，她静静地躺在篝火边，也像睡着了一样。平时看着精明厉害，其实睡着了就分外柔软可爱，像是绒绒的一团，叫人无端端心里发软。他抽出腰间的短剑，砍了些芦苇铺在地上，又将她抱起，放在那些铺开的芦苇上，让她躺着更舒服点。他看了她一眼，悄无声息地离去。

他上马沿着河水，往下游疾行，驰出约莫三四里许，忽又勒住马，下马细看，果然在不远处发现种种痕迹。他就将马拴在树上，悄无声息追了上去。

原来定胜军不断搜检，还真将那韩立逼得露出了蛛丝马迹。破城那晚韩立趁夜逃出，害怕路上有阻截，也并没有敢直奔建州，而是在距离并州城不远的一个镇子藏了半宿。没想到定胜军派出大队人马，贴着并州城往外，几乎是一寸寸搜检，当下韩立再也不敢多耽搁，决定冒险连夜奔建州去。

这一招打草惊蛇，就是何校尉想出来的计策，她也早就看过地形,知道陆路这韩立几乎无处可逃,八成会借水路而遁,于是事先守株待兔,遣了人马埋伏在江边。她深知李嶷的本事,担心被他带人抢先,所以特意约了李嶷出来,原想将李嶷一针刺昏,没想到却被李嶷以其人之道还治其人之身,自己倒被李嶷刺昏在江边。李嶷既然见到江边埋伏的定胜军大队人马,当下使出他那一身斥候的本事,悄悄伏在不远处静待,如此这般,真的是螳螂捕蝉黄雀在后。这夜无星无月,借着夜色的掩映,那队定胜军也埋伏得极好,若不是他,旁人料也万难察觉。

又等了约莫半个时辰,芦苇丛中,果然划出几只小船来。带着定胜军伏击的陈醒见到小船划出,不由得屏息静气,忽又想,不知道校尉绊住了李嶷没有,但四野寂寂,连倦鸟也尽皆归巢,风似也息了,江边的芦苇摇也不摇,唯有江水在夜色中缓缓无声,向东流去。陈醒心想,料那镇西军万万想不到,韩立居然敢在眼皮子底下藏了两天,就要在这夜走水路遁走。

且不说陈醒等人屏息静气,直到韩立一行人鬼鬼祟祟上船,陈醒方才唿哨一声,韩立兀自心惊胆战,忽见火光划破黑夜长空,无数支火箭腾空而起,径朝船上射过来,他肝胆俱裂,吓得魂飞魄散,幸得这条船上皆是他恩养多年的死士,众人拼力划船,小船如疾箭,直入江心,那火箭虽然厉害,但一时也射不到了。

江心本泊着几艘早就预备好的大船,但他们还未靠近,只见那大船上早就喧哗起来,原来定胜军早已派出水性好的人,把那些接应的大船都凿出了大洞,此刻船渐渐沉了,大船上的人方才觉察。驾弄小船的死士见大船渐沉，慌忙又驾着小船顺着江水急急往下游去，那江水流得甚急，这一冲之势，竟然顺流而下三四里，韩立见虽然暂时甩脱了追兵，但也知道既然行踪被发现，被追上只是迟早的事情，不由心道一声苦也。正自觉插翅难逃的时候，忽然见下游不远处，江边泊着一艘大船，船头的灯笼在夜风中微微摇曳，那灯笼上正写着一个"顾"字。当下不用他吩咐，死士就驾着小船，直奔那条大船而去。这种大船有极大的帆，在江中行驶既稳且快，哪怕逆流而上，也比岸上的骑兵要快，更何况他们是要顺流而下。只要上了这船，便可以甩掉轻骑的追踪。

那韩立定一定神，终于看清船上写着"顾"字的灯笼了，忽然明白，这定然是顾祯的船。顾祯从京中到并州来，想必被孙靖严限时辰，催促急迫，唯有走水路可以日夜兼程，最为快捷。韩立不由想到，前阵子自己与那假崔公子密议，杀了十二个金甲卫士，又遣快马不由分说将那顾祯押送回京，这条大船，只怕也因此就耽在这里了。真可谓天无绝人之路，没想到今天还能救自己一命，他不由得精神一振。

话说那顾家的大船为何泊在此处，自然也是有缘由的。那日顾祯被韩立快马送回京，船中的顾家奴仆不知如何是好，只得上岸去顾氏祖宅之中禀报，那顾氏百年望族，煊赫世家，诸多族人皆在京中为官，祖宅之中唯有几个耆老能做主，闻得奴仆来报如此这等事，只惊得挢舌不下，一时也拿不出什么主意。幸得那顾祯有一个女儿，排行第六，小字婉娘，这顾婉娘两年前从京都回到祖宅，替祖母祈福，闻得此事，便出来对堂上诸顾氏耆老道："九叔父倘若言语不谨，得罪刺史,那是九叔父一人之过,再说既已被解送都中,若有惩戒,自有京都发落,料不必惴惴。"

她安抚了族中耆老,又自告奋勇搭船回京,去向京中顾衍禀明此事,若有祸端,顾衍自可思忖斡旋。她是顾衍的女儿,族中自然人人高看她一眼,当下便安排妥当,由一位她的堂叔祖父带着男女奴仆,陪她回京。

谁知还没出城,并州忽然大乱,旋即镇西军与定胜军入城,并州守军尽皆降了。顾氏族人又没了主意,不知该不该送她启程,于是去问那顾婉娘,她虽不过十七岁,但胆色过人,言道:"大军入城,并无半分劫掠之事,军纪甚严,况且镇西军本为皇孙殿下统率,定胜军亦是勤王之师,必定无碍。"又斩钉截铁道:"今日我必要返京,便身死亦无怨。"

顾氏族人听了她这番言语,细察城中大军言行举止,犹豫之际又接到镇西军以皇孙李嶷的名义发出的安民告示,终于安心。便在那顾婉娘的一力主张之下,仍按照原来的计划,当日就安排车马送她出城上船。因出城之时时辰已晚,启程之后船行不多远,天色就已经渐渐暗黑下来。并州下游这一段江水急滩多,入夜行船自有风险,顾婉娘坚持这日仍旧启程,只是个表决心的姿态罢了,既上了船,便不再坚持夜行,而是命舵工将船泊在江边,歇息一晚再走。

这船因是官船,造得极是坚固,船舱中甚是宽敞。陪送顾婉娘那位堂叔祖父自住了间上舱房,另一间上舱房自然就住着顾婉娘。此时入夜不久,顾婉娘的贴身侍女秋翠,奉命点了蜡烛来,让顾婉娘就着灯烛,检点针线活计。

那秋翠此时方才喜不自禁,说道:"六娘子,我真像做梦一样,咱们是真的可以回京了吗?我还以为要在穷乡僻野困一辈子呢!"

那顾婉娘轻轻叹了口气,心道这丫头真是痴傻,且不言并州为天下最为繁华的州郡之一,但说顾氏祖宅修缮百年,也不是什么寒素茅堂。当然了,京中那等富丽繁华,又岂是并州城中顾氏祖宅可以比拟的。

又听秋翠喜滋滋地道:"六娘子,你可真能干,出去说了几句话,族中耆老就派人送咱们回京。哼,等咱们回京,你可一定在郎君面前,好好说出三娘子那等毒计。"

原来这顾婉娘为顾衸妾室所出,顾衸的三女儿素来心性骄纵,又因这顾婉娘姿容出色,偏学得绝佳的绣技,在京中闺阁之中颇有几分声名,这顾三娘便百般与她过不去。两年前正逢顾家祖母七十大寿,这顾三娘施计陷害顾婉娘,污损了祖母用指尖血抄写的心经,惹得当家主母顾夫人大发雷霆,罚顾婉娘回并州祖宅幽居,为祖母祈福。那顾三娘想得好计策,心道只要顾婉娘回了并州,距离京中山长水远,时日一久,家中诸人自然就将她忘在了脑后。只要拖得两三年,那顾婉娘就过了摽梅之期,再嫁不得什么上好人家。她这条计策不可谓不恶毒。

顾婉娘百口莫辩,被送到并州之后,似也心灰意懒,每日吃斋念佛,闭门不出。这日忽听得族中传说顾衸被送回京之事,原本正坐在窗下绣花的顾婉娘,不由停针凝神,对从小服侍自己的丫鬟秋翠道:

"秋翠,咱们可以回京了。"

那秋翠虽然是从小服侍她长大,但为人却颇有几分愚钝——机灵的丫鬟早就被顾三娘等人挑走了,顾婉娘的生母不算得宠,后院之中,自然什么好的东西并好的奴仆,都轮不到她。彼时顾婉娘这一句话,秋翠压根就没听懂,后来顾婉娘的所作所为,秋翠也没看懂,只知道六娘子出去说了几句话,忽然族中那些耆老们就安排了人,送她们返京了。

顾婉娘打开绣活,绷上绣架,心里微微叹了口气,心道能够回京,这才是漫漫长路踏出了第一步而已,等回到府中,还不知道是何种情形,自己那个三姐,着实阴险难缠。

她自幼心思烦难的时候就绣花,当下捻了线配了色,打起精神来,捏着针绣了几十针,忽然听见外面隐隐有动静。秋翠明显也听见了,不由瞪大了眼睛,冒冒失失道:"六娘子,会不会是贼……"顾婉娘还没来得及令她噤声,忽见一群人已经拿着明晃晃的刀子,闯进舱内。

为首那人一把抓住正要尖叫的秋翠,恶狠狠低喝道:"别出声!"秋翠吓得魂飞魄散,忍不住全身都在发抖,连连点头。

另一人见了船舱中的情形,用刀尖指着顾婉娘,低喝道:"你!起来,跟她站到一边去!"

乍逢此事,顾婉娘却并不如何惊慌,伸手拿起一张白绢,覆盖在那未绣完的绣品上,然后起身,与秋翠一起站到了船舱窗边。原来这群人正是韩立和护卫他的死士,他们上得船来,一路人去控制舵工,另一路人便拥着韩立，来到这舱房之中。船舱中烛火明亮，顾婉娘借机瞥了一下韩立，一时猜不到他的身份，而韩立沉着脸，也上下打量着顾婉娘。

一时之间，船舱之中如死般沉寂，只闻江水拍打着船身，发出轻微的汩汩水声，还有一种咯咯轻响，正是秋翠吓得直打冷战，牙齿相磕，格格有声。顾婉娘便伸手拉住秋翠的手，以安抚她。

那韩立见顾婉娘并无多少惧色，心中暗暗称奇。正在此时，忽听外面"嗒"一声轻响，似是一条鱼跃上了船，但他心知绝计不是。果然舱门和窗户同时被人踹开，死士们猝不及防，纷纷被冷箭射中。幸得一名死士拼命打翻蜡烛，舱中顿时一片黑暗。

韩立早就看得清楚，趁这黑暗立时扑到窗边，拔出袖中利刃，抵在顾婉娘颈下，死死拉着她挡在自己身前，心想若再有箭射来，这女娘总可以替自己挡得一挡。

只听船舱中兵器相格，闷哼声不断。忽得天上乌云散去，月色皎洁，船舱中虽没有灯烛，但月色从窗外映进来，舱中亦朦胧可以视物。韩立的手不由抖了一抖，原来正是陈醒站在他面前不远之处，手持利刃，距他不过四五步之远，而自家那些死士，早就横七竖八，倒了一地，船舱之中，满是鲜血。陈醒也借着月色看清韩立所在，一刀便朝他刺来，韩立顿时将顾婉娘往前一推，去挡陈醒的刀锋，自己转身就想跳窗逃走。

他刚一转身，忽觉得耳边一凉，头顶上方隔着舱顶，竟有一柄利剑骤然刺下，正刺中他右肩头，痛得他大叫一声，右手再也抬不起来。船顶被这一剑之力震碎，破出一个大洞，李嶷便如同一只大鸟一般，从那破洞处一跃而下，在韩立颈间狠狠一击，只听"嗤"一声轻响，原来是那韩立右手无力垂下，利刃脱手甩开，锋尖正好划过被他推出去的顾婉娘的后腰衣服，那利刃甚是锋利，瞬间划破了几重衣裳，顿时露出她腰背之间大片雪白的肌肤。李嶷应变极快，当下单手解开自己的外裳，手腕用力一旋，便见那件外裳如大鹏展翅一般，被他扬起在半空，他回手一扯，衣裳落下，正好裹在顾婉娘的肩上，将她全身罩了个严严实实。此时方才听见"铛"一声，正是韩立倒地，他手中利刃掉落于地的声音。

顾婉娘险险捡回一条命，心中又是惶恐，又是欣喜，又是后怕，抬眸一看，只见月色如水，照见当身而立的少年郎。那人怕是担心举止唐突，一将外裳罩住她，便已经收回了手，负手而立，一只脚还踏在扑倒于地的韩立后颈中。他的眉眼在朦胧月色下，甚是深邃好看，俊美得不可思议。她不禁恍惚了片刻，也不知道是后怕，还是因为眼前的人实在如同神祇天降。

陈醒等人见李嶷如同从天而降，一下子就擒住了韩立，不由得大吃一惊。陈醒念头还未转完，忽然只觉得船身微微一震，紧接着岸上喧哗起来。原来，何校尉虽是单独约李嶷至江边，但她素来精细，在不远处安排人接应，又唯恐被李嶷觉察，所以命那些人就在江对岸远处等着。本来约好以篝火为讯，但她被刺晕过去，江对岸接应的人见篝火久久不熄，便冒险驾船过来察看，这一看才发现何校尉昏了过去，幸好她身上带着解药，当下把她救醒。

她悠悠醒转，便知道不好，带着人疾行赶到定胜军埋伏之处，定胜军早追着韩立往下游去了。等她赶到这里，正上了小船准备去往顾家这条大船，岸上忽又来了镇西军的大队人马，明火执仗，为首的正是老鲍与谢长耳。她命人速速将小船靠上顾家大船，老鲍等人一见这般情形，早就执了钩索等物，用抓索掷出去勾住顾家的大船，要将顾家这大船拉向岸边。岸上的定胜军顿时哗然，两军喧哗起来。定胜军拿着刀剑砍断数条钩索，镇西军自不甘示弱，朝着何校尉那条小船就放箭，定胜军自然要拼力护卫，两方不免打了起来。黑夜之中一片混乱，顾家那大船终于被镇西军重又用数条钩索搭住，不由分说合力拉向了岸边，老鲍等人与岸上的定胜军打得不可开交。何校尉也终于上了顾家大船，进了船舱。

她一见李嶷正牢牢将韩立踩在脚下，便点了点头，说道："愿赌服输，这一局，是皇孙殿下赢了。"她声音清冷，似夜风中的秋月，颇带了几分微凉寒意。李嶷不以为意，点点头道："承让。"

她素来不纠结于细节，当下朝陈醒示意，陈醒忍住一口气，掏出一只号角，呜呜吹响。岸上与船上的定胜军听到号角声，令行禁止，便不再与镇西军打斗纠缠，转身就列队准备退走。

老鲍等人见定胜军虽然打起来十分拼命，但撤退的时候，也十分干脆，当下大喜过望。老鲍也顾不上自己在黑夜中被人打了好几记冷拳，已经鼻青脸肿，带着人高高兴兴就上了船，就在李嶷脚底下，将那韩立缚住，捆粽子一般捆了个结实。李嶷这才挪开脚。

他走到甲板上一看，定胜军早从大船向岸上搭了跳板，何校尉正走下跳板，岸上的定胜军本已列队准备撤走，忽然两队分开，从中跃出一骑，众人高举的火炬将河岸照得亮如白昼，正是那崔公子崔琳。他今日并未着甲，只肩上戴着细银锁子护肩，外头披着一件玄色的鹤氅，那氅衣不知是何等羽物织成，在火炬火光的簇拥映衬下，竟然粼粼如水波般泛着幽蓝光泽，偏他又骑了一匹白马，越发显得飘逸出尘，翩翩浊世之佳公子也。

一见了何校尉，崔公子脸上便露出笑容，早就有人牵了何校尉那匹名唤小白的白马来，小白见了崔公子骑的那匹白马，不由得欢嘶一声，两匹马挨挨挤挤，甚是亲热熟稔。这厢崔公子翻身下马，解了自己身上系着的丝绦，将氅衣解下来，披在何校尉身上，又仔细替她系好氅衣领上的丝绦。火炬照得分明，她的手如同白玉一般，似要自己去系，偏与他的手碰在了一处，那崔公子似说了句话，隔远了听不真切，只隐约可闻她似轻笑了一声，旋即认镫上马，那崔公子也翻身上马，两人并驾齐驱，双双率着定胜军，绝尘而去。

李嶷直到两人驰远，再也不见，只觉得胸中酸楚，郁闷难言。他定了定神，折身返回舱中，老鲍等人早已经将战场打扫干净，见他进来，老鲍问："定胜军的人走了？"

他漫不经心地点点头。被他相救的顾婉娘，早就向老鲍等人问得分明，知道了他的身份来历，此时忙上前敛衽行礼，十分郑重地谢道："殿下救命之恩，六娘没齿难忘。等回到京中，一定禀明家父，再由家中尊长拜谢殿下。"

李嶷心思浑不在此，随口安慰她两句，得知她是顾衔的女儿，当然客客气气，问道："顾小姐是要返京吗？这船已经这样，只怕洗刷之后还有血腥气。不如我遣人先送顾小姐回并州，另择吉日再启程。"

顾婉娘心想，适才镇西军将士已经查看过，护送自己的堂叔祖父已经被那些坏人杀死，自己虽然返京心切，但眼下也只得再寻机会。当下又再四谢过，愿意先暂回并州，李巍便遣人护送她先回城。

秋翠早吓得懵了，哭了半晌，这时候仍旧呆若木鸡，全身发抖，行不得路，幸好镇西军有位兵卒，将她背着上跳板下船，顾婉娘倒好些，也不要人扶，自己小心地走过跳板自下船去。岸上已备下牛车，她上车之前，回首一望，只见那位皇孙殿下立在船头甲板，仰头似在看着天上的月亮。

顾氏百年望族，消息灵通，她虽是闺中女儿，但对朝廷大事也略有耳闻，知道孙靖谋逆后，是这位十七皇孙，率着镇西军高举勤王之帜，一路从牢兰关杀到这关西道上。却没想到，威名赫赫的他这么年轻。但见此刻他负手望月，神色落寞，似有心事一般，心想他少年得志，此时已经是万军之主，难道世上还有什么令他不快的事情吗？当下心中思忖，到底怕被人觑见，忙忙若无其事地上了牛车。

李巍看了一会儿月色，意兴阑珊，也打马回营。这一闹已经是四更天，胡乱睡了一觉起来，裴源忽然进来告诉他，虽拿住了韩立，但将他身上细细搜过，并无虎符，又拷问韩立，他只是咬牙不肯说，又不能用刑太过，就此僵住了。裴源皱眉道："咱们与定胜军的赌约，可是拿住了虎符，才有建州。这虎符没找着，建州要落到定胜军手里，可就麻烦了。"

待裴源走后，李嶷忽有了主意，叫过谢长耳，对他说："昨天来送信的定胜军那个女使，你还记得吧。"谢长耳点点头："她来的时候通传过姓名，说是叫桃子。"

李嶷道："你去定胜军营中，找到那个桃子，跟她说，今日午后，我在江边等候，请何校尉单独来见我。"

谢长耳听了这句话，觉得有点莫名其妙，不由道："十七郎，这有点冒失吧？"

"怎么冒失了？"

谢长耳不由道："那定胜军的何校尉，不说是他们公子身边最要紧的人吗？你单独约她，她肯定以为有诈，当然不会来的。"

李嶷道："你就去这么跟桃子说，告诉她我午后肯定在江边等，一定让她告诉何校尉就行了。"

谢长耳无可奈何，只得打马出营，去定胜军营中寻桃子。那桃子正在后营大片的空地上晒药，见他冒冒失失的来替李嶷传这句话，不由恼道："我们校尉还给他写了封信呢，他倒好，连信都不叫你传一封，就捎了句话来。"

谢长耳是个老实人，更兼在牢兰关多年，都没怎么跟姑娘家说过话，此时见她生气，顿时吓得都结巴了，说道："桃姑娘……你……你别生气，我也劝十七郎来着，但他就是令我来传话，没给我什么信……"

"别叫我桃姑娘，"桃子瞪了他一眼，"怪难听的，叫我桃子。"

"是，是，桃子姑娘。"

桃子见他老实得可爱，不由扑哧一笑，说道："你在这儿等着。"转身就朝营中去了。她去了半日不曾回转，谢长耳站在日头底下，秋日的太阳虽然没有夏天那么灼烈了，但是硬顶着太阳晒，还是很热，不一会儿他额头上就冒出汗来，汗水沿着下巴往下淌。他怕汗水滴到她晒的药材上，又怕自己的影子挡住太阳，没晒好那药材，因此隔一会儿就挪动挪动。过了许久，桃子才去而复返，见着他这模样，不由道："你怎么又站在这儿了？"

他老老实实道："你虽然叫我就在这儿等，但我怕挡着光了，万一你这药没晒好，可不糟了，这些药都是要救人命的。所以我挪动挪动。"

她听了他这句话，倒是怔了怔，心道这可真是个老实人，刚才自己真不该捉弄他。她笑着道："你回去吧，我们校尉说她知道了。"

谢长耳心想这句话可不能覆命，便追问："那她去不去呢？"

桃子不由又翻了个白眼，冷声道："这也是你能问的？"

只听谢长耳吭哧了半晌，说道："我们镇西军的军令，交待下来的任务，覆命一定要切切实实，她不说去不去，我怎么跟十七郎覆命呢？"

桃子又气又好笑，说道："你快回去吧，就这么覆命，你们十七郎自己就知她去不去了。"

谢长耳半信半疑，心想他们怎么尽打这种哑谜，当下欲走，忽然又想起来，这桃子姑娘乃是友军，自己是代李嶷来传话，礼数定要周到才好,便实实在在,向她行了一个抱拳的军礼:"多谢桃子姑娘。"

他转身刚走了两步,忽听她在身后道:"等等!"他以为她还有旁的话,连忙转身,只见她向他掷出一物,他身手矫健,探手便接住了,原来是一截高粱的嫩杆,这种嫩杆汁水甘甜,关西道上叫青蔗,就是说它像甘蔗一般甜。

只听她笑声如铃,说道:"送你路上吃。"

他不由也笑了笑,骑马回营,走到半路上,咬了一口这青蔗,果然入口清甜,汁水盈盈,甚是好吃。

李嶷得到谢长耳带回"知道了"这三个字的回复,却也不以为意,到了午后,便独自骑马离营去了江边。那江边芦花如雪,阳光照着澄澄秋水,映衬得波光粼粼,好似一幅秋日澄江图。他等了片刻,忽听见马蹄嗒嗒,回头一看,正是她骑了小白,往这边来了。他不由得一笑。

何校尉下了马,自放了缰绳让小白去吃草。偏他骑来的那匹黑驹,脾气最是暴烈,一见了小白就撅蹄子,那小白本就倨傲,不肯示弱,上去就狠狠一口,正咬在黑驹的脖子上,两匹马厮打起来。两人忙过来,各自扯住缰绳,好半晌才将两匹马分开。李嶷无奈,将黑驹拴得远远的,饶是如此,那黑驹看小白在极远处,还是不断地扯着缰绳,想冲过来。

他见此情形,忽然想起昨晚这小白见了崔公子的马,是何等温驯,何等亲热,心下气恼,就问她:"虎符呢?"

她似也不意外他有此一问，当下从袖子里掏出一物，在他面前晃了晃，正是那枚虎符。他本来已经猜到七八分，见果然被自己料中，倒也并不生气，只是沉吟不语。

她见他沉吟，便收起虎符问道："皇孙今日约我出来，是为何事？"

他笑道："自然是趁着四下无人，夺你虎符！"

她斜睨了他一眼，道："那殿下尽可以试试。"她虽口口声声唤他作殿下，但语气之中并无多少尊重之意，只是眼波便如眼前这秋水一般，盈盈动人。他忽探手就去抓她的袖子，两人瞬间过了七八招，他虽没有使出十成力，但她也没有放出银针暗器，忽得她颈间一凉，原来是他手指捏着细小竹管，正抵着她的下巴，正是昨夜刺昏她的那支针筒，她不由赌气道："那你刺啊？"

李嶷闻言不由一怔。她将白玉似的下颌扬了扬，赌气似的看着他，两只瞳仁又大又亮，正倒映着他的脸，又像一只猫儿，尾巴上的毛都乍开了。他本来想狠狠心，但不知如何，这一针倒还真刺不下去了。不料就在他分神的一瞬，她袖底弩箭射出，他极力避开，那箭支也擦着他的眉毛飞过来，险些划破他的眉骨，他应变极快，手一翻就擒住她的手腕，足尖踢出，她被他这一拧，站立不稳，眼看就要摔下河去，他左手一探已经抄住她的腰，堪堪将她拉回来。

她的腰本就细，托在手里，像河边的垂柳一般，灵活、纤巧，她身上的体温透过衣裳，就托在他的掌心里。他心中一荡，一时倒真不舍得放手了。她早就借这一拽站稳了身形，猛然推开他，自顾自扭过头，似是生气了。

他心里也有几分恼恨,说道:"你为了你家公子,就这么不择手段?"顿了顿,又道:"昨天我都看见了,他亲自来接你。"

她道:"那是自然,公子待我,恩重如山。"

他听她提到那人,语气便十分亲昵自然,心中万般不痛快,忽睨了她一眼,道:"若是我告诉你家公子,咱们在一块儿好久,还同吃同住,你说他心中会作何想。"

她虽心性磊落,但到底还是一名少女,数次被迫与他同床共枕,若被旁人得知,自然于她名声有碍,她心中大怒,不知他为何出此言,只见他神色自若,眼神却挪开去,似在掩饰什么,她忽地明白过来,当下也不再生气,反倒突然顽意大起,笑盈盈地道:"殿下不是那样的不义之人。"不待他再说什么,她便故意正色道:"我是公子的侍妾,公子若得知我有失节之疑,我只好自戕以证清白,想来殿下定然不至于逼我至此。"

说完,她头也不回,看也不看他一眼,转身径直朝小白走去。李嶷万万没料到她竟说出这样一句话来,当下如同五雷轰顶一般,耳中嗡嗡作响,只眼睁睁看着她一步步走远,心里很想叫住她再问个明白,但明明自己并没有听错。他恍惚不敢信,只觉得好似又被人踹进了井里,全身冰凉。

他站了这么片刻,她早就骑马走远了,他还失魂落魄地站在那里,只觉得手背温热,转头一看,才知道是自己那匹黑驹,不知何时终于挣断了缰绳,奔到了他身边,正用舌头舔着他的手。

他垂头丧气地牵着马,竟然忘了上马,就那样一直牵着马走回了镇西军军营。

待回到营中，裴源正发急，一见了他，当真如同天上掉下凤凰来，问道："你到哪里去了？为什么一个人都没带？我真怕你被定胜军绑了去。"

他心道，真还不如被定胜军绑了去，但是若真被她绑了自己，定要拿去她那个公子面前邀功，那可真是……现在他想一想此事，便如同万蚁噬心一般，说不出的苦楚。

裴源见他神色有异，忙问道："怎么了？出什么事了？"

李嶷道："虎符在定胜军手里。"说了这句话，他便往椅子中一坐，兀自出神。

裴源呆了一呆，心道哪怕虎符被定胜军抢走，那也不是什么大事，大不了就将建州依约让与定胜军，再说了，建州可比并州易守难攻，况且韩立已被镇西军擒住，当然可以去和定胜军讨价还价，说不得还有商议的余地。为什么他垂头丧气，跟打了大败仗一样？自从出了牢兰关，他们还没打过败仗呢！

当下裴源便打起精神，在那里分析得鞭辟入里，筹划如何遣人，如何与定胜军商议，如何讨价还价，如何替镇西军谋得最大利益，滔滔不绝说了半晌，忽见李嶷在椅中躺倒多时，双眼阖着，呼吸匀称，竟似已经睡着了。

裴源一时急痛攻心，心想自己当真是前世不修，这辈子才不得不侍奉这样恣意妄为的少主啊。正气急败坏之时，忽得有人入帐回禀，正是崔璃派人来要请小裴将军前去饮宴，他心中烦闷，挥了挥手，道:"就随便找个理由婉拒。"

"别啊……"明明看起来睡着了的李嶷,仍躺在椅子上一动不动,但声音清冷,"你去看看他想做什么。"

裴源不由一怔,李嶷仍阖着眼皮装睡,却说:"那个崔璃我见过一面,心术不正,我觉得定胜军若生嫌隙,可从他身上下手。"

裴源一时哭笑不得,忍住一口气,狠狠瞪了李嶷一眼,这才依约前去赴宴。他这一赴宴,真喝得有几分醉意才回来,三更半夜回到军中,闯到李嶷帐中,把他从床上叫醒,问道:"你猜崔璃为什么叫我去喝酒?"

李嶷闻到他浑身酒气,不动声色皱了皱眉毛,问道:"你们喝了多少?"

"七八坛子吧……"裴源打个酒嗝,浑没半分觉察他的嫌弃,反倒就在他床上坐下,还将李嶷的枕头拿了过来垫在身下,舒舒服服靠着,告诉李嶷,"这个崔璃,有他自己一番小算盘,知道我们拿住了韩立,说他可以把虎符弄出来,这样我们既有韩立,又有虎符,要是赚开了建州城,须得给他大大一个好处。"

李嶷早趿了鞋起来,但走了一步,就皱着眉蜷起一只脚,金鸡独立,弯腰拎起那只鞋,磕了磕里头的沙石,这才重新穿好,问:"他要什么好处?"

"他从幽州出来,还没立过功劳呢,所以想立个功劳,在崔倚面前挣一番脸面。"裴源说道,"崔倚就崔琳这么一个儿子,可他体弱多病,全靠药熬着……崔璃着实眼红这份家业,但是崔琳这人打仗是

219

没话说的，定胜军上下，早将他视作少主，崔璃再不做些什么，就没有立锥之地了。"

李嶷想了想崔琳从帐中走出的情形，当真飘然脱俗，如出尘，如凌波，确实，此人身形有几分纤薄，有些天不假年的样子，但定胜军，崔倚，哪一个是好相与的？这崔璃既为崔家子弟，竟生了这样的异心。李嶷不由摇了摇头。

"你摇什么头啊。"裴源明显有些心动，"他们崔家自家兄弟阋墙，咱们静观其变，渔翁得利，不好吗？"

李嶷没好气道："他是崔倚的儿子，你是裴献的儿子，你怎么这么好骗？这崔公子明明是派崔璃来给咱们设圈套，咱们若是中计，就白白替他们定胜军挣得建州城。"

裴源听他这么一喝破，顿时吓得酒都醒了。

李嶷也早就失悔话说得太直，顿了顿道："也不知怎么了，我今日说话冒失了。"裴源却起身，正色道："十七郎，你说得对，是我失察，若不是你一语惊醒梦中人，我险些上了他们的当。"

两人静下心来，谋划一番，决定还是约了那崔公子出来，好好协商建州之事。

于是就定在定胜军与镇西军两军营地中间之处，寻一片开阔山林，会面协商。双方相约不带太多人马，不过百名护卫。军中行事，极是简洁，也并不设什么宴饮，就在林子里草地上铺了几块毡子，大家坐下来谈话便是。

李嶷带着裴源等人先到了，过得片刻，那崔公子也在轻骑护卫下到了。定胜军素镇平卢,平卢及朔北诸府地势开阔,草场丰茂,定胜军的骑兵闻名天下,号称天下骑兵之最。虽是轻骑,但是一色的高头大马,极为神骏,来如疾风,队列齐整,竟如乌云压境一般,虽只百骑,但气势惊人,甲胄鲜明,拱卫着那崔公子而来。那崔公子今日亦如定胜军所有轻骑一般,身着细银甲,骑着那匹高大长蹄的白马,翩然而至。

老鲍便忍不住嘀咕:"这小白脸,真会耍派头,摆排场。"

李嶷心中深以为然,但旋即又泛起一丝淡淡的苦涩,因为看到就在这崔琳身后,就是何校尉。她今日也穿了细银甲,头上盔帽如定胜军众人般垂下一缕红缨,在脸侧被风吹得微微拂动,越发显得眉眼如画。他不愿意多看,又掉转眼神,去细看定胜军的军阵,忽听身后裴源道:"这骑兵,真不愧定胜二字。"

从来打仗,骑兵都是最要紧的,用作冲锋决胜之时,而且只要是地势开阔,骑兵一冲,几乎都可以瞬间扭转战局。所以见了眼前这等训练有素的骑兵,连出身武将世家的裴源,也忍不住露出艳羡之意。

那崔公子却还有礼,距离两百步之外,就已经下令勒住了马,他当先下马,定胜军众人自然尽皆下马,挽住缰绳,待得走近,早有人接过那崔公子手中的缰绳,他便上前见礼。

"倒令殿下久候了。"他仍是那幅彬彬有礼的世家公子气度,更兼身后定胜军着实光鲜,倒衬得一路从牢兰关苦战至此的镇西军诸将士,颇有满面尘土风霜之色。

裴源从来只觉得这崔公子治军出乎意料的不错,至于衣饰精致华美,在他眼中视若无物。而李嶷则很快收敛心神,他知道眼前这个崔公子看着文弱,实则难以对付,所以打起精神来,与他分宾主坐下,商议建州之事。

那崔公子明明头一晚遣崔璃来使诡计,此刻却浑若无事一般,口口声声言道:"殿下是勤王主帅,自然听殿下吩咐。"实际上将攻建州之事,轻轻巧巧,全推给了镇西军。

李嶷素来头疼应付这种人,只觉得万钧力道皆打在棉花上,而裴源昨晚险些上当,此刻憋着气,忽道:"崔公子,咱们有约在先,若得虎符,便有建州;若得韩立,便有并州。如今韩立在我镇西军之手,我们自然该有并州;而虎符既在定胜军之手,当然建州归定胜军所有,这我们是皆无二话的。既无二话,那定胜军攻下建州之后,答应我们借道之事,那也是事先允诺过的。"

那崔公子还未答话,他身侧忽有一人,道:"也就是说,我们定胜军和镇西军一起攻下并州城,但此刻并州归镇西军所有,我们定胜军自去攻建州,若是我们攻下了建州,镇西军还要借道南下,是也不是?"

他话音未落,那崔公子已经斥道:"阿恕,为何如此无礼。"那人面有愧色,拱一拱手,重新退到崔公子身后侍立,但眉眼之间,皆是倨傲,显然心中不服,自然不是不服崔公子,而是不服镇西军。

裴源见他们如此这般,不过作态而已,但如今与定胜军既同为勤王之师,不便就此撕破脸,只得忍住一口气,与他们你来我往,又谈了片刻。李嶷心中明白,今日只怕难谈出个了局来,便道:"崔公子,咱们既都是勤王之师,又有约在先,不如协作,同取建州。"

那崔公子早在他开口说话之时,便已经凝神细听,见他语气客气,当下便也笑道:"但不知如何同取,还请殿下指点。"

当下李巎便出言谋划,如何带着韩立与虎符一起,同去建州,如何分开陈兵,如何掐断建州的后路,如何最终逼降建州,崔公子听他谋划得井井有条,极有章法,心道此人果然极擅用兵,不能小觑。当下李巎便道:"如果能逼降建州,依照前约,建州交由定胜军驻防,但两州屯粮尽为我们镇西军所有,我军要借道建州。"

崔公子听他说要亲自率镇西军为前锋先去建州,便知眼前这位皇孙着实厉害,这一步以退为进,今日自己不得不答允两军协作之事了。当下便拱手为礼:"殿下筹划极佳,定胜军但凭殿下吩咐。"

李巎点一点头,既已谈妥,两下里并无闲话。众人起身,仍旧如同来时一般,分作两队,纷纷认镫上马,准备离去。李巎瞥也不曾瞥那何校尉一眼,却知道是那个名叫桃子的女使拉着缰绳,等她上马。等他驰出数十步,回头望时,定胜军那些轻骑迅疾如风,已然去得远了,只有一片沙尘腾起,再也瞧不清楚。

话说回去的路上,那桃子跟在何校尉身边,过了片刻,也在马上回头望了一眼,只见身后沙尘腾起,早不见镇西军的人马,她这才拉住了马,那何校尉知道她是有话说,便也放缓了缰绳,两人远远落在大队之后,桃子早忍不住,问:"校尉,那个皇孙,今天怎么无精打采的?"

何校尉却微微一笑,并不作答。桃子百般不解,说道:"上一次他到咱们营中来,骄傲得像个小公鸡,今天怎么就跟蒸过的黄花菜一样，蔫了。"

何校尉不禁又是微微一笑，桃子是个爽利的人，也憋不住话："哎，你把簪子都送给他了，公子问起来，你含糊过去了，可别想糊弄我。"这话她忍了好久都没有说，毕竟那支玉簪不同寻常，想必何校尉断不会轻易赠与他人的。上次这位十七皇孙还用这枚玉簪束发呢，这次不知为何，偏生没戴了，难道今日着甲，所以没戴出来？但看着也不像啊，她琢磨来琢磨去，不知其中有什么自己不知道的古怪，忽听得那何校尉低声笑道："我骗他说，我是公子的侍妾，叫他放尊重些。"

桃子万万没想到她竟说出这般话来，当下如同晴天霹雳一般，不知不觉手指一松，马鞭差点掉落，幸得何校尉眼疾手快，手一抄替她将鞭子抄住，塞回她手中，桃子急得话都说不利索了："你……你怎么能拿这种话骗人，他要是当真了呢？他要是在公子面前说漏了嘴呢？"

那何校尉却是满不在乎："他要是当真就当真呗。"顿了一顿，又道："公子面前，他倒不至于提起这话来。"

桃子气得眼前一阵发黑，后来一思忖，说出去的话泼出去的水，覆水难收，这皇孙已经听到了，自己难道还能把他耳朵毒聋了？就算现在把他毒聋了，这话他也早就听见了，无计可施，徒呼奈何。

何校尉见她瞪着自己，却笑眯眯地问："你为什么气成这样？"

桃子痛心疾首，到底只说了半句："你一个姑娘家……"骤然想起她自幼便与这世间诸多女孩儿家不同，千言万语，顿时都噎在了喉

咙里，到底只嘟囔了一句："反正若是教我知道他拿这话在外头瞎嚷嚷，我一定毒哑了他！"

她这话说得十分恨恨，李嶷在驰回的路上，也禁不住被尘土呛着，打了个喷嚏，忽听裴源道："定胜军的轻骑，着实好。"

李嶷见他一脸艳羡之色，便道："定胜军的重骑更好，我听说，崔倚有一支亲率的重骑，连人带马皆着铁甲，箭矢不能伤，冲锋起来，有地动山摇之势。揭硕诸部本来轻骑出色，弓箭厉害，但遇见定胜军的重骑，便只得望风而逃。"

裴源向往不已，说道："先帝曾道，北地边陲，幸有定胜。想必这重骑威武至极，不知几时有幸可以见识一番。"

李嶷不语。自孙靖作乱以来，崔倚态度暧昧，眼下虽同为勤王之师，但将来，还不知道是敌是友。他心中惆怅，自从陷杀庚燎数万大军之后，他心里早生了厌倦之感。古来征战几人回？所谓一将功成万骨枯，名将的功勋，都是尸山血海、血流漂杵换来的，陷杀庚燎那一战，殚精竭虑，以少胜多，战果赫赫，也确实似乎可以彪炳青史，然而终归自己并不喜这般与国朝宿将为敌。想到此处，他不禁喟然长叹一声。

到了晚间时分，他并不与人言语，自己换了衣裳，悄悄就出了大营。他一路潜行，没过多久，就到了定胜军营中。他知道警戒森严，所以耐心伏了很久，直待得夜深人静，这才悄悄往何校尉帐中去。

却说何校尉平日此时已经睡下了，偏生今晚梳洗之后，却拿了卷书在那里读，桃子几次催她，她也并不去睡。最后桃子都困得打呵欠，她反倒劝桃子："你先回去睡吧，左右我把这卷书读完了再睡。"桃子无奈，只得替她剔亮了灯，自归营帐去睡了。

何校尉在灯下又看了片刻，忽然觉得灯影摇动，似乎不知从何处，吹来了一缕夜风，她不动声色，放下书卷，果然，李嶷悄无声息已经出现在帐中，从阴影之中朝她走过来，一直走到灯下，这才伸出手，手中正是那支白玉簪子。被他带着薄茧的手指拿捏着，越发衬得那支簪子如同凝脂一般。他说道："还给你。"

他语气生硬，显然十分不快，此时她忽得心生歉疚，有些懊悔不该那样骗他，可是谁叫他出言轻薄呢？女儿家的心思，总是百转千回的，她一瞬间不作声，也并不伸手去接簪子。他来时就想好了，将簪子放在她帐中就走，但不知为何，一见着她，偏又现身出来，心里其实很盼她能说句话的。帐中一时寂寂，只听到遥远的地方传来一两声金柝声，正是营中巡夜的兵丁。就在两人相对无言的时候，李嶷忽然听到了动静，他原本就警醒过人，只是心中怅然，难免未曾留意。脚步声径直朝这边来，此时她也已经听到了，他本想从帐后离去，又听见帐后亦有巡逻的兵丁走过。正犹豫不决之时，她忽地伸手牵住他的手，他不由一惊，还没想好该不该挣脱，只觉得她柔荑纤纤，又软又暖，就那样握着他的手，一直将他领到屏风之后，她又竖起手指在唇边作噤声之状，明显是示意他藏身这屏风后。他一时无奈，只得眼睁睁看着她转过屏风出去。

她这顶营帐虽称不得华丽，但也颇为阔大，当中放了一扇屏风作为遮挡，屏风后面却是内室陈设，有床铺帐幔之属。他藏身此处，心中十分不安，不知是否还来得及悄悄翻出帐去，正犹豫间，忽见屏风后的衣架上，搭着一件女子的短小轻薄之衣，这件衣裳绣花精巧，样式古怪，并没有衣襟，偏又垂着长短不同两条细细的金链，金链底下又坠着颗白玉珠子，不知是作何用途，他素来不曾见过这种衣裳，不知这是何物，只见远处灯烛透进朦胧的光来，映得那细金链子忽明忽暗。他蓦得想起来初次见面，自己一剑刺向她肩下，"叮"的一声细响。对照眼前之物，如电光火石般，他忽地明白过来，这竟是女子的亵衣，这细细的金链子，想必是绕过颈中，再扣在钮绊里的。彼时他一剑刺出，百思不得其解，以为她衣内还佩着什么金饰，原来那时那一刺是挑断了这亵衣的细金链子，怪不得当时她恼恨无比，抢了自己的丝绦。这么一顿悟，只觉得耳根发热，顿时连耳廓都红了。偏在此时，只闻脚步声连迭，有数人已经进得帐中，他定一定神，只听外间有个熟悉的声音响起，正是那崔公子。

崔公子晚间服了药，睡了一个更次，辗转反侧，到底还是披衣起来，沉吟片刻，忽然唤过阿恕，说道："我总是心绪不宁，走吧，咱们去看看阿萤。"

阿恕知道劝也无用，便服侍着他穿衣，陪着他往何校尉帐中来。果然何校尉也还没睡，见他们来了，笑着迎上来，亲自倒了一盏茶，方才问道："公子为何夤夜至此？"

崔公子含笑道："想到日间与镇西军商议的事，总也睡不着，所以来同你说说话。"他说着话，却似是不经意似的，十分注目她的神情。她却惦着李嶷就在帐后，心中不免隐隐有几分担忧，面上却半点也不显，只是微笑道："皇孙是个说话算话的人，他既然说了要亲自带前锋，那必不会食言的。"

崔公子点一点头，帐中烛火照着他头上的玉冠，却是隐隐的流光溢彩，他道："李嶷此人，为一时俊彦，难得的是，不骄不躁，素有将帅之才，今日他当机立断，便可见一斑。"

何校尉听他如此言道，心想李嶷此刻听见公子对他竟如此赞誉，还不知心中会作何感想。她心思如电，极为灵敏，想着公子在此，还不知会说出什么话来，叫李嶷听去，十分不便，笑道："公子，李嶷虽然狡诈，但眼下咱们大军在此，倒不怕他使出什么诡计来。"当下又与那崔公子，细细研讨了一番建州城外的地形，又谈起日间李嶷对两军协作的提议与布置，便用帐中书卷作沙盘，推演一番。过得片刻，夜间风凉，崔公子忍不住咳嗽数声，她于是劝道："夜已经深了，桃子总说，公子这旧疾最忌劳神，我送公子回大帐歇息吧。"

崔公子虽不觉倦乏，但一看更漏，已经近四更时分，忙起身道："不必送我，我这就回去了。"他颇感歉疚："阿萤，你快些歇息吧，倒扰得你这半夜不曾睡。"她仍起身相送，送到帐外数步，崔公子连声阻止催促，她只得回转来，惦记着后帐藏得有人，忙转入屏风后，只见诸物如故，屏风后却空空如也，原来李嶷不知何时已经走了。她心中不知是喜是忧，心想他素来聪颖，只怕适才已经从自己与公子的对话之中，听出什么端倪。

李嶷从定胜军营中悄无声息的出来，又行得里许，从怀中掏出火镰诸物，燃起火炬来，寻得自己拴在树上的马，驰回镇西军军营。这一路行来，正是夜色最浓黑的时候，天上偏又无星无月，只有他一马一炬，只闻秋风阵阵，手中火炬所缠的松香油脂滴落，火苗烧得哔剥有声，他心中却是十分愉悦，仿佛堵在胸口的一块大石终于被挪走，整个人都松快起来。又过得片刻，漆黑的夜似乎终于透出一点光，有一颗金色的大星，渐渐从天幕上显现出来，天从墨汁般深沉的黑，终于变成了蓝紫色。他沿着河滩驰了片刻，只见芦花如雪，被风吹得浩瀚如海，他索性伫马，在河边停留。芦苇丛里似有大雁被惊醒了，扑腾了两声，又似有鱼跃出水面，但并没有看见什么，大雁仍旧做着美梦吧。他挽着缰绳，控制着胯下不断嘶鸣的黑驹，另一只手不由把火炬高举着，看了看眼前茫茫的江水，忽然想唱歌，大约因为天地辽阔，好似回到了牢兰关上。在牢兰关的时候，放眼望去，满眼都是茫茫戈壁，天高云低，士卒打马放歌，那首歌他到了牢兰关没几天就学会了，因为牢兰关人人都会唱，没事就哼着唱两句，于是他对着江水，就那样轻声哼着唱起来。

"牢兰河水十八湾，第一湾就是那银松滩，银松滩里鱼儿肥，比不上姑娘的眸儿美。

"牢兰河水十八湾，第二湾就是那积玉滩，积玉滩里黄羊壮，比不上姑娘她推开了窗。

"第三湾就是那金沙滩，金沙滩里淘金沙，换给姑娘她打金钗，姑娘她将金钗戴。

"第四湾就是那明月滩，明月滩里映明月，明月好似姑娘的脸，我路过姑娘家门前……"

这首歌原本极长，但牢兰关的大伙儿唱来唱去，总是前面这几句，因为牢兰关全都是军中的大老爷们儿，没有半个女娘，唱到姑娘两个字，自然人人兴高采烈，提着嗓子直着喉咙跟号叫似的吼出来，别说女娘了，只怕戈壁中的母狼听见了都要吓得逃之夭夭。

　　他把这几句哼着唱了好几遍，只觉得自己有点傻气，但这傻里头又带着一种愉悦，连他也不明白自己为何要对着这茫茫河水唱歌，但就是高兴。他伫马在河岸上待了好久，这才重新策马向营中奔去。

　　他归营时已近点卯时分了，营中早升起袅袅的炊烟，想是炊伕在给军中上下烹煮朝食。他打马而归，军中上下也见怪不怪。就是老鲍，一大早起来在马厩中刷马，也正荒腔走板地唱着"牢兰河水十八湾"，一扭头见他牵着马进来，笑嘻嘻地问："大早上的，你去哪儿了？"

　　李嶷道："上河边去了。"

　　老鲍看了看黑驹马蹄上的草屑和露水，斜睨了他一眼，说道："又见那个女娘去了？"

　　他心中喜悦，面上却不免装糊涂："什么女娘？"

　　"定胜军那个何校尉啊。"老鲍冲他挤挤眼，"别装了，看你脸上的笑，都快从心底里冒出来了，他们读书人怎么说的来着？春心……对，春心荡漾！"

　　"胡说八道。"他故意反驳了一句，把马拴好，倒上草料，又提了水来给马饮，这才回营帐预备点卯去。老鲍看着他的背影摇了摇头，突然又提着嗓子吼了一句："银松滩里鱼儿肥，比不上姑娘的眸儿美！"

李嶷头也不回，只装作没听见。

等到点卯之后，回到自己营帐中，李嶷方才从袖中取出那支白玉簪，郑重地重新插进自己的束发里。

待到这日晚间，何校尉又拿了一卷书在那里看，这次桃子终于忍不住问："什么书？你昨天看了，今天还看啊。"

"左右不过是闲书，我瞧着倒有些意思。"她似是随口道，"你早些去睡吧。"

桃子见她如此，便嘱她也早些歇息，自归营帐不提。何校尉在灯下看书又看了约莫一个更次，正是夜深人静的时候，忽然听到有人轻轻咳了一声，她抬头一看，果然是李嶷，笑嘻嘻地站在她面前。她便不紧不慢地问："你怎么又来了？"

他脸上满是笑，往她脸上看了一看，说道："我想了想，还是得来一趟，所以今天就又来了。"

她见他头上正插着那支白玉簪，便指了指那玉簪，说道："你不是说要还给我，现在就还给我吧。"

他摸了摸头上那支白玉簪，却似有几分尴尬，过了片刻，才说道："是我不好，之前不该同你说那样的话。"

他甚少有这般局促不安的时候，一边说着话，一边又忍不住悄悄地望向她，她哼了一声，未置可否。他道："再说了，你难道就没有不对的地方？就算是我言语轻佻，你也不该拿那样的话骗我。"

她冷笑道："我拿什么话骗你了。"

他一时语塞,要把她那句刺心的弥天大谎再重复一遍,他心里是万万不愿意的,当下便道:"你一个姑娘家,怎么好随口拿那样的话骗人,万一叫人听去了,岂不是……"说到这里,忽然想到她在山寨之中,曾经当众自称是自己的爱妾,可见她浑不将世间所谓名节这等小事放在心上,但她说是自己爱妾的时候,当时自己除了惊讶之外,可没觉得有多么不妥,此时想起来,禁不住又是甜蜜,又是烦恼。

他脸色变幻不定,她索性起身,径直走到他面前,朝他摊开手心:"还给我,那簪子乃是我阿娘留给我的,我不能把它留给一个……一个……"说到此处,本来想给他安上轻佻薄幸的名头,但转念一想,那日的口舌是非终究是自己不对更多,当下便不再说下去。

他却怔了怔,明显没想到那支白玉簪如此来历,过了片刻,他才说道:"我那颗珠子——就是在知露堂里,你从我身上抢走的那颗珠子,也是我母亲留给我的。"

她也怔了一下,自欺欺人地扭过头去,帐中一时静悄悄的,只听偶尔"哔剥"一声,是案上的灯芯爆开了灯花。她的手被灯光映衬,仿佛白玉雕琢出来的一般,他心里像有只小蟋蟀伏在那里,痒痒的振着翅膀,很想拉着她的手,说一两句话,但又怕唐突了,只在那里犹豫不决,只听她道:"我就知道,你昨天听我与公子说话,就会猜出来。"

"那可不是?"他不知为何,满面笑容,"其实,你昨天叫我藏在屏风后的时候,我忽然就明白了,你与你家公子不是……不是……"

她不由怔了一怔，他道："如果你真的是，那定然会想法子让我赶紧走，而不是叫我藏起来。"

她不禁心下一叹，心想此人真的是太聪明了，当时自己不假思索的反应，他却从中即刻推测出自己并非公子的侍妾，幸好昨晚公子没说什么要紧的话，不然，只怕会让他起了别的疑心。她转念至此，忽得道："皇孙该走了，夜深人静，瓜田李下，十分不妥。"

他笑嘻嘻地看了她一眼，说道："我才来了片刻，你就赶我走啊？"

她放冷了语气说："我要歇息了，皇孙还是快走吧。"

他虽不知她为何忽然又这般冷淡，但他既然已经知道她并非那崔公子的侍妾，且那晚两人言语，明显只涉公事，可见此二人并无什么私情，心中愉悦，也不作什么计较，说道："那行，我走了。"顿了顿，又说："我的珠子，你可要收好。"

她道："什么珠子，我早就扔了。"

他只是一笑，显然不信，转身而去。她心中烦乱，待他走远之后，这才将书抛在案上，不禁喟然长叹了一声。

第四章 霜降

话说镇西军既与定胜军商议好，便依约开拔。李嶷亲自率军为前锋，为两军之先奔赴建州。崔公子自然率定胜军前来相送，因为此去要逼降建州守军，所以镇西军这支前锋声势极大，把军旗帅旗全都亮了出来。桃子见李嶷骑在一匹极高大神骏的黑马之上，身后旌旗猎猎，一面极大的旗帜上玄底绣金，乃是"平叛大元帅"，另一面玄底赤边，却是"镇西节度使"，然后还有李嶷遥领的诸如"北庭都督""成州刺史"之类的头衔，皆有旗帜鲜明，看得桃子在马上不断撇嘴，说道："成州还不在镇西军手里呢，他就自封成州刺史啦？"见李嶷在旗帜环绕下极是英武，阳光照在他头上，束发冠中却正绾着那支白玉簪，桃子却又忍不住失声问："校尉，怎么他又插戴上了？"

　　何校尉却很沉得住气，任凭桃子吱吱喳喳问个不停，却只是不语。直到李嶷率着前锋大队驰去，路上沙尘滚滚，那些旗帜也簇拥着他渐渐远去，定胜军这才掉转马头回营。

　　两军既然已经相约协作，定胜军也在预备拔营的诸项事物，何校尉回营中收拾一番，桃子却在帐门口探头探脑，她便道："要进来便进来，做这模样做甚？"

桃子笑嘻嘻走进来，手里却拿着两个橘子，这是极稀罕的物件，北地不产此物，不知她从何得来这两个金灿灿的大橘子。桃子剥了一个，细心地撕去橘瓣外细绵的白络，这才将橘瓣送进何校尉的嘴里，问道："甜吗？"

何校尉点了点头，入口冰润清甜，确实是上好的橘子，她不由问："哪里来的？"

桃子也尝了一瓣，说道："这说来就话长了，不过，还得感谢校尉你。"

何校尉素来聪颖，但也猜不出她为何要感谢自己。桃子扑哧一笑，说道："要不是校尉你写信，哪里来的这橘子。"又问："谢长耳，就是给李皇孙送信的那个家伙，你知道吗？"

何校尉点了点头，她素来擅于谋算，精于记忆，几乎过目不忘，谢长耳那个人经常跟在李嶷身边，她见过数次，自然印象深刻。

上次谢长耳来替李嶷传话，桃子给了他一根青蔗，此人是个老实人，觉得友军之赠，必要回馈才好。偏那顾氏得了李嶷的救命之恩，感念不已，听说镇西军缺粮，当下那顾婉娘便做主，将并州顾家的粮仓及乡下田庄里的粮食全都收拢，准备一并给镇西军送来。恰逢顾家一个在江南道做官的子弟回并州省亲，带回来几大篓极好的柑橘，此物在南方殊为寻常，在北地却是极稀罕名贵的时鲜，顾婉娘又选了最上尖的两篓柑橘，和着那几百担粮食，亲自一并送到李嶷军营中。诸

237

人见到粮食，自然感激不已，虽然几百担粮食对大军而言，不过杯水车薪，但众人深感顾氏雪中送炭，也因此，这两篓柑橘，李嶷不便推脱，只得收下。但镇西军的旧例，这种东西，都是全军上下分食，说起来每人差不多也就能吃一瓣半瓣罢了。李嶷哪操这些心，手一挥交给裴源去分发众人，谢长耳想着此物稀罕，厚着脸皮向裴源说明原委，讨要了整整两个大橘子，巴巴儿送到桃子这里来，以谢她的青蔗。

桃子一边吃着橘子，一边又跟何校尉说："我问了谢长耳，既然是顾六娘亲自带人送来的橘子，那这位顾家六小姐，长得什么样啊？谢长耳那个呆子，吭哧吭哧想了半天，才憋出来一句，说长得像庙里的菩萨娘娘，哎哟，把我肚子都笑疼了。"

何校尉想了一想当时船上的情形，说道："那位顾六娘，长得眉目如画，确实挺好看的。"

桃子吃惊："你什么时候见过她？"

她却不愿意答了，自顾自吃着橘子，说道："人家送来的橘子，咱们吃了，还议论人家样貌，不应该。"

桃子说："她又不是送给咱们吃的，要说承人情，我也只承谢长耳的人情。"话音未落，她自己已经明白说错了话，果然何校尉笑眯眯地看着她，似乎在说，这就承上人情啦？

她们二人自幼一起长大，情同姐妹，饶是如此，桃子也禁不住耳下一热，红晕一直涌到脸上，嗔道："你说什么呀？"

"我什么也没说呀。"何校尉虽然年纪与她相仿，但素来却是很稳重的，这时候偏促狭起来，"他把橘子给你，没留什么话？"

桃子故作满不在乎，说道："能留什么话呀，一个呆子，把橘子往我手里一塞，磕磕巴巴说给我吃的，掉转马头就跑了，跟逃似的，说要跟李皇孙开拔了，怕误了时辰。"

何校尉想到适才李嶷的样子，他在军前总是很威严的，大概是年纪太轻，所以一副老成持重的模样，其实谁会知道他还有局促不安的时候呢，不过，他局促不安的时候，倒是挺有趣的。她又掂了瓣橘子送进嘴里，橘瓤入口迸出汁水，甚是清甜，她不禁微笑起来。

前锋既行，镇西军与定胜军便依约携带韩立与虎符，一起兵临建州城下，又按照李嶷的排布，另遣兵马，掐断了建州的后路，建州郡守见此情形，困守了数日，最终还是煎熬不住，大开城门，出城降了。自此并不费一兵一卒，便取得了建州。镇西军依约将建州城交由定胜军驻守，只取城中粮草。

到了此刻，李嶷才知道上当，原来建州城中，并无多少粮草，盖因就在半月前，建州粮草悉数被洛阳刺史符元儿调走。就算加上并州城里的粮草，也不过勉强敷用李嶷这一支人马，更别提支援裴献的大军了。

巧妇难为无米之炊，李嶷喟然长叹。当下与裴源商议再三，决定还是借道建州，过并南关，直奔洛水而去，牵制孙靖诸部，以缓陇西之侧，裴献所受诸军逼迫威压之势。

裴源道："落霞谷天险，若是借道，万一定胜军在谷口埋伏，咱们岂不是处境糟糕？"

李嶷摇头道："崔琳不是那样的人。"又道："他若是想行此大逆不道之事，就不会打着勤王的旗号了。崔家的人，既要脸面，还要实惠。"

"奸猾得很。"裴源恨恨地评价。

定胜军中获知镇西军要借道南下的消息，也自有一番议论。崔公子沉吟半晌，道："算起来李嶷只有七千余众，老弱残兵，外加那些明岱山上的土匪，不成什么气候。若是在落霞谷伏下五千精兵，可以将他这支人马全部葬送在并南关。"

何校尉却神色自若，说道："公子不是那般的人。"

"哦？"崔谷子在帐中也披着氅衣，接过桃子递上的药碗，喝了一口药汁，想是极苦，眉头微微一皱，"你为何如此断言？"

"公子既出幽州勤王，哪怕对天家略有几分微词，但还是愿意坦荡而战，并不会做此等小人行径。"

崔公子听她这般说，端着药碗如饮酒般一饮而尽，方才笑道："不错。"

他有他的骄傲，就算是要逐鹿中原，那么也应该在沙场上堂堂正正击败对手，而不是这般背信弃义偷袭友军。

"而且，"她不徐不疾地说道，"公子大约也想陈兵洛水，与那符元儿一较高下。"

"是的。"他点点头，"符元儿当世名将，我还挺想见识一番。"

镇西军既然借道，他便率着定胜军于并南关前相送，但见镇西军虽非精锐，但士气极高，便是伤兵，也执锐肃然，从险要的关隘下昂然而过,虽只数千人,但军容整肃,鸦雀无声。定胜军上下亦是心生敬佩,目送镇西军这支人马走远。

那崔公子站在关隘上极目望去,只见镇西军渐行渐远,渐渐人马如蚁,慢慢化为了细小的黑点。他立得久了,关隘之上风大,吹得旌旗猎猎,他不由咳嗽两声,桃子早就拿了披风来,替他披上,他兀自沉吟,忽见何校尉上得关隘来,见她神情,便知有事,于是问道:"怎么了?"

"刚刚接到飞鸽密报,裴献所率大军,大败成州守军。"她的声音似带了秋风些微的凉意,他不由得一怔,旋即微微喟叹:"那裴献已经逼近陇右了。"

她便点一点头,两人自幼一起长大,默契自然是有的,不待她再说什么,他便道:"那我们也出并南关吧,与李嶷会师洛水之畔。"

他直呼李嶷其名,显得并不客气,但奇异的是,他心中还是非常尊重这位皇孙,少年人的惺惺相惜也好,临危不乱的敬佩也罢,既然兵出幽州,那么天下这一盘棋局,崔家已经决然落子。如今这局势,自然是要追上李嶷,与他同时陈兵洛水,逼迫东都,如此,方才能不落下风。

孙靖终究是沉得住气的,盖因洛阳既为东都,易守难攻,而且洛阳刺史不是别人,正是孙靖最为得意的部将符元儿。此人虽是胡人,但六七岁时便被掳为奴隶——彼时孙靖的父亲还在柘厥关,就花百来钱买了这碧眼的小奴隶,带回家给孙靖做马僮,因为这胡儿满嘴胡语,总是咈咈有声,问起家乡来历,也一概不知,就此给他取了个名字叫符元儿。这符元儿长大了，中原话早说得流利，但胡人脾性不改，极嗜酒肉，力大无比。后来孙靖从军，身边只带了他，他勇武异常，打仗的时候冲得太猛，好几次幸有孙靖救他性命，几番出生入死，已经是领兵的大将。先帝召见，他就在御阶前吃了大半只烤羊，抹了抹嘴角的油，扛起画戟来，舞得呼呼有声。先帝喜他鲁直可爱，连声赞这碧眼的胡儿勇武，还将他擢到禁军来做首领。哪知这碧眼的胡儿貌似鲁直，实则粗中有细，心中极有城府，后来孙靖谋反，也是此人拿捏了禁军才能成事。

这般心腹大将，有他在洛阳为刺史，镇守东都，孙靖对李嶷率着几千人兵临洛水，自然不屑一顾，反倒更瞩目逼近陇右的裴献，亲自调配了兵马，去应对那棘手之至的裴大将军。

李嶷率军驻扎在洛水之侧，定胜军的大军在那崔公子的率领之下，亦到了洛水之侧，两军遥遥相望，相距不远。李嶷明知道那崔公子打的什么算盘，却也决定将计就计——他所率兵丁不多，这定胜军来了，正好壮一壮勤王之师的声势，虽然难以撼动洛阳和洛阳城中的符元儿，但有这数万人马在洛水之侧，和没有这数万人马在洛水之侧，自然是绝不相同的。

裴源看到定胜军出并南关追上来，自然忍不住嘀咕："这是捡便宜捡惯了，还想跟在我们后头捡便宜呢？"

李嶷在暖洋洋的太阳底下，拿着根针，缝着底子都快掉了的鞋，说道："洛阳哪称得上便宜。符元儿对孙靖忠心耿耿，还特别能打仗，劝降都没法劝，就我们和定胜军这些人马加起来，也围攻不了洛阳,依我看,洛阳哪里算便宜,硬骨头差不多。"

两人正说着话,忽报洛阳城中遣使前来,李嶷和裴源对望一眼,李嶷便道:"我去见吧。"

当下"小裴将军"亲自接见了洛阳来使,而真正的裴源扮作副将,侍立在他身后。只见那使节五十余岁年纪,双目炯炯,竟生得一双碧眼,鹰鼻薄唇,样貌甚是奇特。李嶷心中一惊,连忙起身相迎:"符公竟然孤身来此,果真好气魄。"

符元儿目光如刀锋般,在他脸上一绕,上前叉手行礼,笑道:"殿下过奖,符某无他,唯胆壮尔。"

原来这使节并不是别人,正是符元儿本人,他一眼便识破了李嶷的身份,又看了一眼裴源,说道:"你必是裴献的小儿子吧。你和你爹一样,长着一副老实面孔,心里却盘算着鬼主意。想当年我和你爹一起领兵征伐屹罗的时候,你还在吃奶呢。"

裴源不由得苦笑一声,符元儿这种名将,论资历都已经快要和裴献不相上下,这般话语,也确实只有他说得出来。

李嶷笑道:"符公十几年前征伐屹罗,单枪匹马连闯王帐,取下屹罗王首级,彼时李嶷年幼,是当故事听的。如今得见真人,方知符公神勇,确如故事一般。"

符元儿摆了摆手,说道:"老啦,不提当年勇。眼下十七郎和崔家公子都在洛水边,当真是少年英杰辈出。"

李嶷不卑不亢,道:"前辈面前,何敢谈英杰二字?"

符元儿大笑道:"我出城的时候,众部将惊疑不已,说我这样貌实在招眼，人望便知我是符元儿，若是扣押了我，徒呼奈何。我说道，李十七慷慨少年，虽是小儿，必不至行此等事，今日一见，果然如此。"

李嶷见他拿话来拘住了自己，只得苦笑："前辈谬赞了。"

符元儿笑道："你也知道，扣押了我亦是无用，你是个聪明人，必然不会办这种蠢事。但是镇西军和崔家军在建州的事体，符某都听说了，你怎么就心甘情愿，吃这么大的闷亏？"

李嶷问："符公这是替晚辈打抱不平来了？"

符元儿哈哈大笑："符某是个胡儿，一辈子不会拐弯抹角，就直说了，韩立既是殿下所获，建州之降，也因为殿下之故，为何不一同将建州收入囊中，反倒让崔家占了偌大便宜？"

李嶷道："我镇西军不似定胜军财大气粗，只能拿建州换了粮草，也是无可奈何。"

符元儿点了点头："原来如此，殿下就不想以牙还牙，将崔家的粮草辎重都夺过来？"

李嶷双目直视符元儿，说道："符公怕是忘了我为何兵临洛水？"

符元儿道："崔家虽也自称勤王之师，但殿下难道不明白，崔家打的是什么算盘？如今观这天下大势，崔家隐隐已经有与殿下分庭抗礼之势，眼下镇西军缺少粮草，人倦马乏，若硬攻洛阳，不过徒然替崔家定胜军做嫁衣。"

李嶷笑道："世人皆道符公勇猛无俦，没想到这离间计亦使得高明。"

符元儿却是诚恳得很:"虽是离间,也是实情。殿下此刻不出手,难道要放任崔倚势大,一路坐收渔翁之利,终成心腹之患?难道他崔倚,就比孙大都督更好相与?"

李嶷神色凝重,问道:"符公想要什么,不妨直说罢。"

符元儿道:"眼下两军压境,符某深受大都督私恩,大都督命我镇守洛阳,我必定竭尽全力守住洛阳。以殿下如今的兵力,想要攻破洛阳绝非易事,不若出其不意,击溃崔子所率的这支定胜军,一旦事成,符某即刻奉上城内万担粮草。接下来镇西军只要绕城而过,符某绝不阻拦,如此,符某与殿下,皆可两全。"

李嶷脸上神色不变,说道:"符公还是在使离间计。"

符元儿道:"殿下不妨好好想想,是将崔子这般狼子野心,揿灭于萌芽之态更佳;还是苦战洛阳,将镇西军元气大伤,令崔子势大不能遏更佳,想好了,再给我答复亦不迟。"

李嶷点了点头,符元儿见话已经说毕,便道:"我已命人准备了一百车粮草,今夜便会送至此处,算是此行对殿下的赠礼。"

李嶷知道他这是离间计,佯作诚恳,但无可奈何,这也算得是阳谋,于是也客气地道:"如此,便先谢过了。"

那符元儿本已经走到大帐门口,忽得又转身,一双碧眼湛湛,上下打量了一番裴源,方才道:"你很好,替你阿爷高兴。"

说罢,再不回头,大踏步出帐而去。

桃子在营中正捡点药材,忽闻得定胜军中有人寻她,出来一看,正是那谢长耳。他牵着马,站在深秋的阳光下,身形越发显得高大,见她走过来,他咧开嘴便笑了,从马背上解下一个袋子递给她,里面却是洗得干干净净的一袋荸荠,每个圆滚滚的,虽然比棋子大不了多少,但看着红亮可爱,她不由问:"这又是那位顾小姐送的?"

谢长耳吓了一跳,连忙摆手,说道:"不是不是,顾小姐早就回京了,这是我自己得闲了去水边摸的,给你做零嘴儿。"

自从认识了桃子,他才知道,姑娘家原来是要吃零嘴儿的,尤其桃子,晒药材的时候,她还会拈一块首乌桃仁什么的喂进嘴里,她那里也有无数稀奇古怪的好吃的,有时候她嫌弃地扔给他一块茯苓糕,说:"做得太甜了。"他左看右看,只觉得那糕点精巧无比,爱若珍宝般接过去,小心翼翼地咬一口,十分不解:"挺好吃啊。"她便大大地翻他一个白眼,似乎在嘲讽他吃不出什么好风味来,如同牛嚼牡丹。

这次他来,没想到先给自己一袋荸荠,她拈了一个尝了尝,淘洗得十分干净,并没有半点泥沙,入口清脆,她问:"你来做什么?"谢长耳说:"十七郎有信给何校尉,我就讨了这跑腿的差事,正好把荸荠拿来给你。"

她接过信,就转身拿去给何校尉看,一边吃着荸荠,一边问:"皇孙说什么?"

"说要面谈。"何校尉扫了一眼信上的字,匆匆又叠成一个方胜,随手放进自己的妆盒里。桃子不由道:"我觉得皇孙这人不行。"

"怎么不行?"

"谢长耳还知道给我捎一袋荸荠来呢。"桃子说,"他就只知道写封信给你,两手空空,啥也不送。"

何校尉不由扑哧一笑。待见了面,果然李嶷两手空空,就站在一株大柳树下等她,她心里也不知怎么想的,脱口问:"殿下怎么两手空空就来了?"

李嶷已经颇有些时日没有见到她了,见她换了深秋的妆束,天气还不算冷,所以只穿了夹衣,腰背纤细,笑语吟吟,气色倒是颇佳。他被她这一问可问住了,怔了一下,方笑道:"上次给你买糖糕,你说一块糖糕便要换并州,是我算计得太精,我怕再拿了什么来,你又要说,这点物什就要换取洛阳,我算计得太精明了。"

当下将符元儿亲至营中,正大光明使离间计之事,源源本本都说了。她听完沉吟问道:"那殿下的意思,是打算为了粮草,反戈击我定胜军了?"

李嶷道:"那可不一定,我也得听听你的意思,万一定胜军给出的粮草更多,咱们还是可以一起去围攻洛阳的。"

她点了点头:"殿下还是这般坦荡,我也就放心了。"

他叹了口气,说道:"打又打不过,围也围不了,这洛阳,实在是硌牙得很,我还不如看看两边开出的价码,有了粮草,我不论是返身去和裴大将军会合,还是绕洛水而下,两相便宜。"

她斜睨了他一眼:"我定胜军在此有数万之众,殿下就不怕我反过来与符元儿谈妥,内外夹击,把殿下这支镇西军殄灭,从此我们公子自立为王?"

李嶷闻言，皱眉道："我还从未与你家公子对阵，要打一场，方才知道胜负。"

她问："那打一场？"

他点点头："必须打一场。"

"行，"她声音清脆，"殿下数次以少胜多，尤其里泊陷杀庾燎那一战，震动天下，使孙贼色变。此番殿下又是以少迎多，我定胜军上下，拭目以待。"

李嶷苦笑道："我必尽全力。"

"那是自然，我定胜军也必尽全力。"

两个人郑重其事地说完，她转身就要走，他偏叫住她："等等。"她疑惑地转身，他探手摘了一大把柳枝在手里，也不知如何操弄，翻折数次，又将枝叶劈开穿过，最后折出来一个风车，一吹就骨碌碌地转动。那柳枝柔软，风车并不十分浑圆，但枝条上还带着几片叶子，随着转动，倒是十分好看。

他将风车递给她："给你的，免得你说我两手空空。"

她嗔怪似的看了他一眼，到底还是把风车接过去，对着吹了口气，那柳叶风车就骨碌碌转动起来。她上马离去，就将那风车插在辔头边，小白蹄快步轻，那风车便被吹得转动不已，她的心也像风车一样，轻快地转起来，带着微微眩晕似的愉悦。一直回到营中，她把风车摘下来，插在自己妆盒边。他就是有这样的巧思，随手就能做出这样精巧可爱的物件，这个人呐，讨厌有讨厌的地方，但是有趣倒也颇多有趣的地方。

到了晚上，桃子进进出出，斜眼看了那风车总有十万八千遍吧，终于忍不住问："他送的？"

她却似是漫不经心："你说谁？"

"别装啦，"桃子挤在书案前，就在她身边咬耳朵似的窃窃私语，"这个人手蛮巧的，反正比送荸荠有意思。"

她忍不住扑哧一笑，说道："人家送你吃的，这叫投其所好；你呢收了吃的，也是人家心意，怎么忽然就见异思迁了。"

"我这是羡慕，"桃子左右端详着那风车，说道，"这么巧的手，不去做木匠，偏去做皇孙，可惜了。"

李嶷自不知桃子这番感叹议论。他回去之后，便即向洛阳遣出快马，回复符元儿，说经过深思熟虑，最终还是答允符元儿的提议，他若回身突袭崔琳击溃定胜军，符元儿便依约送出粮草，并允许他渡过洛水南下。

符元儿并没有回信，只是派人痛快地又给他送来了三百担粮草，外加美酒数坛，说道自己温酒以待，观皇孙殿下大胜。

李嶷召集诸将，说要突袭崔家定胜军，众人面面相觑，道："这如何使得。"

"而且敌数倍于我。"

七嘴八舌，议论不止。

李嶷道："所以只能突袭，不能蛮干。"当下将自己的谋划说出来。众人听了他的计策，不由又是好气，又是好笑，但仔细思量，却觉得颇为可行，于是商议既定，依计而行。

当下裴源去请崔璃喝酒，只说感谢上次崔璃相请。两人喝得酩酊大醉，裴源突然翻脸，说上次崔璃故意陷害于他，若不是自己机警便险些中计，当下便将崔璃一脚踹翻在地，埋伏好的镇西军一拥而上，将崔璃的从人都绑了，将崔璃也绑了。老鲍等人早就看定胜军诸人百般不顺眼，此刻老鲍便将崔璃嘴里塞上两个麻核，把他捆成个粽子，扔到马棚里让北风吹了一夜。

崔璃一夜未归，第二日崔公子亲自遣人来问，李嶷这才知道手底下人干出这么冒失的事来，便责令裴源赶紧将崔璃放了，好生送回定胜军营中。裴源无可奈何，只得答应，亲自送崔璃回营，那崔璃早气得一佛出世二佛升天，一进了定胜军辕门，便大喝一声："把他拿下！"

当下把裴源及诸人全都绑了，崔璃恨得牙痒痒，说道："今日不叫你在马棚里吹一夜北风，也枉我姓崔！"便依照原样，将裴源及诸人捆得跟粽子一样，嘴里塞了麻核，扔进了马棚。

桃子听说闹得这般，还专程去马棚边上瞧了一回热闹，回来眉飞色舞地讲给何校尉听，说道："哇，没想到谢长耳也被捆了，他耳朵大，嘴却不大，两个麻核塞得满满的，连支吾之声也发不出来，偏他又腿长，只能把他塞在马棚角落里，哎，万一被马踹了，那可痛了。"

何校尉见她脸上神色，不由问："那你是希望他被马踢呢，还是不希望他被马踢呢？"

桃子想了半晌，终究还是纠结不定："我没想好。"

话是这样说，半夜里李嶷带着人突袭定胜军大营，马棚中的诸人早解开了束缚，与李嶷所率大队里应外合，直闹了个天翻地覆，还放火烧营。但见火光冲天，在黑夜中格外显眼，只怕洛阳城中都遥遥可以望见。

　　何校尉怒道："袭营就袭营，竟然还放火，罪不可恕。"当下拿了剑便出了营帐，只见各处战作一团，喊杀声震天，乒乒乓乓打得煞是热闹。老鲍等人拿着火箭乱射，一箭差点就射中她，她一闪身躲过去，四下一张望，便瞧明白了，扭头就朝南去，果然没多久就看见李嶷，他身形高大，火光中甚是显眼，她闯上去就是一剑，直刺他咽喉。他听见疾风破空之声，看也不看，回手就是一剑，正架住她的剑，她不待招式用老，手腕一抖就又斜刺出去，他再次架住，这次可算是回头了，见是她，笑嘻嘻地道："出招这么狠，上来就想要我的命，我就知道，除了你，再没旁人了。"

　　她喝道："你是来袭营的，打就打，少废话！"唰唰又刺出数剑，他一一招架住了，却道："你们公子呢？遇见袭营叫你一个女郎出来迎敌，怎么不见他？"又道："听说你们公子上阵总戴着面具，但作战极是英勇，今天我都来袭营了，他怎么不出来让我见识一番？"

　　她冷笑道："收拾你这样的宵小，还不用惊动我们公子。"当下剑锋一抖，手中利剑宛如游龙一般，刺、挑、劈、剔、剜……剑芒吞吐，半分也不曾容情，每一招都使得狠辣，虽是如此，但他皆一一招架住了，甚是从容，竟还好整以暇。

她本来心中有一股气，但斗得稍久，气力不济，到底叫他窥见破绽，一剑便向她刺来，她招架稍慢，勉力格挡，身子一偏，剑尖竟朝她胸口滑去。他唯恐真伤到她，极力想要回剑，却不想她大约力竭，一个踉跄，竟然朝他剑锋上撞过来，他大惊失色，回剑不及，只能侧身用肩膀将她挡开。偏巧此刻陈醒看见校尉遇险，心中发急，当下拎起长枪，一枪便向李嶷腰间扎去。李嶷虽然堪堪撞开了何校尉，陈醒枪尖却已经刺破李嶷腰间的衣裳，李嶷应变虽快，翻身闪避，那长枪仍将他腿上划了一道口子，血瞬间流了出来。

这下子事起突然，见李嶷受伤，何校尉不由一怔，连陈醒也是一怔，李嶷反倒浑若无事，转头瞧见桃子将何校尉扶起，知道她并未受伤，心下大定，笑道：“好厉害的枪法。”说完执剑上前，只不过两三招内就逼得陈醒长枪脱手。李嶷再不理睬陈醒，认准了方位，径直朝着那崔公子所在的中军大帐而去。何校尉本来心下内疚，见他往中军大帐而去，忙跟上去，喝道：“你要做什么？”

李嶷不答，她硬着头皮又向他一剑刺去，他回手招架住，却是不徐不疾地道：“都打成这样了，你们家公子还稳如泰山，我实在是想见识一番。”

她心中虽然急恼，但转念一想，忽然上前，闷不作声便扯住他的衣袖，他回剑便刺，本想迫她撒手，却不料她想也不想，伸手就握住了他的手，他不由得一怔，她说道：“你的伤要不要紧，我帐中有上好的伤药，还是先去上药吧。”

他被她这一握，不知为何，连耳根都发热起来，一时也不好说不去，但是要说去吧，似乎也甚是不妥，正僵持间，只见黄有义等人，举着火把，咋咋呼呼，与定胜军数人，一边乒乒乓乓打着，一边就朝这边奔过来。她连忙撒手，偏那黄有义等人一见了是李嶷，喜不自胜朝这边来了，一边跑一边还喊："十七郎，你看我们放火！"说着就手就把旁边一顶帐篷点燃了。

何校尉大怒，正待要去好好教训一下黄有义，却听李嶷"哎哟"了一声，似乎满面痛苦之色，那黄有义等人已经冲到近前，一看到李嶷腿上竟然有伤，也尽皆哗然，七手八脚，抬了李嶷就跑。唯有那钱有道甚是机灵，见何校尉站在一旁，顿时喜出望外，忙道："阿嫂，真是好久不见！我护着你杀出去，这些定胜军太扎手了，连皇孙这么大本事他们都能伤到他。"

她又气又好笑，喝道："谁是你阿嫂！"举起剑便向钱有道刺去，钱有道这才发现她身上穿的竟是定胜军的服色，心下大感，连忙狼狈不堪地转身逃开。

喧闹了这么一整夜，待得第二日天明时分，洛阳城中便得了消息。李嶷趁夜袭击定胜军大营，大获全胜，定胜军被火烧连营，折损甚多，被迫撤往洛水上游数十里，才重新扎营。而李嶷本人在袭营时身负有伤，幸而伤势并不算严重。既然镇西军袭营，当然是与定胜军彻底撕破脸了。

待得下午时，李嶷遣裴源进了洛阳去面见符元儿，言道："符公所托，幸不相负。"

那符元儿倒也干脆，立时便道给他三日，三日内他一定把粮草凑齐了给镇西军送去。裴源也不相疑，拱了拱手便打马回营。

李嶷腿上只是浅浅的伤到皮肉，但包扎得甚是吓人，里三层外三层，乍一看去，好似受了什么骇人的重伤一般，连十里八乡的外伤大夫都被征召来了。但李嶷也不用他们看伤势，只将他们扣在营中，不让他们回去，放出去的风声却是遮遮掩掩，叫人疑心他伤势十分严重。

话说符元儿自在洛阳城中调配粮草准备给镇西军送去，却有一人径直闯进堂上来，斥道："符元儿，你既为洛阳刺史，为何便要资敌？"

符元儿抬起碧眼一看，闯进堂来的不是别人，正是孙靖的内弟，魏国夫人的胞弟袁鲜。袁氏本为陈郡郡望，多有子侄在军中，孙靖发动宫变，也颇得袁氏襄助。袁鲜这一支，久居洛阳。袁鲜虽是魏国夫人的亲弟弟，又是这一支的长子，孙靖却素来知道这位内弟才干有限，所以并未授以实权，亦不命他领兵，只是给了郑国公的封邑，让他做一个富贵闲人罢了。

偏这洛阳城中，诸多世家，隐隐以袁氏为首，见孙靖派了符元儿来镇守洛阳，自然百般瞧不上符元儿一个胡人。袁鲜虽然没什么才干，但对孙靖特意派符元儿来做洛阳刺史，也是空前不满。何况那些狐朋狗友，又在他面前嘲弄挑拨。嘲弄者自不必说，挑拨者亦是别有用心，言道："大都督既封了你作郑国公，那是将东都托付与你，怎么又另派了个胡儿来做刺史？这胡儿定然是个奸佞，不知怎么诳骗了大都督。"

听得袁鲜不由大怒，又想到西长京中，自家阿姊写了信来，言词幽怨，说道孙靖自宫变之后，宠幸前太子妃萧氏，对自己颇多冷遇。他思来想去，觉得孙靖还是并未将袁氏阖族放在眼里，不说别的，镇守洛阳这般要紧的军事，洛阳刺史这样要紧的职衔，若是给了旁的名门亲贵倒也罢了，竟然轻易给了个曾是奴隶的胡儿，这可不是大大的不将袁氏放在眼里吗？

他心里憋着一股气，自从符元儿到了洛阳，便横挑鼻子竖挑眼。符元儿虽是行伍出身，但为人粗中有细，知道这是孙靖的妻弟，袁鲜每每过府，他便称病避开，避免与袁鲜起冲突，倒气得这袁鲜越发以为他恃兵张狂，不将自家放在眼里。

这日，符元儿调配军粮，这么大的动静，自瞒不住别人，袁鲜听说符元儿竟然要将万担粮草给那李嶷送去，不由勃然大怒，闯进刺史府质问符元儿。

符元儿见他发急，却是不紧不慢，先命人给袁鲜奉茶，然后这才细细与袁鲜分说。

"国公，"符元儿叉手行礼，说道，"这粮草不过是诱敌之计罢了。"

原来符元儿早在甘冒奇险出城之际，便谋算清楚。若是能说动李嶷去攻崔家定胜军，自然大大有益，若是无法说动，他自坚守城池便是。李嶷虽去袭营，但定胜军伤亡不明，他便要了三日筹备粮草，一来拖延时日，二来到时自会遣精兵出城送粮，杀李嶷一个措手不及。

"李嶷不过七千余众，"符元儿道，"又非精兵，他的营地我看过了，虽有颇多可取之处，但他便是神仙，也奈不住敌众我寡。我的精兵，比他那几千老弱，还是要强上几分的。"

郑国公闻言大喜，当下也不质问了，那符元儿又道："此事是极要紧的机密大事，本当亲往国公府上，面禀国公，但彼时敌情未明，符某便忍了一忍，今日国公既然亲至，那便当与国公分说清楚，好令国公知晓。"

他这几句话，说得又熨帖又妥当，还客客气气，真拿郑国公当作上司的模样，袁鲜心下不由十分舒坦，点了点头，笑道："事涉机密，你事先不说，也是应当的。"

当下符元儿亲自送出府门，看着郑国公上马离去，这才回转。他心中烦恼，不免喟然长叹，身边亲信的郎将便劝道："将军，如此机密，何必语之外人。"

符元儿又叹了口气，说道："他可不是外人，他是大都督的内弟，若不分说清楚，他闹得不可开交，徒增烦恼。"

当下符元儿继续调配精兵，伪作送粮准备突袭不题。李嶷在镇西军营中只歇了半日，忽然谢长耳进来，支支吾吾地说道："十七郎，定胜军派了个人来，你见还是不见？"

李嶷还以为是桃子，以为何校尉有信传来，忙道快请。待得那人进来，穿着营中民伕服色，身形修长苗条，正是何校尉，他心中一喜，谢长耳连忙出去，好让他们说话。

她虽然乔装前来，倒也落落大方，看了一眼他腿上绑得里三层外三层的绷带，却是嗤之以鼻："皇孙这也未免太作态了。"

"我都伤成这样了,"他不满地嘀咕,"也没见你送瓶金创药来。"

"皇孙就不怕我在金创药里下毒吗?"她瞪了他一眼,"再说了,你星夜袭营,还放火,才受这点小伤,叫我说,那是活该。"

他苦笑一声,她却就在榻前坐下了,问他:"再过两日,符元儿若是守约,就该把粮草送出城来了。"

他微微叹了口气,问道:"定胜军是想要一半吗?"

她明眸皓齿,笑起来格外动人,说道:"那大可不必,毕竟镇西军久乏粮草,我们定胜军要有友爱之心,这次就全归镇西军所有好了。"

他悻悻地道:"也没见你之前有什么友爱之心。"抱怨归抱怨,当下还是取了沙盘来,细细研判。说完了军事,他忽地问:"你们公子,这次会不会亲自上阵?"

"这点小事,哪用劳得我们公子。"她漫不经意地说道,"遣一将为前锋就够了。"

他被噎了一噎,说道:"我都受伤了,还得亲自领兵前去。"

"谁让镇西军缺粮呢。"她狡黠一笑,看着时辰已经不早,起身便欲离去。李嶷急着起身相送,不想碰倒了榻前的拐杖,其实他压根就用不着那根拐杖,不过是放在榻前做个样子罢了,但拐杖落地"啪嗒"一响,他忽然灵机一动,只作站立不稳,身形晃了晃。果然她一回头见他趔趄,不假思索伸手就搀住了他。他只觉柔荑纤纤,扶住了自己的胳膊,她的手又轻又暖,身上又有一股幽香,中人欲醉。

两人视线相触,她忽然就明白他是故意的,当下不动声色,只作不知，弯腰拾起拐杖，突然就以杖为剑，朝他腿上刺去，他倒是不慌不忙，手一探就捏住了杖头，她却撒手就将拐杖往前一送，指尖银针脱手，逼得他不能不闪避。

"喂！"他躲得不算狼狈，却甚是不满，"明儿还要去接粮呢，你此时刺昏了我，误事怎么办！"

"你这样的狡猾奸险之徒，就该刺昏了才是。"话是这么说，她气恨恨收了针袋，转身离去。

还是半分也不肯相让啊！他怅然地想。

话说那郑国公袁鲜，自知道符元儿定下这般突袭妙计，喜不自胜，在家中与几位要好的亲友宴饮，这几名要好的朋友，皆是城中世家子弟，与袁氏世代通婚，亲密无间，也是他视作心腹之人。

那些人最擅察言观色，见他高兴，便吹捧了一番，又拿话激他："鲜兄不是说要去质问那胡儿，怎么去了一趟刺史府，便又偃旗息鼓回来了？"

袁鲜话到了嘴边，忽又想起符元儿再三叮嘱，此乃机密要事，万不可入第三人之耳，当下又忍住了，只道："反正那胡儿有办法克敌制胜，我们只在城中等着便是了。"顿了顿又道："那胡儿甚是客气，说我是代大都督镇守洛阳，又是洛阳城中爵位最高之人，所以这等机密事，只能告诉我一人知晓。"说毕扬扬得意，看了在座诸人一眼。

座中有一人正是袁鲜的内弟，洛阳城中有名的纨绔韦谿。此人最是自觉聪明过人，又特别爱出风头，见袁鲜话里有话，哪里还按捺得住,知道硬是逼问只怕无用,当下便使了个眼色,座中人左一杯,右一杯,便都来起哄敬酒,说连符元儿那个素来无礼的胡儿都不得不低头,还是袁国公有能耐云云,过了大半个时辰,将袁鲜灌得有七八分醉了。

韦谿便道:"虽是机密,但这座中亦无外人,国公何不透露一二,我们也帮着参详参详。"

袁鲜早被吹捧得飘飘然,更兼又饮了偌多酒,当下大着舌头,说道:"这既然是机密,自然是不能说的,也不是信不过诸位。"

那韦谿眉头一皱,却道:"符元儿素来不将咱们放在眼里,他别不是拿话诓骗吧。"

袁鲜气得一拍胸口,说道:"凭他敢诓骗谁,也不敢诓骗我!"当下便将符元儿派精兵乔装出城送粮,实则突袭之事,源源本本说了。韦谿大喜过望,连忙道:"建立功业的时机到了!"

原来他们这些旧日便与孙靖十分亲近的世家勋贵子弟,因为孙靖谋逆,都或大或小得了些虚衔,但半分实权没有,兵权更是摸不到边。要知道孙靖乃是武将,如此在朝中摄政,任用的也皆是武人,他们这些勋贵,手不能提肩不能挑,更兼个个志大才疏,孙靖哪肯将兵权交到他们手上。

这韦谿心思活络,早就想得明白,如今这天下大势,想求真正的富贵,只怕还得立军功;可既无兵权,洛阳城中又有个天下名将符元儿,自己这等人,有何军功可立?这次却是个绝好机会。当下便借着酒意,怂恿那袁鲜:"你是国公,府里亦有三千私兵,我们这里的人,每个人府上总能凑出一千两千来,趁着那胡儿遣人送粮,我们也凑几千人出城去,杀李嶷一个措手不及。"

另一名纨绔也连连点头,说道:"韦兄说得是,我们府里这些私兵,都是精兵强将,听说李嶷才只几千老弱残兵,有何可惧?"又道:"且莫将这桩天大的功劳,让那胡儿独得了,若是他真大败李嶷,从此后且不说这洛阳城中,只怕在朝中,也无你我世家立足之地了。"

众人皆点头称是,当下谋划起来,如何避开符元儿的眼线,如何悄无声息出城,如何布置杀李嶷一个措手不及,却是越讲越兴奋,袁鲜还命人取了沙盘来,依着兵书推演。在深秋的夜风中,袁鲜只觉浑身热血沸腾,说道:"随我出城,建功立业,活捉李嶷,令那胡儿再不敢在我等面前,有争荣夸耀之心!"

他们虽然是一群纨绔,但皆是久居洛阳的世家,在城中根深叶茂,各家有各家的办法。符元儿虽然悍勇,但被调到洛阳城中也不过数月,他们悄悄调配私兵,竟然瞒过了符元儿。

这厢符元儿收拾停当,命心腹的一名荀郎将领兵出城去送粮,这荀郎将素来为他信任,他便细细叮嘱道:"李嶷是个奸猾的人,不然也不能陷杀庚燎万军,你出城之后,见机行事。李嶷虽依约率镇西军袭定胜军,但说不好其中是否有诈,若是不利,速速退回城中,那些粮草就扔在那里也不可惜,他得了粮草,反倒行动迟缓,寻机再歼灭不急。"

那荀郎将叉手行礼,道:"将军放心,我理会的。"

荀郎将领着几千乔装成运粮丁的精兵,推着粮草出城,几万担粮草,车队绵延不绝,行起来自是缓慢,待得午后,方才行至镇西军军营前十余里许,早有裴源得讯,亲自带着人接出来。

荀郎将只看着眼前人马疾驰带起的烟尘,心想镇西军果然倾巢而出,倒是颇可一战。待得烟尘渐渐散去,却见裴源只带了寥寥几百骑,却是每骑后面绑了竹帚树枝之属,因而疾驰时便似有千军万马的假象。他脸色大变,知道必然有诈,当下令旗手挥旗示意,领着几千乔装的精兵,转身上马朝洛阳城中退去。他刚刚上马转身驰了数百步,回头一看,忽不知从哪里冲出来一支人马,直奔着粮队前的裴源杀过去,他心中诧异,忽闻喊杀声震天,原来是崔家定胜军与镇西军早在两翼伏下重兵,幸好他见机快,退得也快,但见后面镇西军与定胜军合围,将那支袭向裴源的人马围在其中,杀得片甲不留。他领着自己的精兵,再不敢耽搁,逃回了洛阳城中。

洛阳城中却是大乱。原来那几个纨绔,撺掇郑国公袁鲜领着府中私兵,一起出城,本打算杀镇西军一个措手不及,不想竟然反被镇西军和定胜军围而歼之。这些纨绔哪里是这两军的对手,不过一炷香工夫,便兵败如山倒,兵卒逃散,袁鲜等人束手被擒,其他的人见状,只得降了。

李嶷本来只是想将计就计,让符元儿吃个小亏,多得些粮草罢了。万万没想到袁鲜贪功,竟然亲自出城来,顿时喜出望外。等拿住了袁鲜等人,便立时遣人去给城中的符元儿送信,叫他开城出降。

符元儿闻讯,勃然大怒,说道:"竖子焉能坏我大事!"当下便在堂中回复镇西军的信使,说道:"别说一个郑国公,便是有十个郑国公,也甭想我出降。李嶷若要杀那个纨绔,一刀杀了便是!"

话说李嶷何等精细之人,他遣信使到洛阳城中,却令俘获的袁鲜最为信重的一名家将,穿上镇西军的服色,扮作信使的随从,夹在其间。那家将亲耳听到符元儿如此言语,当下心胆俱裂,回到镇西军营中,一见了袁鲜及众纨绔,当即痛哭流涕,将符元儿那番言语,一五一十全都告知了袁鲜。袁鲜不由瞠目结舌。他原本还抱着万一的指望,心道众人皆言那符元儿善战,自己不慎失陷在这里,洛阳城中却有数万兵马,皆是精兵良将,符元儿领兵来将自己救了,不是举手之劳吗?万万没想到,心腹家将竟然带回这样一个消息。

帐中那同样被生擒的韦谿亦是瞠目结舌,他自诩知兵,没料到出城一战,稀里糊涂就败了。败了不说,自己所领的私兵四散奔逃,他却被生擒了。好在镇西军对待他们这些俘虏还算客气,既没有施之酷刑,也没有过分折辱,就给他们带上了镣铐,命人严加看管,防止他们逃跑而已。

今日李嶷遣信使去城中,韦谿本来抱了极大期望,心想不论是财帛也好,粮草也好,甚至是洛阳城,不管李嶷提什么条件,符元儿总要想方设法,将自己诸人赎回的,没想到符元儿压根都不跟李嶷讨价还价,径直叫李嶷把袁鲜一刀杀了,显然毫不顾忌袁鲜乃是孙大都督的内弟。

袁鲜乃是这帮纨绔中爵位最高、身份最贵重之人,那符元儿都毫不顾惜,自己不过是韦家的子弟,又哪里能指望符元儿投鼠忌器呢?

当下他心中大悔,不该为了功名富贵,就撺掇袁鲜出城,但此时痛悔无用,他定了定神,当下便抱着袁鲜的大腿,泣不成声:"姊夫,符元儿那个胡儿,早就将你视作眼中钉、肉中刺,今日只怕是要借李嶷这手,来除掉你我诸人。"

袁鲜自从沦为阶下囚,被镇西军生擒,心腹家将从城中折返,又带回符元儿如此言语,早就头昏脑涨,心想果然兵者不祥,自己就不该带兵出城,这符元儿翻脸无情,竟然连自己的性命都毫不顾惜。可惜孙靖远在西长京,纵然素来疼爱自己的姊姊魏国夫人知晓,求得孙靖下令,让那符元儿来相救,定然也来不及,只怕自己早就被李嶷一刀杀了,心中又慌又怕,更兼被韦豁这么一哭,更是心乱如麻。

韦豁哭道:"姊夫,眼见便有性命之忧,快想想法子呀!"

袁鲜也几乎要哭出来了:"能有什么法子可想?实不相瞒,我现在也是方寸大乱,没想到那个胡儿,竟然这般冷酷无情。"当下与韦豁抱头痛哭,帐中诸纨绔想到今日只怕就要将性命葬送于此,个个都忍不住号啕大哭起来。

话说那定胜军营中,又是另一番情形。定胜军与镇西军合谋,镇西军伪作袭营,定胜军诈作败走,然后又趁洛阳城中送粮出来,两军埋伏在道边,一起将出城的袁鲜等人尽皆擒了。因为镇西军乃是李嶷亲自领兵,所以袁鲜诸人,皆被押在镇西军营中。

桃子知晓此事,不由得忿忿:"李嶷这个人,就是太狡猾了。早知道咱们就不该答应他,只是襄助,战果尽归他所有。"

大帐之中,崔公子斜倚在榻上,脸色却有几分苍白,他素有痼疾,每逢秋冬之时,便旧疾发作,虽精心调养,但这时节便无法带兵上阵,只能静养为宜。偏这日又接了要紧的军报,乃是孙靖径直从滑州出兵,直奔崔倚大营而去,显然是想抄了崔倚的后路。这便令眼下崔公子所领的这支定胜军进退两难,若是带兵回援,那么只能弃了建州和并南关;若是不带兵回援,只怕孙靖之师与洛阳连成一气,合力真将崔倚困住。

他咳嗽了两声,接过桃子递上的热水,饮了两口,缓过一口气来,却对何校尉道:"袁鲜是镇西军侥幸得之,既答应了李嶷,这点气度,我们总该有的,不应与他们计较。"

何校尉点了点头,深以为然:"谁也没想到袁鲜竟然会领兵出城,倒是我失算了。"

"也不与你相干。"他喟然长叹了一声,"此番将所获粮草尽让与镇西军,也是咱们早就商议好的,为了是之后取得洛阳,尽可以好生理论,占一番上风。若我们有洛阳,父帅那里,自不必说,定可以从容应对孙靖之兵。"他顿了顿,叹道:"李嶷这个人啊,才智、谋略、军事,样样皆出色,没想到连运气,都这么一等一的好。"

何校尉并不作声,那崔公子却漫声道:"只是他虽有袁鲜在手,但他实在是兵弱将少,就这么区区几千人,摆在洛阳城下,都不够看的。他想要洛阳,还得来与我们相商,既要来与我们相商,那么我们一定要得洛阳。"

她点了点头,确实如此,李嶷亲自带兵出洛水,从战略意义上来说,是为了牵制孙靖各部,好让逼近陇右的裴献率着大军,放手一搏。此人在军事上素有野心，而且从来不惧冒险，但这次，孙靖应对得亦是老辣，调了更多兵马去堵裴献，李嶷在这洛水之畔，一支弱兵，进，无力攻洛阳；退，无城可守，其实是相当有风险的，只能与他们定胜军联手，才能有机会获取洛阳城。

幸得李嶷并不知晓，洛阳对眼下定胜军来说，甚为要紧。不然他那个人满腹算计，只怕要以此相胁，替镇西军谋算更多。

她想得清楚，又与崔公子商议一番，当下便拿定了主意。等从中军大帐出来，她便命桃子去约李嶷，桃子问："这次不写信啦？"

"写什么信。"她想到李嶷，心中却是百味陈杂，不知为何，竟有点生气的样子，"他不配我写信。"

话是这么说，李嶷得了谢长耳传递的桃子的一句口信，还是喜出望外，高高兴兴就打马来见她了。

这次相约的地方，乃是洛阳城外著名的一座道观，名唤太清宫。李嶷来到山前一看，只见修篁处处，掩映着山上的山门，和沿着山门延展开去的若隐若现的青砖墙。其时深秋，风吹竹海，竹叶萧萧，甚是幽静。竹林之间，一道曲折的青石台阶，直通往山门。他把马拴了，拾阶而上，进了山门，方见着"太清"二字的匾额。这太清宫地近东都洛阳，坐落于洛阳城外的翠云峰上，是有名的清修之地，供奉的乃是道德天尊太上老君，故名太清宫。仁宗皇帝素爱巡幸东都，传说这太清宫也是他常常微服游冶之地，曾在这里与著名的玄霄真人论道。玄霄真人爱竹，偏东都旧无植竹之俗，论道之时仁宗皇帝输了，这位陛下也甚是大方，命人在太清宫这山上遍植修竹，以作自己输了的彩头,也以造"独坐幽篁里"的隐逸胜景。这太清宫也成了东都名胜,春天无数游人仕女前来观赏这道观中的牡丹花,夏天则去后山放生池看荷花避暑。时值秋日,并无甚应季的美景,更兼兵刀之祸,符元儿紧闭城门,因此这太清宫中游人绝迹,只有一两名道童,在庭院中行洒扫之事罢了。

李嶷也不与那些道童相接,过了藏经楼,径直朝后山去,果然在放生池畔,见到了何校尉。她似是有心事,独自坐在池畔一块大石上,托腮正看着池中残荷,怔怔地出神。她身姿宛然,坐在那里,石畔偏又有数丛菊花,香气幽然,当真如同秋日仕女图一般。

他看了片刻,这才加重了脚步,朝她走去,她听见声音,果然回头望了他一眼,站起来相迎:"殿下来了。"

他其实心里老早就想令她叫自己一声十七郎,但不知为何,这话却很难说出口,比如他老早就想叫她的名字阿萤,但话到嘴边,还是说:"校尉今日约我,所为何事?"

她只是一笑:"也没什么事,难得秋高气爽,此处又是东都胜景,来游冶一番。"

他没想到她竟然说出这么一句话来,不由一怔。两个人都久居军中,尤其李嶷,自孙靖谋逆以来,他率军出牢兰关,哪里曾有过片刻休憩,更遑论所谓游冶,听她这么一说,好似偷得浮生半日闲一般。于是当真也不提正事,只去那太清宫中游玩。

太清宫百年名观,依着山势而建,从山门往后,却是建筑越来越高,殿宇重重,斗拱飞檐,那藏经阁建在山坡最高处。待过了藏经阁，后山地势偏又为之一缓，因此从前的道人便率信众在此挖掘为池，却是好大一片池塘，夏天的时候有碧荷数顷，风荷清露，颇为凉爽，乃是避暑的胜地。这个时节，池中荷叶枯败，池中秋水如镜，映着池边万杆翠竹，摇曳生姿，碧水中红鱼喁喁，偶尔探出水面，想是被游人喂惯了的，因此闻得人语，便浮起来探食。

两人在观中玩赏一番，自山门、正殿、三清殿、藏经阁等等各色建筑一一看过，拾阶而上，复又沿着那青苔点点的碎石小路，向着后山中去，在竹林中绕了一圈，忽然闻见菊花的清香，原来又走回了放生池畔。李嶷见池畔上方山巅处有一大块山石，便如一座巨大的假山一般，巍峨嶙峋，山上勒石书着"揽胜"二字，便笑道："听说在山上可以俯瞰洛阳城，咱们上去看看吧。"

她也是随性游玩，便点了点头，两个人皆是身手矫健之人，不多时就攀到山巅大石之上。放眼望去，只见触目可及，红尘滚滚，洛阳城池，依稀可见，只是四面城门紧闭，城墙之上旌旗招展，似乎隐隐可闻金戈铁马之声。

"俯视洛阳川，茫茫走胡兵。"①他在心里默默地想起这句诗来，并未说话，不料她忽然轻声念道："流血涂野草，豺狼尽冠缨。"②

他不由望了她一眼，两人四目相对，尽知对方心中所思所想。他想到了李太白的这首诗，她也想到了。此时两人一望，便似有千言万

---

① 出自【唐】李白《古风·其十九》。
② 同上。

语,却尽皆不必说了,只闻秋风阵阵,吹得那竹叶簌簌作响。

过了好久之后,她才笑道:"若有一张琴,今日可鼓一曲。"

他也笑道:"今日虽无琴,但我携了佩剑,若是校尉不嫌弃,我可为之舞剑器。"

两人皆想起当日在并州城中,他冒充崔公子,与她一起弹琴舞剑,诛杀孙靖所遣的那十二个金甲武士之事来,不由心中俱是甜蜜。

她笑道:"皇孙既有兴,那便舞吧。"

当下她在大石上坐定,他执了佩剑,在山石上舞剑,只见寒光凝眼,剑气如蛟,吞吐气象,直舞得竹叶萧萧而落,风声过耳如利箭,天地便似也为之变色。

一舞既罢,她不禁拍手叫好,说道:"原来这才是你的真本事,当日在韩立府中,只怕你连三分本事都没用出来。"

他今日这套舞剑,亦觉得酣畅淋漓,十分痛快,便执剑而笑,说道:"彼时不过要杀人,何必全力以赴。"

说完还剑入鞘,坐到了她身边山石之上,笑道:"那天你弹着琴,唱着歌,真是好听,我一直想,若是哪天能再听你唱一首歌就好了。"

她也甚是大方,说道:"今日你既然舞剑给我看,那我也唱歌给你听。"说毕,便曼声清唱了起来,李嶷凝神听去,她唱的乃是一首小曲:"杏花天,疏影窗,轩外几杆幽篁。调金弦,折柳送,人谁不知离伤。"曲调却渐渐至悲壮感伤:"儿郎,振甲至辽西,枕戈且待旦,胡马鸣萧萧,朔风吹铁衣,照我心彷徨,不知金闺人,泪有几多行。"

　　一曲既唱罢，她却久久不语，过得片刻，方才勉力笑道："我的母亲，本来生在中原，但嫁作征妇，跟着我父亲戍边。这首小曲，就是我年纪幼小的时候，听她无意中哼唱的。"

　　他知道她母亲原是娘子军中人，早就战死在营州，见她如此感怀，不由伸出手，轻轻握住她的手。她并没有挣开，反倒怔怔地出神，过得片刻，方才道："所以从很小的时候，我就有一个愿望，哪怕以战止战，也希望这天下终有一日，能得太平盛世，可以让天下百姓，过上安宁的日子，可以让敌人不再敢犯境，可以让征妇不再泪有千行。"

　　他静默了一息，想到庾燎被陷在泥沼中的那三万大军，如何哀号着死去；想到凉州被焚，多少百姓流离失所；想到兵不血刃夺下建州，终于保全一州黎民；想到这一路征战厮杀；想到远在成州率大军血战的裴献……这么多人牺牲，这么多人死去，只因为孙靖想要谋夺权位，他长长地吐出一口气，才说道："会有那样一天的。"

　　她沉思良久，忽得道："袁鲜既落入你手中，你必有法子拿下洛阳。"

　　他怔了一怔，她问得坦率，他也就坦率点了点头："不错。"

　　她不徐不疾，口齿清楚，声音动听，便如一只黄莺一般，说道："我要洛阳。"

　　他不由挑了挑眉："洛阳为东都，你难道要仗着兵多，与我在城下一战？"

她说道:"你我同为勤王之师,洛阳在谁手中,难道不一样吗?"

他点点头:"正是如此,所以洛阳在我镇西军中,实乃一样。"

她并不气恼,反倒徐徐地道:"殿下,我与你打个赌吧,若是我赢了,定胜军全力襄助你攻城,但事成之后,洛阳归我,我也不白要你的彩头,定胜军会把建州还给你,你有了建州,也好策应裴大将军。若是我输了,定胜军仍全力襄助你攻城,事成之后,洛阳归你,我还是会把建州还给你。"

他仔细想了想,建州位置比洛阳要紧太多,尤其扼并南关,如果在定胜军手中,即使裴献在陇右得胜,但只要定胜军扼住并南关,裴献所率大军仍旧无法南下洛水,自己孤军在此,若不得裴献大军会合,实在是太危险了。既然无论输赢,定胜军都会将建州拱手相让,自己又何妨一试呢。

当下他心下大定,便问:"怎么赌?"

她言笑晏晏,道:"你闭上眼睛,我从一数到十,若是在我数到十之前,你睁开了眼睛,便是你输了。若是我数到十,你还没睁开眼睛,那便是我输了。"

他仔细想了一遍,道:"不行,由我来数。"心想她若是耍诈,久久不肯数到十,那便十分棘手。不想她干脆地点了点头,说道:"行,就由你来数。"

李嶷又想了一想,觉得浑然并无破绽,心中百般不解,自己数到十之前,她有什么法子可以令自己睁开眼睛,难道她是打算趁着自己闭眼之后刺自己一刀?她若是如此心狠手辣,自己哪怕被刺一刀,也绝不睁开眼睛便是了。

当下他便道:"行,与你赌了。"于是闭上眼睛,开始从一数起:"一、二、三……"他原本数得不紧不慢,心中还想看看她到底要玩什么花样,但四还没出口,忽然觉得鼻中幽香袭来,正是她身上素日有的淡雅香气,想必她此刻离自己极近,他犹在思忖她这么近前来要做什么,脸颊上忽然觉得有柔软至极、温暖至极的一物轻触,好似一只蝴蝶落在花蕊上一般,颤颤巍巍,他的心忽然也颤颤巍巍起来,这是……

他蓦地明白过来,情不自禁就睁开了眼睛,只见她的唇还停留在他的颊畔,她的眼睛倒是微微闭着,仿佛害羞,睫毛真如同蝴蝶的翅膀一般,正在微微颤动。她似若有所感,忽然也睁开了眼睛。四目相对,他的眼里只有她花瓣一样温柔的嘴唇,还有她倒映着自己错愕的脸的眼睛,她的眸子水盈盈的,像笼了一层雾气,又好似湖上清晨的秋光,映得潋滟无双。他的心里泛起层层涟漪,又是酸楚,又是感动,还有一种直冲天灵盖的喜悦,心中只有一个念头,她是喜欢我的!

她果然是喜欢我的!

惊喜的狂响在他胸腔中震动,回荡。果然,果然她确实是喜欢我的!他有些晕乎乎地想,心里只有满满的喜悦,像是要溢出来一样。像是被人击中了后脑勺,不,是击中了心脏。他听见自己的心跳如鼓,一声比一声更响,好似那颗心都要跳出胸腔来了。

他生平第一次心悦一个人,这个人又恰好心悦于他,世间没有比这更美妙的事了。他觉得自己稀里糊涂,却已经好似飘在了云端,一切都遥远了，一切也都模糊了，只剩下了喜悦，满心满腔的喜悦，满天满地的喜悦。

她脸颊上也泛起一层淡淡的红晕，不知为何，倒有一刹那失措，像是被猎人箭头瞄准的小鹿，但这无措与惊惶也就只是一刹那，片刻之后，他就清清楚楚听见她说："你输了。"

是输了呀，但他完全没有从那种晕晕乎乎的幸福眩晕中反应过来，她脸上一红，似深悔自己做了这样的事，转身就朝山石下走去。他一时都傻了，过了好半晌，才急急地探头往下望去，只见她的身影在那千万杆茂竹中的小径上一闪，衣袂飘飘，裙角飞扬，似乎步子很急。

"阿萤！"他终于大声地唤出了他早就想喊的名字，也是在他心里默默唤过百遍千遍的名字，但她并没有回头，只是急急朝山下走去。

"刚才可不可以不算？"他本能地又朝她的背影喊了一句。

话甫一出口，他就懊悔地想要咬掉自己的舌尖，愿赌服输，自己这是明明输了却想赖账不认吗？还是想……占人家姑娘的便宜没有餍足？他脸上一热，懊恼起来。

她却恍若未闻，连半步都没有停顿，不一会儿，整个人就消失在茫茫竹海中。他怅然地看着山间千万杆翠竹，风吹来，无数翠竹皆被吹得摇曳不止，好似她适才的背影一般，又纤细，又文弱，但百折不挠，他明明知道，定然能承受这世间所有冰霜风雪的。他都不知道自己是从什么时候开始喜欢她的，或许就是那日在滑泉镇上第一次相见,或许是她一脚将他踹进井中的时候,又或许,是她第一次拿针刺昏他的时候。但他就是喜欢她呀,从很早很早就喜欢了,从看到她的第一眼,其实就已经怦然心动。

但还是忐忑难安,毕竟此事他也是第一遭,他也不知道她心意如何,相识以来经历了这么多的事,总归她应该是不讨厌自己的吧?但也难说,有时候她一见了他,好似就牙根痒痒似的,咬牙切齿,尤其那天她自称是崔公子的侍妾,他当真如同晴天霹雳,连裴源都不知道,当时他只想还不如身负重伤呢,哪怕身负重伤,只怕也没那般痛楚,真要了他的半条命。

但今天所有的忐忑都没有了,剩下的只有满满的欢喜和笃定,她当然是喜欢他的呀,不然她为什么亲他呢?

虽然是拿洛阳为赌注,她想要洛阳,自有一千一万个法子,她既然用这个法子跟他打赌,那么她就确实只是想亲他而已,并不是为了赢。

他是懂得她的。

她也知道他是懂得她的,知道她不是为了赢,而是为了告诉他,她是喜欢他的,所以她才会亲他。

他伸手摸了摸脸,只觉得心中气血翻涌,起伏不定。

风吹过竹叶萧萧有声,似在嘲弄他的手足无措。

夕阳西沉,风也似渐渐尖利,暮色初起之时,深秋夜晚的寒意也渐渐来袭,但他深深吸了口气,只觉得那寒风似蜜一般甜。

何校尉虽然打赌赢了,但心里却也七上八下,她一说出"你输了"那三个字，忽得就像是清醒过来，转身便走。待出得山门，寻到自己的马匹，上马奔出了里许，忽又忍不住扑哧一笑。

她在心里细细回想了一番李嶷适才的神情，这个人素来精明，从来在他脸上，不曾看见过有那般神色，他确确实实是当场就傻掉了，不然也不会傻乎乎地问她，能不能不算。

真是个傻子，这么精细的一个人，这么聪明的一个人，竟然会手足无措，连话都不会说了，真的是张口结舌，就会傻愣愣看着她了。

全天下可只有她见过他这般模样，人人皆知镇西军中的十七郎何等勇武英明，可是他啊，今天变成了大傻瓜。

她脸上发热，不由单手执缰，伸手摸了摸自己的脸，心想不知今日如何，竟做出这般胆大妄为的事情来，但她就是想亲一亲他呀，他那么玲珑剔透的一个人，定然也能明白她的心意吧。

洛阳哪有什么要紧，她想要，自有一千种一万种方法可取，但她就是想借着这个机会，亲一亲他，让他明白，自己其实也是心悦他的。免得他忐忑难安，患得患失。

她伏在马背上又笑出声来，觉得自己也有点傻。明明是深秋时节，风里却也似有春日般的温柔与甜蜜。

"杏花天，疏影窗，轩外几杆幽篁。调金弦，折柳送，人谁不知离伤。儿郎，振甲至辽西，枕戈且待旦，胡马鸣萧萧，朔风吹铁衣，照我心彷徨，不知金闺人，泪有几多行。"她在马背上，轻轻哼唱起那首小曲，李嶷并不知道，这首小曲最后还有一阕，只是她刚才未唱，此刻，她才轻轻地唱出声来，"四方，归来入阁户，蔷薇满院香。调墨知螺黛，画眉闲不足，春水碧栏杆，并肩画鸳鸯。"

唱到鸳鸯两个字，她脸上愈加发热了，但在深秋暮色里打马归营，偏又似营州杏花开的时节，天气还有点冷，但花到底是要开的，营州城外那满坡满谷的杏花，开起来如霞似云，真的非常美啊。

她十分笃定地知道，总有一天，李嶷定然会陪着自己，一起去看那些杏花的。

李嶷都不知道自己是怎么回到镇西军营的。回来之后，倒像是失魂落魄，连老鲍来问他吃不吃晚饭，他都期期艾艾，一时不知该怎么说。

等起了更，巡完营，帐中点了灯，李嶷这才拿了两个硬饼，狼吞虎咽地吃着，只是一边吃，一边想起太清宫中的情形来，却又禁不住笑，笑了一会儿，又忍不住叹气。裴源走进帐中的时候，正见到如此情形，心里不由得一紧，问道："十七郎，你怎么了？"

李嶷慌忙掩饰，说道："挺好的呀，没怎么了。"

裴源却不肯信，借着灯烛，看了看他脸上的神情，说道："你不是去见了定胜军的何校尉？她怎么说？"

李嶷定了定神，说道："她要洛阳，我让给她了。"

"什么？"裴源大吃一惊，说道，"今日不是得了密报，孙靖遣兵从滑州袭崔倚，咱们不是说好了，趁此良机，定然叫定胜军好好出力，才能将洛阳让给他们。"

"她拿建州来换。"李嶷说道，"我想了想，便答应了。"

裴源松了口气，对镇西军而言，建州确实比洛阳要紧多了，有了建州，与裴献大军会合，便指日可待。

"十七郎，还是你有办法。"裴源笑道，"你用了什么法子，说服她让出建州的？"

李嶷一时语塞。裴源从来没见过他竟然有如此迟钝之态，不由心下大急。李嶷道："她素来是个识时务的人，对大局自有判断。我也没说服，她自己知道，于定胜军而言，洛阳比建州更为要紧，所以就主动提出来，以建州换洛阳。"

裴源又松了口气，说道："你刚才神色好古怪，我还以为她给你下了药呢。"

李嶷不解地看着裴源，裴源道："你今天回来之后，就特别古怪。我跟着你去巡营，就跟在你后面，你竟然毫无察觉，就像吃醉了酒一样，我真忧心她是不是给你下了什么迷魂药，让你答应了定胜军什么过分的要求。"

李嶷听到迷魂药三个字，心里又是一荡，但旋即神色肃然，确实自己从下午到此刻，都有些轻飘飘的，仿佛腾云驾雾一般，身在军中，又是率孤军在此，委实不该如此忘形。若是遇袭，只怕已经铸下大错。

他便正一正脸色，说道："是我不该。"言毕，便起身重新着甲。

裴源大惑不解："你干什么去？"

"再巡一遍去。"李嶷整束停当，便拿了剑，径直出营帐而去。

裴源看着案上被他吃了一半的硬饼，摇头只是苦笑。

何校尉回到定胜军营中不久，桃子却寻了过来，见她一手支颐，兀自怔怔的出神,不由奇怪:"校尉,你怎么啦?"

她闻得桃子出声,这才掩饰:"没什么,怎么了?"

桃子见她神色有异,不由得想左了,愤然道:"是不是李嶷太狡猾,不肯答应让出洛阳?哼,这个人算得太精明了,每次都想占尽便宜,等我寻个机会,好好给他下毒,让他狠狠吃一番苦头。"

何校尉只觉得脸颊微烫,忙乱以他语:"别骂他了,也别总惦着下毒。"

"我觉得下毒这法子可行,"桃子眼珠一转,想到此节,顿时就兴奋起来,"镇西军防备虽然森严,但以陈醒的身手,混进镇西军营中不难,就叫他去给李嶷下毒吧,等李嶷中毒了,想求得解药,咱们就叫他让出洛阳。"

"你都在想什么呀,"何校尉不由得又气又好笑,"若是这般行事,咱们岂不与镇西军成了敌人。"

"成敌人也没什么可惜。"桃子浑不以为意,"难道咱们打不过镇西军吗?"

何校尉道:"不用劳烦桃子姑娘下毒了,李嶷已经答应了,让出洛阳。"

桃子一怔,不由得噘起嘴来:"我看你回来闷闷不乐,还以为镇西军没答应呢。"

"我哪有闷闷不乐,"她伸手刮了刮桃子的鼻子,起身道,"走,咱们去面禀公子,看他如何决断,与镇西军同取洛阳之事。"

她们俩一起到了中军大帐,还未进帐门,就听到一阵搜肠刮肺的咳嗽之声，她二人不由加快了脚步，果然见崔公子伏在榻上，直咳得全身颤抖，喘不过气来，阿恕在旁，面露不忍之色。桃子见状，忙去取了镇咳之药，那崔公子却摇了摇头，说道："适才……适才已经吃过了……"

这种镇咳之药素有微毒，两个时辰之内，不能再服第二遍。桃子默默不语。阿恕奉上一碗热汤，崔公子就着他的手，微微喝了两口，似乎喘息得略好些，便靠在枕上，含笑注视着何校尉，说道："你回来了，定然有好消息。"

不知为何，她心中也皆是不忍之意，见他这般微笑注视着自己，眼中又是那般微微沉醉之色，更是令她心底隐隐竟似有一分愧意似的。当下她接过阿恕手中的汤碗，执了汤匙，就坐在榻前，一边亲自喂他喝汤，一边又细语轻声，将李嶷答应让出洛阳之事，说与公子听了。

那崔公子听她这般说，只是微微点一点头，笑道："父帅那边情形危急，可恨我这身子不争气，这时节实实无法领兵，不然的话，不必将建州让与镇西军。李嶷不过区区数千人，夺了他的营地，将他逐出洛水，也不算什么难事。"

她用汤匙舀了一勺汤，细细吹着滚烫的热气，又喂他慢慢喝下，这才道："公子，咱们既要洛阳，便将建州给了李嶷便是，此刻与李嶷翻脸，不啻告知天下，咱们并非勤王之师。何必如此。"

他点一点头，深以为然，但是旋即又冷笑起来："李家人没一个好相与的，这个李嶷，颇具才干，又知军事，只怕他将来上位，必然以我崔家定胜军为心腹大患。"

"那也得等李嶷能平得了孙靖再说,"她浑然不以为意,"眼下孙靖才是头等大事,而且将来的事,百般变化,未必就走到那一步。"

崔公子不知想到了什么,静静地出神,帐中灯烛火苗亮动,照得他的脸忽明忽暗。他生得容貌俊秀,更兼气质弘雅,有一种浊世翩翩佳公子之态,素日被人见了,都会赞叹一声,如何似节度使的儿子,倒好似京中那些文臣世家的公子。

秋已深了,定胜军扎营之处在洛水之侧,是在山林脚下寻得平坦之地,忽闻得不知哪里一只秋虫,唧唧有声,远处偶有一两声战马嘶鸣,遥遥的传到帐中来。因夜深风凉,他又禁不住咳嗽起来,这一咳直咳得脸通红,艰难喘息,呼吸急促。阿恕等人连忙上前来,抚胸捶背。

何校尉也忙放下汤碗,轻轻替他揉搓手上的穴位,减缓他的痛楚。

还是要在入冬以前,让公子住进洛阳。她暗暗下了决心。只要进了洛阳城中,自有房舍,可以蔽风生火,不必如大营在这般野地里,与公子身体有碍。

她是这么想的,李嶷行动也十分迅捷,很快便遣人来定胜军中。他原本是想约崔公子一起谋划洛阳之事,没想到赴约而来的,却是何校尉。

自从太清宫一别,好几日不曾见到她了,他一见了她,心中不免一喜。只见她身着轻甲,身后跟着陈醒等人,另带了一些随从,于营前下马,却是步履从容,神色肃然。

他不敢造次,也就客客气气,以军礼相见:"辛苦何校尉了。"

"殿下客气。"她也拱一拱手,回了军礼。

两人便进了李嶷的中军大帐,商议军事。李嶷也不瞒她,将自己的计策源源本本,和盘托出,她听了之后,沉吟片刻,忽道:"我倒有个法子,不过,还是要借镇西军中的人。"然后细细说来,李嶷听完,十分爽快,说道:"此计甚妥,便依你的计策行事。"

说完了正事,她起身便要告辞,他其实很盼她私下里跟自己说句话,但帐中人多耳杂,也不便说什么,直到他一直将她送到帐门口,她目不斜视,却道:"殿下腿上的伤,好些了吗?"

他不由怔了一下,他腿上不过划破点皮肉,早就痊愈,那日在太清宫舞剑,她不早就看到他行动自如,丝毫无碍了吗?但她既然这么客气地问起来,他也就客气地答:"多感校尉挂怀,已经好多了。"

她道:"这里有些伤药,送与殿下,愿殿下早日康泰。"

说着便示意跟在她身边的桃子,桃子却老大不愿意似的,噘着嘴捧出一只锦盒来,跟在李嶷身后的谢长耳连忙伸手去接,桃子却没好气,将锦盒掷在谢长耳怀中。

何校尉见此情形,不过嫣然一笑,带着桃子诸人,出帐归营而去。李嶷将她一行人送至辕门外,这才回转,摒退了众人,打开锦盒一看,哪里有什么伤药,盒子里只有一只牛皮护腕,他拿出来戴着一试,不大不小,正正好。他又摘下来翻来覆去地看,只见护腕里衬上绣着"拾柒"两个字,这两个字虽然笔划不算繁复,但亦不算少,字迹绣得勉强端正,里衬上更有一些针眼痕迹,八成是绣完嫌不好又拆过重绣的。他知道这护腕定是她亲手制作,心中又是甜蜜,又是得意,心想原来她除了会打仗,竟然还会绣花啊,可真是……太厉害了。

　　他喜滋滋的重又将护腕戴上,实在是无处炫耀,只好走到营中去,跟老鲍说话。老鲍却蹲在炊伙班中,正在琢磨怎么用粟米烙出饼子来,回头一看是他来了,不由大喜过望,招呼道:"来,来,快想想法子,缺油少盐的,又没有细白面,这饼子还没下锅呢,就散开了。"

　　李嶷看了一看,说道:"这可一时想不出什么法子。"见地上散着生火用的麦草,忽然灵机一动,说道:"拿这些麦草洗净了,编成蒲包,用粟米掺一半糜子面,用蒲包裹严实了,上笼蒸了,等凉了打开蒲包切成糕,不就成了?"

　　老鲍一拍大腿,说道:"哎呀,还是你机灵!"当下兴兴头头,把麦草拢了去洗净了,拿来编蒲包。李嶷也坐下来帮忙,他十指灵巧,不过片刻,一个圆圆的蒲包就编好了,搁在蒸笼里一试,果然正正好。老鲍却斜乜了他一眼,问道:"你这手腕上的新护腕,是哪里来的?"

　　李嶷假作浑不在意,说道:"友人相赠。"

　　老鲍抓着他的手腕,仔仔细细看了片刻,方才叹道:"你这小子什么运气,那个何校尉,会打仗倒也罢了,竟然还会针线。"

　　李嶷笑道:"我只说朋友送的,你为什么非要猜是她。"

　　老鲍摇了摇头,说道:"咱们军营里几千条汉子,哪个会做这么精细的针线,除了她,还能有谁?再说了,今天她不是带着人往咱们营中来了,她走了没多久,你就得意扬扬,戴着这护腕出来了。"

李嶷竖起拇指,夸道:"不错,察看十分仔细,剖析的也对。"

老鲍嗤之以鼻:"我要不是这么能干,你会把送袁鲜这种脏活累活都交给我?"

李嶷笑道:"押送个纨绔算什么脏活累活,再说了,这种事不交给你还能交给谁,你就别躲懒了。"

老鲍叹道:"这等促狭的伎俩,必是那何校尉想出来的计策。"

李嶷笑道:"虽是促狭,好用不就行了。"

老鲍上下打量李嶷一番,摇了摇头,说道:"你都被她带坏了,你从前打仗,不是这样的。"

李嶷道:"若用计能少死几个人,便是好计。"

老鲍道:"那个何校尉必是小气记恨,不然,为什么偏觉得我去合宜?"

李嶷道:"此事需得随机应变,除了你,其他人没有这般能耐。"

老鲍道:"呸,那个何校尉明明说的是,就那个鲍大哥合宜,长着一张贪图富贵的脸。"

李嶷哈哈一笑,说道:"虽是苦差,好歹人家也称你一声鲍大哥呢。"又指着那蒸笼道:"大不了,这蒸出来的第一笼糕,先给你吃。"

老鲍嘿嘿一笑,说道:"那行,说好了,这蒸出来的第一笼糕,就归我了。"

老鲍如愿以偿,吃到了蒸出来的第一笼糕,这蒸糕甚是香甜好吃,就是个头太大,老鲍要了第一笼自然不是独享,而是分发给黄有义等人。众人吃完切糕,抹了抹嘴,便拿了刀子,径直朝关押袁鲜诸人的帐中走去。

话说袁鲜等人这几日食不下咽,睡不安寝,每天战战兢兢,偶尔从看守口中得知,李嶷数次遣人去向那符元儿分说,那符元儿一口咬定,要杀便杀了袁鲜诸人,若想让他出降,断无可能。到了最后一次,符元儿索性连李嶷的信使都不让进城了,直接就令人在城楼上朝信使放箭,逼得信使回转。

袁鲜等人听说这般情形,忍不住捶胸顿足,号哭不已,只觉得自己活命的希望越来越渺茫,哪里还吃得下,睡得着?欲要逃走,看守又甚是森严,并无半点法子可想,因此每日只如笼中待宰之鸡,惶恐难安。

如此惶惶了几日,此时听见杂沓的脚步声直奔这边来,当然战战兢兢,魂不守舍。果然帐篷被掀开,一群人凶神恶煞地闯进来,为首的胖子横眉冷眼,一看就不是什么好相与的人。这胖子一声喝令,当下众人一拥而上,拿绳索将众纨绔皆绑了手脚,拖出帐去。

袁鲜只道此刻便要丧命,吓得两行眼泪又流了出来,偏四肢发木,嘴角抽搐,竟似哭也哭不出来。待被拖出帐外,却又被人扔麻袋似的,往战马背上一扔,横着被驮在马上。不过片刻,众纨绔皆被绑上了战马。那胖子一声呼喝,众人押着这些纨绔,打马离营而去。袁鲜思忖,既然上马,应该不会是要杀自己等人,起码不会现在杀,当

283

下悬着的心稍定，但转念一想，只怕这些恶人是将自己等人绑出去再杀，那可如何是好？

他心中害怕，眼泪滚滚而下，落在那马鬃之上，偏那战马疾驰，马鬃毛时时拂刺过他的眼角，将他双目刺得又痛又肿，他何时吃过这等苦头，只觉得苦不堪言。

等驰出大约四五里，刚近一片山林，天色就阴沉下来。袁鲜身份贵重，却是显为首领的那胖子亲自押送，那胖子牵着袁鲜的马缰，看了看天色，骂骂咧咧道："眼见就要下雨了，这雨一下起来，冻死个人！"

另有一个满脸横肉的汉子道："不如寻个避雨的地方，下马生个火，先吃了晚饭再说。"

那胖子点了点头，在山林边搜索一番，竟然还真让他们寻得了一间破庙，说是庙，不过是东倒西歪一大间茅堂，顶上盖的茅草腐去了七七八八，连椽子都露了出来，但好歹地方算是宽敞。众人进了破庙，拾柴生起火来。刚生火没多久，果然乌压压一阵大雨，稀里哗啦就降下来。这深秋之雨最是缠绵，一时下得淅淅沥沥，寒气侵衣，看那雨势，一时半会儿却也走不了了。这破庙之中，屋顶破败，处处漏雨，那胖子咒骂不止，只能拣选稍干之处歇坐。

镇西军众皆从怀中掏出食物，围火而食。袁鲜借着火光一看，众人吃的似乎是一种甜糕，色泽金黄，看着甚是美味，他衣裳被漏雨淋湿了大半，又冷又饿，闻得那糕被火烘出的香气阵阵传来，不由肚子"咕噜"一声。

众纨绔虽然被擒,但镇西军这几日也没饿着他们,此刻方才尝到冻馁的滋味,人人眼巴巴看着火堆旁的镇西军兵卒大口吃着甜糕,却也不敢出声讨要。

那胖子吃完了糕,用手背抹了抹嘴,他身旁一个贼眉贼眼的镇西军兵卒问道:"鲍大哥,咱们真的要把这些人押送给定胜军吗?"

袁鲜这才知道这胖子姓鲍,只听那姓鲍的胖子幽幽叹了口气,说道:"皇孙殿下不愿意将这些人交给定胜军,我们又何尝愿意呢?不过崔家定胜军眼下在洛水的兵多,咱们没法子罢了。"

袁鲜眼中贼眉贼眼之人,正是钱有道,他用骨碌碌的小眼斜乜了袁鲜一眼,只吓得袁鲜垂下头去,不敢再看他。钱有道却扭头,对火堆边的胖子道:"鲍大哥,我替你不平,你是镇西军中的老卒,一身病痛,这种下雨天押送的苦差事,偏又交给你。"

那姓鲍的胖子垂头丧气,说道:"谁叫我得罪了小裴将军呢,我可不得被打发干这种苦差事。"

当下镇西军众人七嘴八舌,皆出言安慰那姓鲍的胖子,袁鲜听得分明,从众人言语之中,拼凑出来龙去脉。原来这老鲍乃是镇西军中的老卒,立过战功,本应升为郎将,偏他性子执拗,一次执行军法之时得罪了裴源。那镇西军原本是裴献亲率之师,得罪裴源可不就等于自毁前程,因此什么美差好事都轮不到他老鲍,下雨天押送这种苦差,偏又交给他。袁鲜出身世家,久在富贵,耳濡目染皆是官场上下各种勾心斗角,曾听得无数这般挟私报复的事体,心想这胖子得罪裴源,那可确实大大的不妙,无甚前途可言。

这胖子老鲍显然深受排挤之苦，忍不住牢骚："跟着皇孙打到洛水，纵没有功劳，也有苦劳，如此待我，真令人寒心。"

众人又七嘴八舌一通安慰，原来这老鲍家里还有老母弱弟，七八口人张嘴吃饭，偏镇西军粮饷断绝，已经足足有数月不曾发饷，老鲍为钱财甚是发愁。一说起这话来，那些镇西军兵卒人人牢骚不绝，他们不敢提及皇孙，人人却指桑骂槐，皆道当兵吃饷天经地义，上面竟然克扣粮饷，实不能忍。

老鲍幽幽叹了口气，说道："早知今日，还不如去投了定胜军，我听说定胜军粮饷充足，每隔三天，士卒都可以吃肉呢。"

当下众人又议论起定胜军来，这个说定胜军的甲胄好，那个说定胜军的轻骑实在光鲜，还有人说亲眼看到定胜军给马都喂豆料，惹得众人啧啧艳羡不已。

他们这般说着话，那老鲍扭头看见被缚在一旁的袁鲜等人，叹了口气，说道："他们被送到定胜军中，只怕那崔公子发觉对符元儿招降无用，定然也会将他们杀了，都是可怜人，给他们一块糕吃吧。"听老鲍这么说，便有镇西军几名兵卒从火堆边起身，拿了糕来，分与众纨绔。

袁鲜和韦谿对望了一眼，两人皆从对方眼中，看到了一线生机。当下那韦谿大着胆子，战战兢兢地开口，先叫了一声"鲍将军"，言辞恳切，却是多谢他送糕。那老鲍浑不在意，只挥了挥手，那韦谿便胆子又大了三分，说道："愚生有一句话，想说与将军听。"

那老鲍想是见他这么一位世家公子，却客客气气称自己将军，当下笑道："没事，你说。"

韦豁胆子又大了五分，说道自己家居洛阳，家中豪阔，财帛无数，只要老鲍等人将自己等人放了，必然奉上万贯为报。那老鲍听完，却连连摇头，说道："这不行，我们镇西军军法甚酷，放了你，我们这里所有人无路可走，都要被砍头的。"他顿了顿，又斜乜了韦豁一眼，说道："再说了，你们现在身上又并无钱财，总不能我们凭空就信了，冒着砍头的风险放走你们。"

那韦豁听他这么说，忽然福至心灵，说道："愚生但有一策。不如将军将我等送回洛阳，我等必然在大都督面前，为诸位争得高官厚禄。大都督求贤若渴，对投诚之士极是善待，说不得，鲍将军你可以得个刺史做做呢！"当下指着袁鲜道："这是大都督的内弟，绝不能诓骗将军。"

那袁鲜拼命点头，说道："大都督素来爱才，就那符元儿本是给大都督牵马的奴隶，大都督都封他做洛阳刺史，若得了鲍将军这样的人才，定然欣喜万分，委以重任。"

那老鲍沉吟不语，火光映着他的脸，神色变幻。破庙之外，雨声如注，下得一阵紧似一阵，哗哗有声，屋顶破处漏雨之声，淅淅沥沥不绝。袁鲜心都提到了嗓子眼，盯着那老鲍，不知该如何诱劝才好，深知能不能活命，便在此人一念之间。

火光飘摇之间，老鲍忽然摇了摇头，袁鲜一颗心直直地往下沉，只觉得如堕冰窟。只听那老鲍道："符元儿都说了，叫我们一刀把你们都杀了，他好似不怎么在意袁公子的死活。"他看了袁鲜一眼，似乎颇为不安："我们要是跟你们一起去洛阳，只怕还没进城，就被符元儿放箭射死了。"

袁鲜终于明白他的顾虑，想到符元儿那人冷酷无情，还真的能做出这样的事情，因此咬牙又言道："鲍将军，洛阳城安喜门的守军乃是我袁氏从前的家将，他定然是会开门放我进城的。将军若是不信，咱们悄悄潜行至洛阳城外，到时将军随我入城，符元儿若真的不肯任我举荐将军，咱们便径直夺了他的印信，遣快马去报知大都督，定要替鲍将军争个刺史做做。"

那老鲍神色游移不定，思前想后，似乎难以决断。庙内只听得火堆之中，柴烧得噼噼啪啪，火苗摇动，映得那老鲍脸上忽明忽暗，神情犹豫不决，又过了片刻，方才冷声道："这莫不是你们的计策，将我等骗入洛阳城中，待进了城，你们翻脸把我们全杀了，如何是好？"

韦豴咬牙道："将军可将我二人绑在身侧，若有不对，将军一刀杀了我们便是。"

老鲍听到此处，终于一拍大腿，说道："好，就信了两位公子！"当着袁鲜等人的面，又与镇西军众人商议，袁鲜等人不断许以财帛官位，众人皆言道在镇西军中无粮无饷，受尽委屈，不如投奔洛阳，若能得个一官半职，那才是正经前途。

于是待得雨势稍缓，众人再带着袁鲜等人上马。这老鲍也十分仗义，说道自己平日最好博戏赌钱，今天便是一场泼天大赌，也不绑袁鲜了，连众纨绔都不绑了，信就信到底，相信袁鲜等人会带给自己一场泼天富贵。当下客客气气,口称国公,延请袁鲜上马,袁鲜心中感动,心道这等豪爽的汉子,比起符元儿那个无情小人,真不啻天上地下,暗自下定决心,无论如何,自己要让亲姊替此人争得一个上好的官衔。

一行人悄悄潜行,直到洛阳城下。天色已晚,四野俱黑,只有城楼上灯火依稀。袁鲜也不敢贸然叫城,反倒是那老鲍,想出一个法子,令袁鲜写了一封书信,缚在箭上,老鲍张弓搭箭,竟然将这支绑着信的箭,直射入城墙之上。那袁鲜见此箭如流星一般,直入半空,准准落上城头,不由瞠目结舌,过了半晌方才道:"将军好本事。"

那老鲍嘿嘿一笑,说道:"国公既然许我做刺史,我当然有些本事,不然自己丢脸是小,失了国公相荐的颜面,那就不好了。"

袁鲜听他这样说,甚是称意,心中又想,这个人不仅有本事,而且知晓分寸,自己确实招揽了一个极好的人才。

话说城楼上的守将姚绩,正是袁氏家将出身,见得射进城上的书信,心下大惊,但又难辨真假,不敢擅开城门,思前想后,叫人将自己从城墙上用吊篮缒下来,待见得果然是袁鲜,顿时又惊又喜;见了镇西军服色的老鲍等人,当然又是惊疑不定。

袁鲜将自己劝降老鲍等人的来龙去脉细细说了,听说要开城门让老鲍等人进城,姚绩不免犹豫。老鲍却甚是倨傲,一见姚绩似有所疑,便对袁鲜说道:"国公许诺富贵,我老鲍心领了。现在国公已经到了洛阳城下,我等却不能入城,今日便是我赌错了,愿赌服输。"

那钱有道更是啐了口唾沫,说:"还说自己是国公呢,原来是个说话不算话、只会骗人的玩意儿！"

老鲍冷笑一声，拉着钱有道等人，转身便要离去。袁鲜心下大急，心想如此有本事的人，可不能让他们走脱了，而且自己出城被俘，大失颜面，好容易说服了一队镇西军来归降，本可有功，这功过相抵，说不定反倒功劳更多些，若是让老鲍等人走了，自己灰溜溜的进城，那符元儿趾高气昂，怕不立时就欺负得自己头也抬不起来。

韦谿见老鲍等人要走，也心下惶急，他的想法与袁鲜不谋而合，尤其他想到是自己撺掇袁鲜带私兵出城，袁鲜乃是孙靖的妻弟，脱险归来，符元儿八成不敢杀袁鲜，可自己这条小命就难说了，没准儿符元儿会杀了自己出气。那胡儿乃是孙靖爱将，又是洛阳刺史，真要杀自己，还有人敢阻拦吗？但若是自己与袁鲜能带着这投降之军归城，说不得有些功劳，可保全性命。当下领着众纨绔，拦在老鲍等人的马前，苦苦劝阻。

袁鲜逼着那姚绩立时打开城门，又哭诉姚绩当日本是白丁，自己的父亲对他恩遇隆重，没想到今日竟负义背信。姚绩焦头烂额，又观老鲍等人神色，竟然昂然欲走，显然并无半点入城之念，一时犹豫不决。袁鲜见老鲍拉开韦谿，便要纵马离去，心下一急，竟然拔出姚绩的佩刀，横刀颈中，说今日不如死在此处。

姚绩无奈，心想这一队归降的不过数百人，城中有守军数万，自己这处安喜门的守军，亦有千人，允这几百人进城倒也无妨，若有不妥，待这些人进城之后，再细细搜检便是，便令城上开门。袁鲜见城门缓缓打开，这才破涕为笑，延请老鲍入城。老鲍此时也转嗔为喜，口称国公义气，拥着袁鲜，进了城门。

待一进城门，老鲍便立时拿住了姚绩，镇西军众人迅疾如霹雳，取出木楔诸物卡住城门门扇，但闻一声唿哨，城外忽然漫山遍野涌出无数人马，皆向城门涌入。

姚绩一被拿住便知不妙，待见这千军万马涌入城门，心下大骇，不过片刻，九门预警，城头燃起熊熊的火光，原来是镇西军与定胜军早就一起埋伏在城外，此刻夺门而入，瞬间就控制了城墙。

符元儿还没睡。他常年军伍，便是幕天席地也睡得着，偏今日辗转难眠，正想要不要更衣去城头巡查一番，忽然听到杀声震天，忙起身着甲。方披挂停当，荀郎将也冲进堂中，告知镇西军与定胜军不知何由赚开了安喜门，大军已冲入城中。

符元儿心下震动，他久历军旅，思忖片刻，喟然叹道："安喜门守将乃是袁氏的家将出身，李嶷拿住袁鲜，想必是用计诳开了安喜门！"

不过一瞬，他便沉声道："牵马，随我迎敌。"

城中守军虽多，但镇西军与定胜军骤然入城，守军大多还在熟睡中，便被镇西军与定胜军冲进营房，一片混乱之中，守军惊惶失措，更兼不知是谁四处大喊裴献率十万大军杀到，裴献何等威名，那些守军黑夜之中哪能分辨，斗志皆失，常常成队的就降了。便有不降者，老鲍等绑了袁鲜诸人，这些皆是城中世家子弟，洛阳守军大多将领，皆是这些纨绔父兄的下属，或是由这些纨绔父兄荐到军中，老鲍用刀架在这些纨绔颈中，命他们喊话劝降，弃械认降者，十之七八；便有一二冥顽不灵不肯降,也尽被定胜军和镇西军杀了。

符元儿率人苦战一夜,城墙早就被镇西军与定胜军控制,城中各要紧处,亦皆被劝降接管,分明大势已去,符元儿却不肯逃走。待得天明时分,李嶷得报,符元儿带着几百亲卫被堵在坊中,却仍负隅顽抗。

此时天已大亮,定胜军与镇西军全军皆已入城,李嶷正待要去劝降符元儿,忽又闻报,崔公子带着定胜军后营人马亦往此处来了。他便驻马在街口稍待。

过得片刻,只见崔公子被定胜军轻骑簇拥而来。有段时日不见,只见这崔公子脸色苍白,似又消瘦了几分,想是他那旧疾又发作了。崔公子从来甚是客气,见了他便在马背上拱了拱手,称了一声"殿下",李嶷目光在他脸上一绕,已经看到他身后的何校尉。她今日也着了全甲,盔帽下只露出半张脸,却甚是英武。

当下两支人马会合,一起往坊中去,待行得近前,只见遍地狼藉,横七竖八倒着无数尸体,辨其服色,有定胜军也有镇西军,但绝大部分皆是符元儿的亲卫。

符元儿已经穷途末路,被众人逼在坊间一处墙角,他满脸污血,箕坐墙前,手里还紧紧抓着刀,那刀本是一把精钢好刀,砍杀一夜,血水直将刀柄上的红缨皆染作褐色,刃上也崩出了细小的缺口。符元儿握着刀,靠着墙呼哧呼哧喘着粗气,显然已经精疲力竭,但目光仍如鹰隼,盯着李嶷等人的一举一动。待李嶷与崔公子二人皆下马,他忽地哈哈大笑起来,笑得两声,忽然嘴中喷出一口血,呛得他咳嗽不止。

崔公子走得近了，这才看见这符元儿胸脯间有极深一道伤口，血正涌出来，但符元儿浑不在意，只是看了看李嶷，又看了看崔公子。

李嶷便上前道："符公，这是崔倚的公子崔琳。"

符元儿抬眼又看了崔公子一眼，问道："你们是怎么赚开的城门？"

崔公子便淡淡的将如何与李嶷合谋，令老鲍等人作戏，诓得袁鲜深信不疑，逼得姚绩开门，两军趁机冲入城中等等讲述了一遍。

符元儿点了点头，说道："这计策是你想出来的罢？"

那崔公子微微一怔，符元儿却用手中刀指了指李嶷，说道："他打仗，大开大阖，不是这种作派，陷杀庾燎才是他行事之风。利用人心赚开安喜门这种诡奇的计策，定然是你想出来的。"

那崔公子倒也坦然，说道："是我军中校尉与镇西军商议出来的。"

符元儿又抹了一把胡子上的血，说道："你麾下有这般人才，其志不小。"

崔公子听他这般言语，知道他仍在做最后的挑拨，于是微微一笑，并不再多说什么。

符元儿忽又失声，笑了起来："很好！将来这天下，是你们这等少年英杰的。"他勉力举起刀，遥遥指了指李嶷，又用刀勉力指一指崔琳，说道："等到你和他争夺这个天下的时候，该多精彩啊！可惜，我看不到了！"言毕，横刀往自己脖子上一勒，鲜血喷洒，顿时气绝倒地。

李嶷等人见符元儿不肯逃走，知他早已存了死志，见他横刀，也皆知抢救不及，只得眼睁睁见他自刎而亡。

符元儿一死，城中守军皆已尽降，李嶷、崔琳命人厚葬符元儿，然后是受降、清点城中要紧之地等等诸事，忙碌不提。

话说洛阳这样一座大城，又是国朝的东都，既然收复，不论镇西军还是定胜军，都欢欣鼓舞。依约便由定胜军入城驻扎，而镇西军则退出洛阳城外扎营。

洛阳与西长京相距不过八百余里，洛阳失陷的消息，却是由快马驰道，送入西长京。又因为孙靖离京去了陇右，再由西长京派出快马疾驰，送至陇右军前。

孙靖得知洛阳失守，符元儿战死，痛心不已，只将那袁鲜恨得衔骨，他的一个心腹谋臣辛绂便劝道："洛阳既失，却不宜杀袁鲜，以免动摇袁氏阖族之心。"

孙靖吸了口气，忽道："梁王是不是还有两个儿子？"

那辛绂点了点头，说道："此二人封邑皆在江南道，当初承顺帝万寿之日，诸王、王孙皆入京祝寿，此二人却未奉召，不能入京，可见同他们的父亲梁王一样，不甚入承顺帝之眼，也因此这二人并未于万寿宴上伏诛。"他提到先皇，径直以年号"承顺"代之，显得颇不客气。

又言道："梁王长子名李峻，次子李崃。自大都督举事，李嶷陷杀庚燎大军，震动天下，这两人虽庸碌，在江南道也被拥护起来。江南道的那群蠢材，还以为这两人也像李嶷一样，堪可领兵一战呢。此二人携江南诸府兵大概万余人，被陶昝领兵堵在江淮之南，不得北上。"

孙靖若有所思，问道："这两个都是什么脾气禀性？"

辛绂道："李峻乃是梁王原配所出嫡长子，养得骄狂；李崃乃是梁王宠妾潘氏所出，其人甚是有些小气狭隘。这两人都不知兵，没什么过人之处。"

孙靖点了点头，说道："派人告诉陶昝，放这两个人带兵过江。"

辛绂一时愕然。

孙靖冷笑："既然都姓李，他的两个哥哥，可从名义上比他更有资格做那个什么'平叛元帅'。放他们过江，诱而歼之，把他们俩生擒，然后用他们俩去换袁鲜，看那李嶷是换还是不换。"

辛绂略一思忖，便知道孙靖用意，叉手道："大都督妙策！若是李嶷不肯交还袁鲜，袁氏自无话可说，大都督杀了李峻、李崃，李嶷自会杀了袁鲜，即使李嶷愿意交还袁鲜，放他两个兄长出去，怕也够李嶷好一番周折。"

孙靖冷笑："我倒要看一看，这李嶷是不是丝毫不顾及父兄。"

孙靖这般谋划不题。李嶷却也并没有立时杀掉袁鲜等纨绔，洛阳城破，镇西军将袁鲜诸人仍旧关押起来，好吃好喝，那袁鲜浑浑噩噩，死又不敢，活着也战战兢兢，时不时就哭一场，不知道何时送命。

李嶷带着镇西军驻扎在洛阳城外，忙着理顺接管粮仓军资等种种细务。再过些时日，镇西军便要北上去接收建州城与并南关，而定胜军亦要东去，支援崔倚。因此这日得闲，李嶷便约了何校尉一起，出城相会。

深秋时分,城外草木微黄,李嶷寻得那地甚佳,乃是山下极大一片缓坡,长满了野草。他到了此处,便放开了黑驹的缰绳,任由它去吃草,他自己这阵子攻城受降,连日辛苦,却寻了个草长得绵厚之处,躺下就睡。

方在睡意蒙眬间,忽然闻得黑驹嘶鸣,睁眼一看,果然是她骑着小白来了。那黑驹见了小白,撒开蹄子冲过去,便要咬那白马的鬃毛,何校尉,不,阿萤忙拉着白马避让,那黑驹甚是霸道,竟追着白马咬。李嶷见此情形,急忙上前,扯住了黑驹的缰绳,将它远远拴在一棵树上。

她又是好气,又是好笑,说道:"你这马怎么回事,就爱欺负小白。"

他想了一想,无可辩驳,只得躬身道:"我替它赔礼了。"

她扑哧一笑,便也下马,将小白缰绳放开,任它自去吃草。他却忽得想起一事来,说道:"你的马也不怎么喜欢我的马,但是你的马和你家公子的马,却甚是亲密。"

他每每想到捉住韩立那晚,她与那崔公子并辔而去,心中就难免一阵阵泛酸。她却白了他一眼,说道:"我的马与公子的马,乃是同一匹牝马隔年所生的两匹小马驹,当然亲密。"

他心中一喜,终于释然,她却又道:"就没见过你这么小气的人,连马都要计较。"

他说道:"你也见着了,我遇见旁的人,旁的事,都挺大方的,唯有与你有关的事,不知为何,却总是小气起来。"

她本来想再白他一眼，但不知为何，心中一甜，但不再计较。他却胆子大了一些，见四顾无人，伸手就牵住了她的手，她将他的手甩开，问道："你今日约我出来，有什么事吗？"

他虽然被她甩开手，却仍是笑嘻嘻的，说道："没事就不能约你出来吗？"顿了顿，说道："再过几日，我就要去建州了，你说不得也得随你们公子往东去接应崔大将军，咱们只怕有好些时日，不得相见。"

说到此处，他脸上神色不由甚是怅然。她伸手牵住他的手，说道："戎马倥偬，乃是常事，虽然一时不得相见，但你可以给我写信，我也可以给你写信。再说，将来还怕没有相见的时日吗？"

他反手握住了她的手，低声道："可是我会很想你。"

她默默与他执手片刻，方才也低声道："我也会想你的。"

两个人心下皆是怅然，只见黑驹被拴在树上，不断嘶鸣，那小白偏又促狭，一边吃草，一边故意在黑驹不远处踱来踱去，黑驹不断想要挣脱缰绳，但李嶷将缰绳系得极紧，黑驹打着喷鼻，似乎十分不满，却又无可奈何。

两人看了一会儿两匹马，只觉得好笑，她忽然道："要不，把你那黑马的缰绳还是解了吧，我看它都要把鼻子挣出血来了。"

他道："我的马有名字，叫小黑。"

她略感意外，说道："这名字……"

他道："我刚刚给它取的。"又道："你的马叫小白，我的马当然应该叫小黑。"又说："你别可怜它，一旦把它解开，它一定就去

297

欺负小白。"

她又气又好笑,斜睨了他一眼,说道:"呸,平日里看皇孙挺稳重端庄的,偏要说这么轻薄的话。"

他浑不以为意:"那做皇孙在人前,可不得稳重端庄?在你面前么,我不是什么皇孙,只是十七郎罢了。"说到此处,忽地想起来,说道:"你还从来没有叫过我十七郎呢,快叫一声听听。"

她本来在给他做护腕的时候,一针一线,绣出"拾柒"两个字来,但此刻听他这般说,却脸颊发热,说道:"那不能,我还是叫你殿下吧。"

他说道:"那不行,你若叫我殿下,我可就觉得太生分了,咱们都要好长时间不见了,你难道不该叫我一声十七郎吗?"

她心想,其实叫他一声十七郎也是无碍吧,毕竟镇西军上下,从裴源到最寻常的士卒,都称他一声十七郎,但不知为何,这三个字便如烫嘴一般,无论如何,都叫不出口。

她素来是个爽利的人,不知今日为何,竟然纠结起来。他见她有为难之色,不忍再逼迫,心想反正不管她是不是叫自己十七郎,自己是可以叫她阿萤的。正在此时,忽然颊上一凉,他抬头一看,原来竟然下雨了。

她嗔道:"你真选的好日子,偏就下起雨来。"

他是斥候出身,预知天气对他而言,也不是什么难事,偏就选了这么一个日子,适才还风和丽日,此刻就下起雨来。

他浑不以为意,说道:"我知道这左近有人家,咱们去避一避。"当下两人拉过马,上马径直朝东南方向而去,那雨淅淅沥沥,下得并不甚大,但深秋之雨,侵衣寒凉,幸而不过驰出里许,便看到一带土垣,掩映着一户人家。

两人下马,叩着柴扉,扬声询问,久久不见主人回应,当下便推门进去,只见院中寂寂,只有一棵偌大的柿子树,树梢七零八落还挂着些未让鸟雀啄食的柿子。

两人把马拴在檐下,进屋看时,只见房舍之内,器物犹存,但衣裳被褥之类已尽皆收拾一空,桌椅榻上落了薄薄一层灰尘,显然颇有一些时日无人居住。想是近日战乱连连,主人家已经阖家逃走了。

李嶷看屋内有灶,檐下堆着柴禾,就抱了一些柴禾进来,生火烘烤湿衣。一生了火,顿时就暖和起来。他见院中树上还挂着几个柿子,就摘下来,洗干净了,拿与她吃。

阿莹见那柿子不过半拳大小,但遍体通红,皮薄剔透的似能看到果肉,撕开了外皮尝了一尝,并无涩味,于是捧着一只柿子,津津有味地吃起来。

李嶷让她坐在灶前,一边吃柿子一边烘烤着湿衣,然后自己出去转了一圈,不多时便带回一些菜蔬,并柳条串着的两条鱼,也不知道他从哪里捞的。

她吃了两个柿子,却把余下的柿子都洗净并剥开皮,放在粗陶大碗里,等着他回来吃。见他带着菜蔬和鱼回来,便笑道:"君子远庖厨,殿下这是要亲自下厨了吗?"

他从碗里拿了她剥好的柿子吃,柿子清甜,他心中喜悦,只觉得她剥的柿子比蜜还甜,笑道:"被雨困在这里啦,不如烤干衣服,再吃饱了回去。"

当下又去寻得井水,挑了清水来,一边清洗菜蔬,一边又在院中寻了块石板好剖鱼。

她坐在灶前看他忙碌,心中不由生起一种淡淡的安然之感,看着他将鱼剖好洗净,走回灶边来,利索地整治菜肴。

灶台之上虽放着盐罐,但盐素来贵重,主人家逃走的时候,早就将盐都带走了,他打开盐罐看了看,勉强从罐壁上刮下一点点盐粒,就放在鱼肚里,他动作麻利,不一会儿就将菜肴收拾出来,又在火里扔了几个芋头,等烧熟了吃。

她早就将桌椅擦拭干净,又洗净了碗盘竹箸等物,等他做好了菜肴,两人坐下,不由相视一笑。

这顿饭虽然缺油少盐,但两人吃得甚是香甜。等吃完了饭,李巇坐在灶前,烘烤着背上的湿衣,只见她素手纤纤,十分仔细地在檐下淘洗碗箸,只觉得心中无比安宁。他幼时在家中颇受冷落,待稍年长,便去了西陲边地,隐姓埋名,从小卒一步步军功累积,什么苦都吃过,命悬一线,万分危急之势,也频频经历过。尤其去探黠民王帐的那一次,可谓九死一生,险些丧命在大漠之中,但他素来不畏惧什么,因为在这世间,他其实无牵无挂,只不过坦荡地活着罢了,纵送了性命又有何妨?

自从孙靖谋逆,他率镇西军出牢兰关,一路各种大战小仗,每次皆是冲锋在前,也丝毫不以自己性命为惧,便是也因着这份了无牵挂。裴源，甚至裴献每次都劝谏自己，为了大局，爱惜自己一二。但他从来也不以为意，何谓大局，权柄？功业？甚至，要谋取这天下？就像符元儿最后的言语，还以为他会与那崔公子相争，但那些东西他丝毫不放在心上，从来也无人知晓他心里到底是怎么想的。

从前他也不打算说给任何一个人听，阿源是很好的，从十三岁就和他一起在镇西军中，他知道在阿源眼里，十七郎就是殿下，眼下又是镇西军的统帅，更是平叛王师的主帅。他样样出色，带兵打仗又厉害，是个称职的主帅，是他们裴家父子要拥护的主上。他与阿源是有着近乎手足之情的，但也就是这样，反倒有些话，不能同阿源说。

镇西军中的同袍，他与老鲍最为要好，但一样的，那是同袍，纵有些话，也是不能同老鲍说的。

这世间没有一个人知道，他并不想做什么殿下，他只是想做牢兰关里的十七郎而已。

陷杀庾燎数万大军，他心里只有厌倦，战争杀戮，血流遍野，有何可喜。但这般大胜，震动天下，挽救危局，皆是他应为之事。

应为之事他从来都做得很好，只有他自己心里明白，自己不喜，十分不喜，但又不得不在人前人后，挽狂澜于既倒，扶大厦之将倾。

今日午后，看着她在檐下洗碗，他忽然就觉得，若这样的辰光，能长久一些该有多好啊。可以烧菜给她吃，吃完看她在檐下洗碗，就如同这世上千千万万人的一般，过着寻常日子。

她洗净了碗，转过身来，见他正望着自己怔怔地出神，不由问："你看什么？"

他一时有几分愣神，过了片刻才说："你洗碗挺好看的。"

他从来是很聪颖的，不知为何，近日在她面前，总有些傻乎乎的模样，她却是懂得的，就在他身边坐下，倒了一碗热水递给他喝，说道："以后有机会，我常常洗碗给你看。"

这句话，其实说得也傻气，她也是素来聪明的一个人，但在他面前，也能说出这样的傻话来。他不由牵住了她的手，两个人看着灶间燃烧跳动的火焰，静静地出了一会儿神。

过了片刻之后，只听他说："阿萤，我今日好生欢喜。"

她也点了点头，轻声说："我也是。"

檐外的雨下得越发大了，渐渐雨珠连成了线，院子里积了薄薄的一层水，雨珠砸下来，冒起一个个圆圆的泡泡。

他说道："我从小，就不得父王喜欢，那个时候，就觉得王府里头，真冷清，没有半点意思。兄长们都有生母照应，就我，只有一个奶娘，被兄长们百般欺辱，父亲不分青红皂白，定然是回护兄长，拿我是问。那时候我就下定决心，一定要走得远远的，还没满十三岁，果然让我找到了一个由头，把礼部侍郎的儿子揍了一顿。那小子不是什么好人，仗着家里有钱，在街坊里欺负女娘，我就把他打了。这下可热闹了，他家哭哭啼啼闹上门来，我父亲把我揍了一顿，但我趁他们没防备，晚间又偷偷溜出去，把那小子的腿打折了。这下子连先帝都被惊动了，于是下旨，把我发往镇西军。走的那天府中人人额手称庆，都觉得我走了，是府中少了个祸害。我心中痛快，心想你们都不知道，我是故意的，我也早就不想在这府里待了，甚至，我也不想待在西长京了,我要走得远远的,走到没有一个人认识我的地方去才好。"

他说起这些往事,语气甚是轻描淡写,但她心中明了,只是用手指轻轻摩挲着他的手背,那个决然不顾而去的小小少年,心里其实很苦吧,那个家里没有一个人对他有家人之情,他心里其实很难过吧。她忽然很想张开双臂抱一抱他,虽然如今他已经在万军之中,但他其实一直很孤独吧。

"我以为这辈子我都可以待在牢兰关了,那也是逍遥快活的。"说到牢兰关,他眼中顿时有了异样的神彩,"我喜欢牢兰关,那里天地辽阔,有草场,有大漠,有一望无际的瀚海,还有雪山。牢兰河水就是雪山融化的雪水,渐渐汇流成河,夏天的时候,天时那么热,牢兰河水也是凉的,等到冬天的时候,整条牢兰河都冻结实了,我们会在河上凿一个冰洞取水。有时候,能看到雪豹来喝水。雪豹和寻常豹子不一样,它皮毛上长满了斑点,在中原,可没这样的豹子,军中众人常常说笑,说这样一张雪豹皮,若在中原,怕不要值万金。但没人去猎雪豹,它太神气了,也太漂亮了,真是兽中之王。冬天的晚上,天色是青黑色的,有月亮被雪地反光,映得光亮一片,在关隘上就能看到雪豹悄悄地走到河边,它饮水的时候甚是警觉,总是时不时会竖起耳朵,听着周遭的动静,稍有不对,它就会跑掉。它奔跑的时候可太快了,像闪电一样,再好的弓箭也追不上它,它的爪子在雪地里踩出印子,特别大,比我的手掌还要大。它可太机灵了,有时候它来喝水,城隘上的岗哨都不能察觉,只有第二天看到雪地里的爪印,才知道它来过了。"

她想到极西极北那样苍凉之地的雪夜，雪光映衬，雪豹竖着耳朵在河畔饮水，朔风呼啸，卷起雪花，那雪豹饮饱了水，便矫健地跃入茫茫雪野，风雪遮掩了它的去处，唯有雪中留下一行爪印，那番场景，甚是动人。

她觉得他真的像他口中的那只雪豹，聪明，机警，快如闪电。但这话她不好意思说，只道："将来有时机，你带我去看一看那雪豹。"

他点了点头，说："好。"

她不知不觉，已经依偎在他肩头，只觉得他肩背宽阔，甚是让人安心，他伸出手臂，将她揽入怀中，虽然是第一次，却如同曾经千万次一般揽她入怀，如此自然，如此熟稔。

他说："阿萤，我其实不在意那些所谓功业。"

她沉默了片刻，说道："但为身份所拘。"

他点了点头，长长呼出一口气，说道："没错，为身份所拘。"

孙靖谋逆，先帝及太子、诸王皆身死，他被镇西军拥护成为勤王主帅，于国，于族，于家，甚至论到为人子，他都该尽自己的应尽之力。驱除孙靖，平定叛乱，救出父亲梁王，光复大裕王朝。

"我想过了，太孙迄今并无音讯，没有音讯，其实就是好消息。"他说道，"韩畅素来是个机智又忠心的人，他既然护卫太孙逃走，那么一定千方百计，会保护太孙周全。等到战局稍稳，我便多遣些人才，寻找太孙。如果彼时已经收复西长京，那就再好不过，拥护太孙返京登基，若是彼时还未收复西长京，也没什么打紧，太孙可以先登基继位,我再护卫他还朝。等到了那时候,朝中大定,我就可以回去牢兰关,继续戍边西陲了。"

她听他一句句说来,心中颇不以为然,但此时此刻,是这般宁静安详,她实在不忍心出言打破,便笑着说:"那我就希望十七郎,可以称心如愿。"

她说出了这句话,起先他犹未察觉,只点头笑道:"那我就谢你吉言了。"说完这句话,他才猛得反应过来,说道:"阿萤,你叫我十七郎啦。"

她见他欣喜的模样,倒好似什么了不起的大事一般,本来她没觉得什么,被他这么一说,倒有一分不自在了。她便笑着岔开话:"你刚才同我说了牢兰关,我还没同你说过营州呢。"

他喜滋滋地道:"营州我喜欢。"

她道:"你都没去过,你怎么就喜欢营州?"

他说道:"营州有你啊,我当然喜欢。"

他说得那般坦荡自然,她心中一甜。

说起营州,她眼中亦有了异样的神采,营州亦是天地开阔之地,而且不比西北荒凉,营州水草丰茂。

"我阿爹常说,营州黑土丰饶,种什么,长什么。"她说道,"也确实如此,随便撒点种子,便生得好庄稼,也因是如此,揭硕人虎视眈眈,总想抢了这片地,好放牧生养。"

她又说起营州的春天来:"在我们营州城外的山上,漫山遍地都是野杏花,春天的时候——营州苦寒,春天来得晚,总要四月,山上的野杏花都开了,整个山头都是粉色的,可好看了。"她笑着同他说:"等将来有时机,我一定带你去看那些杏花。"

他悠然向往了片刻,说道:"漫山遍野的杏花,一定好看。"又说道:"西长京外有乐游原,原上也遍植桃李杏花,春天的时候,从乐游原上,还能俯瞰西长京。站在乐游原上,西长京参差十万人家,城池宫苑,皆在眼底。而乐游原上,春日花开,灿若云霞。从西长京中遥遥相望,都觉得如同仙境一般,仿佛神仙之地。"他笑道:"我小的时候,最喜欢从家里悄悄溜出去,去乐游原,在家里百般烦恼困苦,但是到了乐游原上,那些烦恼就抛诸脑后,就像它的名字一样,乐游原,我想天上的白玉京,应该就像乐游原一样,有花,有树,有水,有山川,是何等逍遥快乐之地。"

她也悠然神往,说道:"我还没有去过西长京,更没有去过乐游原。"

他道:"到时候我带你去。"他又说道,乐游原上有一片茂林,穿过茂林有一个湖,那里绝无人迹,是他无意中发现的,甚是幽僻。

他笑道:"我小时候有好些玩意儿,怕家里发现,都藏在乐游原那湖畔的树林里。受了委屈,心中百般不快活,就跑到那湖畔对着水,大喊大叫,发泄一番,也不觉得委屈了,现在想想,虽然幼稚,但还好有乐游原。"

她拉着他的手,说道:"若是小时候,我能认得你就好了。"

他心中感念,知道她是希望小时候若能认得自己,定然不会让自己觉得那般孤独,但是无甚要紧,反正现在他已经遇到她了。从前的孤独都过去了。

他心里的喜没人可说,他心里的忧没人可说,但已经过去了,他终于遇见她了。

两人静静的又执手依偎片刻,她忽地想起一事,便问道:"咦,怎么没听见马叫。"

他们本来将两匹马皆拴在檐下避雨,想那小黑一见了小白就要厮咬,但避雨要紧,厮咬就厮咬吧。但偏生此刻才留意,外边静悄悄的,只听见哗哗的雨声,并不闻两马厮咬之声。

两人起身,推开窗子一看,只见小白乖乖地避在檐下,那小黑偌大一匹黑驹,却在外头淋雨,见两人开窗,小黑打了个喷鼻。李嶷以为它是被小白赶出去的,当下又气又好笑,便出去牵了缰绳,要将它拉回檐下。谁知那黑驹扯着缰绳不肯过去,李嶷细看,只见檐下堪堪只能横着避一马,若是两匹马都在檐下,要么两匹马头颈皆在露天被雨浇,要么就是两匹马后蹄屁股皆要被雨浇。

李嶷一怔,过了半晌方才哈哈大笑,拍了拍黑驹的马颈,再不管它,径直回到屋中。阿萤在窗下看得分明,也明白过来,却也是又气又好笑,对小白道:"你就不能大方一点,让一半给它,大家同甘共苦。"

小白一双大眼睛看着她,长长的睫毛忽闪,显得十分无辜的样子,仿佛是在说,它愿意让我避雨,你说我做什么。

灶间的芋头烤熟了,传出一阵阵香气,两个人剥了芋头吃,滚烫糯甜。她脸上吃得都是黑灰,他一时起了促狭之心,趁她不备,悄悄用手指蘸着草木灰，出其不意，突然伸手就在她嘴角画了两撇胡子。她大为恼怒，拿着芋头皮就砸向他："真是没良心，你的马都知道让着小白，你却不让着我。"

他一边笑一边躲闪，说道："那不能让，我倒宁可你恼我、记恨着我呢，将来好长时日不见，你想起我来就生气，岂不是没那么难过了。"

她听闻此话，不由怔了一怔，手也慢慢放下去，是啊，今日欢愉何其短暂，有好长一段时日，只怕他们都不能相见。

她拿了一块芋头，出去喂给小黑吃，小黑高兴地掀耳甩尾，吃了芋头，又伸出舌头舔她的手。小白看得都生气了，"希聿聿"一声长嘶，似在警告小黑。但它的缰绳被系得很短，再说了，它是一匹漂亮的白马，也不愿意走到稀烂泥泞的雨地里去。

李嶷在窗前，看着她在晶亮的雨丝中，喂小黑吃芋头。她回过头来对他一笑，她的眼睛比雨丝更为晶亮，仿佛汇聚了这世间所有的光。

天色渐渐黯淡下去，雨也下得小些了，似牛毛，似细芒，过得片刻，雨丝更细了，渐渐变成了雾气一样，若有似无。

他们该回去了。

她要返回洛阳城中，他要回去镇西军的营地，他便将她一直送到渡口。这里是僻野之地，洛水上的渡口不大，船更小，渡夫无奈，先将她的马载了过去。

他心里还有很多话，千言万语，都想说给她听，但又觉得，都不必说了,因为她明白,她懂得。

她心里也有很多话,但也知道不必说,因为他明白,他懂得。

两人站在渡口,暮色苍茫,极远极远处似有人烟,淡青色的烟雾四散开去,融在似有若无的暮霭里。深秋时分,临夜已经十分寒冷,何况适才又下过雨,只见洛水茫茫,水面上泛着细白的水雾。水畔芦荻诸物皆已经衰败枯黄,越发显得离意萧萧。

他听见"咿呀"的橹声,是渡夫摇着橹回来了,就要渡她过河去了。他心中有万千不舍,最后终于只是伸手捏一捏她的手,说道:"保重。"

渡船已经靠岸,渡夫招呼着她上船,她忽然从怀中掏出一物,就在他眼前晃了晃,他看得分明,正是自己那根系着明珠的丝绦。她曾经骗他说丢了,果然她还好好收着。

她说:"你给我系上吧。"

他一时无措,定了定神,终于伸出手来,接过那根丝绦,十分郑重的,给她系在腰带间。

明珠在她腰间轻轻晃动,便如他的一颗心一般,紧紧跟随。

她跳上船,挥手朝他作别。

洛水并不宽阔,渡船渐渐摇到了洛水中间,她的身影小了些,变纤细了些,又过得片刻,渡船已经到达了彼岸。她翻身上马,又隔河朝他挥了挥手。

他也上马,朝她挥了挥手。

然后,纵有万般不舍,她也掉转了马头,沿着洛水,朝下游驰去。

他掉转了马头,方驰出数步,忽然又勒住缰绳,掉转马头,也朝下游驰去。

水上雾汽渐散,暮色愈浓,洛水轻浅,两骑隔着洛水,一起疾驰。她遥遥望着他,他也遥遥望着她,紧紧追随。

隔着洛水,她大声道:"十七郎,你回去吧。"

他大声道:"阿莹,这二十年来,我未曾有过今日这般平安喜乐。"

她微微一笑,马蹄轻快,两骑虽隔着洛水,但相伴疾驰,她心中也有无限喜悦,高声答:"十七郎,我也是!"

她听见他的声音,充满了喜悦与期待,他大声喊:"待到天下安定,你我并肩同游乐游原!"

她笑着高声应答:"一言为定!"

【上册完】

图书在版编目（CIP）数据

乐游原. 上 / 匪我思存著. —北京：九州出版社，2023.6
　ISBN 978-7-5225-1824-4

　Ⅰ. ①乐… Ⅱ. ①匪… Ⅲ. ①长篇小说－中国－当代 Ⅳ. ①I247.5

中国国家版本馆CIP数据核字（2023）第086399号

乐游原. 上

作　　者	匪我思存　著	
责任编辑	张皖莉	
出版发行	九州出版社	
地　　址	北京市西城区阜外大街甲35号（100037）	
发行电话	（010）68992190/3/5/6	
网　　址	www.jiuzhoupress.com	
印　　刷	三河市中晟雅豪印务有限公司	
开　　本	880毫米×1230毫米　32开	
印　　张	10	
字　　数	210千字	
版　　次	2023年6月第1版	
印　　次	2023年6月第1次印刷	
书　　号	ISBN 978-7-5225-1824-4	
定　　价	52.00元	

★ 版权所有　侵权必究 ★